Le carnet mystérieux

Du même auteur
aux Éditions J'ai lu

Un fascinant regard
N° 4198
Le secret du lac
N° 4480
Mister perfect
N° 6648
Course poursuite fatale
N° 7858
Le prix d'une vie
N° 8559
Si près du gouffre
N° 8741
La mort de l'ange
N° 9234
Le voile de glace
N° 9745
Un mariage en noir
n° 9806

LINDA

HOWARD

Le carnet mystérieux

Traduit de l'anglais (États-Unis)
par Anne Busnel

J'AI LU

J'AI LU POUR elle

Si vous souhaitez être informée en avant-première
de nos parutions et tout savoir sur vos auteures préférées,
retrouvez-nous ici :

www.jailupourelle.com

Abonnez-vous à notre newsletter
et rejoignez-nous sur Facebook !

Ce livre est dédié à John Kramer
et à tous les policiers du monde.
Merci John, pour m'avoir raconté La Nouvelle-Orléans
et m'avoir montré tous les endroits intéressants de la ville.

Titre original
KILL AND TELL

Éditeur original
Pocket Books, a division of Simon & Schuster Inc., New York

1

13 février, Washington D.C.

Dexter Whitlaw referma soigneusement la boîte et renforça les angles à l'aide d'un rouleau de scotch qu'il avait volé la veille dans un supermarché. Tant qu'il y était, il avait également dérobé un marqueur noir, dont il se servit pour rédiger lisiblement l'adresse sur le carton. Puis, abandonnant le marqueur et le scotch par terre, il s'éloigna, la boîte sous le bras, en direction du bureau de poste le plus proche.

Le temps était plutôt clément pour un mois de février à Washington. La température devait avoisiner les 7 °C.

S'il avait été sénateur, il n'aurait même pas eu besoin de payer ce foutu timbre, songea-t-il avec humeur.

Le faible soleil hivernal tombait sur les trottoirs. Des fonctionnaires à l'air pénétré de leur propre importance se pressaient, leurs manteaux noirs ou gris claquant au vent. Si quelqu'un leur avait demandé quel métier ils exerçaient, ils n'auraient jamais répondu : « Je suis comptable », ou « Je suis directeur du personnel », même si c'était effectivement le cas. Non, dans cette ville où seul comptait le statut social, les gens disaient : « Je travaille pour l'État » ou « Je travaille au Trésor ». Ou bien, s'ils étaient vraiment imbus d'eux-mêmes, ils utilisaient des initiales, par exemple « MDD », comme si tout le monde était censé savoir que cela signifiait « ministère de la Défense ».

Dexter, quant à lui, pensait que tous ces merdeux auraient dû porter des badges indiquant qu'ils travaillaient pour le MDC, le ministère de la Connerie.

Washington, capitale des États-Unis ! Ici, l'air avait un parfum de pouvoir aussi capiteux que le bouquet d'un grand cru, et tous ces abrutis s'en grisaient. Dexter les observait d'un œil froid et distant. Les pauvres fous, ils croyaient tout savoir ; ils ne savaient rien du tout.

Ils ignoraient ce qu'était le véritable pouvoir, le pouvoir réduit à son essence la plus pure. Le Président, reclus dans la Maison-Blanche, pouvait bien déclarer la guerre, donner l'ordre de lâcher des bombes qui anéantiraient des millions d'innocents ; pour lui, ces morts restaient abstraites, à cause de la distance. Mais Dexter, lui, avait connu le véritable pouvoir lorsqu'il était au Viêt Nam. Il l'avait palpé du bout du doigt au moment de presser la détente de son arme.

À cette époque, il traquait ses proies des jours entiers puis, le moment venu, il se couchait dans la boue ou les herbes coupantes, immobile, insouciant des insectes, des serpents, de la pluie et de la faim, dans l'attente de cet instant précis où sa cible apparaîtrait, dans la ligne de mire de sa lunette.

À cet instant, lui seul détenait la force suprême, quand une vie dépendait de son bon vouloir et que le monde se réduisait à deux personnes, lui-même et sa cible.

Il avait éprouvé la plus forte émotion de sa vie le jour où son guetteur lui avait désigné une certaine branche, dans un certain arbre. Tandis qu'il visait, il avait vu dans sa lunette un autre sniper, un Russe d'après son apparence, en train d'épauler son fusil. Dexter l'avait précédé d'une seconde à peine. Une seconde de plus, le temps d'un battement de cœur, et le Russe l'aurait dégommé en premier ; et ce vieux Dexter Whitlaw ne serait pas en ce moment même en train de marcher tranquillement dans les rues de Washington.

L'avait-il seulement vu, ce Russe ? Avait-il disposé du centième de seconde nécessaire pour se rendre compte de sa présence, avant que la balle ne le précipite dans l'oubli ? Car la balle elle-même, il n'avait eu aucun moyen de la voir, malgré tous ces effets spéciaux qui montraient le contraire dans les films d'action.

Non, personne ne voyait jamais la balle.

Dexter pénétra dans le bureau de poste et prit la queue devant le guichet. Il avait choisi l'heure de pointe, celle du déjeuner, afin d'éviter qu'un employé ne se souvienne de lui par la suite. Non qu'il se distinguât de la masse par des caractéristiques précises, mis à part son regard froid, mais il ne voulait prendre le moindre risque. Sa prudence l'avait maintenu en vie au Viêt Nam, et durant les vingt-cinq années qui avaient suivi son départ de l'enfer vert.

Sans être élégant, son manteau passait partout. En fait, c'était un vêtement réversible. Le côté visible en ce moment était coupé dans un tweed brun un peu fané. L'autre côté, qu'il portait d'ordinaire dans la rue, était déchiré et rapiécé comme le manteau d'un clochard. Un camouflage simple, mais efficace. Les snipers apprenaient vite à se fondre dans leur environnement.

Lorsque vint son tour, il posa la boîte sur le comptoir afin que l'employé la pèse, puis il tira quelques billets fourrés négligemment dans sa poche. Le paquet était adressé à Jeanette Whitlaw, Columbus, Ohio. Sa femme.

Pourquoi n'avait-elle pas demandé le divorce ? D'ailleurs, c'était peut-être le cas. Il n'avait pas été en contact avec elle depuis plus de deux ans. Voyons, la dernière fois, c'était...

— Un dollar, quarante-trois cents, annonça le guichetier sans même lever les yeux sur lui.

Dexter posa deux dollars sur le comptoir, empocha la monnaie et quitta le bureau de poste aussi simplement qu'il y était entré.

Quand avait-il parlé pour la dernière fois à Jeanette ? Il y a trois ans, peut-être. Ou peut-être cinq. Il ne faisait guère attention aux années qui passaient. Quel âge avait la gamine, maintenant ? Vingt ans ? Elle devait être née l'année de l'offensive Tet, mais rien n'était moins sûr. En 1968 ou 1969, donc elle devait avoir... bon sang, vingt-neuf ans ! Sa petite fille frisait la trentaine ! Elle était sans doute mariée et mère de délicieux bambins, ce qui faisait de lui un grand-père.

Il n'arrivait pas à l'imaginer en tant qu'adulte. Il ne l'avait pas revue depuis quinze ans, peut-être plus, et dans sa tête il pensait toujours à elle comme à une fillette de sept ou huit ans, maigrichonne et timide, avec de grands yeux bruns, qui avait la manie de se mordre la lèvre inférieure. Elle ne s'adressait à lui qu'en chuchotant, et seulement quand il lui posait une question directe.

Il avait été un mauvais père pour elle, et un mauvais mari pour Jeanette. Il avait bousillé pas mal de choses dans sa vie, mais regarder en arrière et culpabiliser n'y changerait rien. Simplement, il éprouvait une pointe de regret.

Pourtant Jeanette n'avait jamais cessé de l'aimer, même quand il s'était montré si froid et distant à son retour, irrémédiablement changé par le Viêt Nam. À ses yeux, il était resté ce garçon de Virginie qu'elle avait aimé et épousé ; et qu'importe que ce garçon soit mort dans une jungle infestée de vermine, pour rentrer sous la forme d'un homme dont tout, sauf l'apparence et le visage, lui était étranger.

Oui, l'ancien Dexter était mort. Depuis, il ne s'était senti vivant que lorsque, son fusil bien épaulé, il visait dans la lunette et que l'adrénaline courait dans ses veines, aiguisant tous ses sens. Curieusement, ce qui l'avait tué était la seule chose encore capable de le faire se sentir en vie. Ce n'était pas le fusil, car bien que le fusil soit l'instrument le plus fidèle jamais inventé par l'homme, il n'en restait pas moins un instrument.

Non, ce qui le rendait à la vie, c'était la technique, la chasse. Le pouvoir. Il avait été un sacré bon sniper. Pourtant, s'il n'avait été que cela, il aurait pu retourner à Jeanette. Il y songeait parfois, même si, depuis des années, il n'essayait plus d'analyser les choses.

Il avait tué de nombreux hommes en mission. Mais il en avait aussi assassiné un.

La distinction était très claire dans son esprit. La guerre était la guerre. Le meurtre n'avait rien à voir.

Il s'arrêta dans une cabine publique, fouilla sa poche à la recherche de pièces. Il avait retenu le numéro de téléphone par cœur. Une fois la pièce insérée, il écouta la sonnerie. Puis, quand une voix s'éleva à l'autre bout du fil, il prononça distinctement :

— Mon nom est Dexter Whitlaw.

Il avait gâché sa vie à payer pour un crime qu'il avait commis. Maintenant, il était temps que quelqu'un d'autre paie.

2

17 février, Columbus, Ohio

Le colis attendait sur le petit porche lorsque Karen Whitlaw rentra du travail ce soir-là. Elle le repéra dans la lumière des phares quand elle se gara dans l'allée, mais elle était si fatiguée qu'elle n'éprouva pas la moindre curiosité quant à son contenu. Avec lassitude, elle souleva son fourre-tout où étaient jetés en vrac son sac à main, des papiers et ses instruments professionnels, et l'extirpa avec difficulté de l'habitacle. Le sac se prit dans le levier de vitesse, puis dans le volant. Pestant, Karen tira d'un coup sec, et le sac lui rebondit sur la hanche.

Piétinant dans la neige, elle gagna le porche, dents serrées, dérapant à chaque pas. Elle aurait dû enfiler ses bottes à l'hôpital, mais elle était tellement épuisée, une fois sa garde terminée, qu'elle n'avait songé qu'à rentrer le plus vite possible.

Le colis était posé sur le seuil, entre la porte-moustiquaire et la porte d'entrée. Karen entra, tâtonna pour allumer la lumière, puis se baissa et ramassa la boîte. Elle n'avait passé aucune commande. C'était sans doute une erreur du facteur.

La maison était froide et silencieuse. Une fois de plus, elle avait oublié de laisser la lumière extérieure allumée en partant ce matin. Elle n'aimait pas rentrer à la maison dans l'obscurité ; cela lui rappelait trop l'absence de sa mère. Plus jamais elle n'ouvrirait la porte pour sentir un délicieux fumet, ou pour entendre Jeanette chantonner dans sa cuisine.

Quelle que soit l'heure à laquelle Karen rentrait, quel que soit son état de fatigue, elle savait que sa mère l'accueillerait avec un repas chaud et un sourire.

Jusqu'à trois semaines plus tôt.

Tout était arrivé très vite. Jeanette s'était plainte un matin de se sentir fiévreuse et courbatue. Elle pensait avoir attrapé un rhume. Ses bronches semblaient encombrées. Quand Karen avait pris sa température, le thermomètre n'avait affiché que 37,5 °C. Il n'y avait donc pas lieu de s'inquiéter.

Lorsqu'elle était rentrée du boulot ce soir-là, elle avait découvert sa mère dans le canapé, secouée de frissons malgré la couverture dans laquelle elle s'était emmitouflée. C'est la grippe, avait-elle songé. La température de Jeanette était alors de 39 °C. Au stéthoscope, elle avait perçu des bruits alarmants : les deux poumons étaient atteints.

Karen avait toujours pensé que l'un des avantages du métier d'infirmière était de savoir gentiment amener les gens à lui obéir. Ce soir-là, Jeanette avait protesté qu'il s'agissait d'un banal rhume, et qu'on n'allait pas à l'hôpital pour si peu. Un quart d'heure plus tard, pourtant, elle s'était retrouvée dans la voiture, chaudement vêtue.

Il neigeait abondamment. Karen avait toujours aimé la neige mais, aujourd'hui, la vue des flocons lui rappelait toujours cette nuit-là où, cramponnée à son volant, elle avait dû conduire à l'aveuglette parmi les rafales blanches, tandis que sa mère entrait peu à peu en détresse respiratoire. Elle s'était rendue directement aux urgences de l'hôpital où elle travaillait, et avait klaxonné jusqu'à ce que les secours arrivent.

À part la neige, elle n'avait d'autre souvenir précis de cette nuit-là que le corps frêle et comme ratatiné de Jeanette sur les draps blancs. Jeanette qui avait sombré dans l'inconscience en dépit des paroles que sa fille prononçait pour la maintenir éveillée.

Pneumonie virale aiguë, avaient dit les médecins. Une saloperie foudroyante qui s'attaquait aux organes un par un en les privant d'oxygène. Jeanette était morte à peine quatre heures après son arrivée à l'hôpital, malgré les efforts conjugués de toute l'équipe médicale.

La mort comportait tant de détails pénibles. Il y avait des formulaires à remplir, à signer, à retourner. Des coups de fil à donner, des décisions à prendre. Karen avait dû choisir un funérarium, un service funèbre, un cercueil, la robe dans laquelle sa mère serait enterrée. Elle avait même dû recevoir des gens, des amis de sa mère, des collègues, un couple de voisins, qui venaient lui rendre visite et lui apportaient des tonnes de nourriture. Elle avait la gorge nouée en permanence, ses yeux la piquaient, mais elle ne voulait pas pleurer devant tous ces gens. La nuit en revanche, lorsqu'elle était seule, ses larmes ne semblaient pas pouvoir cesser.

Elle avait assisté au service funèbre et, bien qu'elle ait toujours trouvé cette coutume barbare, elle comprenait à présent ce rituel qui avait donné un caractère définitif au décès. Les funérailles avaient célébré la disparition d'une femme charmante qui n'avait jamais beaucoup demandé à la vie et qui se contentait de son ordinaire.

Depuis, Karen avait survécu, tandis que les jours s'écoulaient. Son chagrin était encore poignant, à tel point qu'elle se désintéressait de son travail. Elle et Jeanette vivaient ensemble depuis si longtemps !

Les premières années, Jeanette avait travaillé dur, acceptant n'importe quel emploi pour conserver leur toit, puis plus tard pour payer les études de sa fille. Ensuite, quand cette dernière était entrée dans la vie active, elle s'était reposée, meublant ses journées de ses occupations favorites : entretenir la petite maison, faire la cuisine, la lessive, bref, transformer leur logement en un cocon douillet, ce qu'elle n'avait pu faire auparavant faute de temps et d'argent.

Maintenant, tout cela n'existait plus. Il ne restait à Karen que cette maison déserte où elle ne pourrait vivre très longtemps, elle le savait. Aujourd'hui, elle avait fait l'effort d'appeler un agent immobilier afin de la mettre en vente. Il valait mieux qu'elle parte habiter dans un appartement plutôt que d'affronter cet espace vide et ses souvenirs, jour après jour.

Le colis était léger. Karen le coinça sous son bras tout en refermant la porte. Puis elle déposa son fourre-tout sur une chaise, avant de tourner le paquet vers la lumière du plafonnier. L'adresse de l'expéditeur n'y figurait pas, mais le nom de sa mère lui sauta aux yeux : JEANETTE WHITLAW, en lettres majuscules. Une douleur sourde lui gonfla la poitrine. Jeanette achetait peu de choses par correspondance, mais lorsque cela se produisait, on aurait dit une gamine le soir de Noël. Impatiente, elle guettait la venue du facteur ou du camion de livraison, et exultait quand le paquet arrivait enfin.

Karen emporta le colis dans la cuisine et, à l'aide d'un couteau, trancha le scotch brun. À l'intérieur, il y avait des documents, ainsi qu'un carnet, réunis par un large élastique. Une feuille de papier pliée se trouvait sur le dessus. Karen s'en saisit, la déplia et, par réflexe, lut la signature au bas de la page. Le nom griffonné, « Dex », la fit tressaillir. Elle lâcha la lettre qui retomba dans le carton.

Ce vieux papa. Jeanette n'avait pas eu de ses nouvelles depuis au moins quatre ans. Quant à Karen, elle avait treize ans la dernière fois qu'elle lui avait parlé, quand il avait téléphoné pour lui souhaiter un bon anniversaire. Il était saoul, et s'était complètement trompé de date. Jeanette avait pris la communication et, ensuite, elle avait pleuré doucement toute la nuit. Ce jour-là, l'amertume de Karen s'était muée en haine.

Par la suite, chaque fois que Dexter avait appelé, elle avait refusé de lui parler. Cette attitude avait affecté Jeanette, mais Karen n'avait pas flanché. Pour elle, cet homme qui les avait abandonnées était mort.

Laissant le colis sur la table, elle gagna sa chambre pour enlever son manteau et sa blouse verte chiffonnée. Ses pieds lui faisaient mal, elle avait la migraine, se sentait déprimée. Ses horaires de travail éprouvants – de 6 heures du matin à 6 heures du soir – la rendaient encore plus dépressive dans la mesure où elle avait l'impression de ne pas avoir vu la lumière du soleil depuis des semaines.

Ses pieds étaient gelés. Elle ôta ses chaussures humides et enfila rapidement deux paires de chaussettes l'une par-dessus l'autre. Elle avait froid, elle était fatiguée, n'aspirait qu'à un peu de chaleur et de soleil...

Quand elle avait eu deux ans, son père avait été affecté à une base militaire de Floride. Karen n'en gardait pas de souvenirs précis, mais en fermant les yeux, elle s'imaginait un climat merveilleux et de longues journées illuminées par un soleil radieux. Jeanette évoquait souvent la Floride avec un accent de nostalgie dans la voix, car cette période avait été relativement heureuse.

Puis Dexter était parti pour le Viêt Nam, et il n'en était jamais vraiment rentré. Priant pour que son mari reste en vie, Jeanette était retournée dans les montagnes de Virginie où ils étaient nés, afin de se rapprocher de leurs familles en attendant son retour.

Mais les missions se succédaient, et l'homme qui se présenta finalement un jour sur le seuil de leur maison n'était plus celui qu'elle avait connu. Karen se rappelait parfaitement cette époque, la morosité de son père, ses ivresses prolongées. En ce temps-là, elle l'évitait, marchait sur la pointe des pieds pour ne pas provoquer ses colères. Il était devenu violent, acariâtre, et même l'amour indéfectible de Jeanette n'y changeait rien. Il prit l'habitude de disparaître pendant un jour ou deux, puis ces jours devinrent des semaines, et les semaines des mois. Enfin, Jeanette comprit qu'il était parti pour de bon. Elle trempa son oreiller de larmes des nuits durant. De cela, Karen s'en souvenait parfaitement aussi.

Elles avaient emménagé en Ohio afin que Jeanette puisse trouver un meilleur emploi. Il y avait eu quelques appels téléphoniques, quelques lettres, et une fois Dexter était venu leur rendre visite. Karen ne l'avait pas vu : il s'en était allé bien avant qu'elle ne rentre de l'université. Mais elle avait trouvé une Jeanette rayonnante, tout émoustillée. À dix-neuf ans, Karen était assez grande pour comprendre que ses parents avaient passé l'après-midi dans la chambre de Jeanette. Ensuite, il avait à nouveau disparu. Jeanette ne l'avait plus revu.

Pourtant, elle n'avait cessé de l'aimer.

La jeune femme dîna en solitaire, d'un bol de céréales froides, avant de s'intéresser de nouveau à la lettre. Elle lut :

Jeanie,

Je t'envoie quelques papiers qui m'appartiennent. Mets-les dans un coffre à la banque et garde-les pour moi. Ils vaudront peut-être beaucoup d'argent un jour.

Dex.

Rien d'autre. Pas de formule de politesse, pas de « ma chérie », pas un mot gentil. Il avait juste expédié ses saloperies à Jeanette pour qu'elle en prenne soin. Et c'est ce qu'elle aurait fait. Jeanette aurait suivi ces instructions à la lettre, elle aurait certainement gardé pieusement ce mot laconique et l'aurait rangé avec la mince liasse de lettres qu'il lui avait envoyées du Viêt Nam.

La première réaction de Karen fut de vouloir jeter le colis à la poubelle. Mais par respect envers sa défunte mère, elle se retint et emporta la boîte dans la chambre de celle-ci où elle avait entreposé ses effets personnels. Pour le moment, elle n'avait pu se résoudre à jeter quoi que ce soit, mais avait décidé de tout mettre au garde-meuble. Tout était déjà empaqueté. Il ne restait que quelques objets sur le plateau de la coiffeuse. Karen les flanqua dans la boîte qu'elle referma à l'aide de plusieurs morceaux de scotch, puis qu'elle plaça dans un carton.

Avec un peu de chance, la maison serait bientôt vendue, le printemps arriverait, et elle pourrait de nouveau voir la lumière du soleil.

3

5 août, La Nouvelle-Orléans, Louisiane

Presque minuit. Quelqu'un le suivait. Une fois de plus. Dexter Whitlaw tourna imperceptiblement la tête et entrevit un mouvement. Une vague d'excitation l'envahit. Il n'y avait rien de tel que la chasse, même lorsque lui-même devenait la proie. Cela faisait six mois maintenant qu'« ils » étaient à ses trousses, et il se délectait d'avoir recours aux anciennes ruses pour leur échapper. Il les avait obligés à une sacrée course-poursuite à travers le pays, traversant les États les uns après les autres et s'arrêtant parfois dans les grandes villes pour passer un appel téléphonique. Il s'attendait que la partie soit rude, et il n'avait pas été déçu. Il connaissait son bonhomme.

Depuis que le « Allez vous faire foutre ! » avait résonné à ses oreilles, Dexter avait commencé ce jeu du chat et de la souris. La technique du chantage pouvait s'avérer aussi brutale qu'une amputation, ou aussi subtile que la pêche à la truite. Tout d'abord, il avait donné un petit coup de semonce, rien de grave, juste pour bien faire comprendre à l'autre jusqu'où il était capable d'aller.

Comme prévu, le pigeon avait réagi avec fureur. Loin d'être intimidé, il avait ameuté tous ses molosses et les avait lâchés sur Dexter. Un péquin moyen aurait déjà été refroidi à l'heure qu'il était, mais Dexter avait passé trois ans de sa vie à ramper dans la jungle du Viêt Nam ; il avait appris la patience, la stratégie, et l'art de se dissimuler qu'il maîtrisait si bien que les chiens lancés sur sa piste étaient passés plus d'une fois à côté de lui sans le reconnaître, tout comme les Viêt-congs autrefois.

Dexter s'amusait comme un fou. Il ne s'était pas senti aussi puissamment en vie depuis ce jour lointain où il avait visé le Russe dans sa lunette, sachant qu'il ne restait plus à l'un d'eux qu'un quart de seconde à vivre.

Le limier qui le traquait aujourd'hui était plus doué que les autres. Pas aussi bon que ce vieux Dex, mais assez pour lui donner le frisson. Et il le connaissait : sauf erreur, il s'agissait de Rick Medina, l'un des meilleurs agents de la CIA, qu'il avait rencontré vingt-cinq ans plus tôt dans l'enfer vert. L'époque et le lieu avaient changé, mais ils jouaient de nouveau à cette mortelle partie de cache-cache.

Dexter se fondit dans un coin d'ombre et se tapit un instant, dans l'attente que le chasseur fasse un autre mouvement. Quelqu'un de moins prudent aurait tiré avant de vérifier l'identité de la victime, mais celui-ci était malin. Il devait croire que Dexter ne l'avait pas repéré. S'il tuait la mauvaise personne, il pouvait perdre la trace de sa cible réelle et mettre des semaines à la retrouver. Et puis, il ne fallait pas attirer l'attention des flics. En général, pourtant, ceux-ci ne se démenaient guère lorsqu'on retrouvait un clochard refroidi dans la rue, même si la mort était par balle. Mais, bon, prudence. On risquait toujours de tomber sur des flics assommés d'ennui qui cherchaient un peu d'animation ; ou bien une équipe de télévision pouvait traîner dans les parages, et dans ce cas les flics se croiraient obligés de faire du zèle.

Dexter attendait. Lentement, il s'enduisit le visage et les mains de boue afin de masquer leur relative pâleur.

Puis, rentrant la tête dans les épaules, il demeura immobile, certain d'être une ombre parmi les autres dans cette ruelle sordide.

Au bout de quelques minutes, il perçut un bruit de pas qui venait dans sa direction. C'était peut-être le chasseur, ou peut-être un simple clochard qui traînait dans le coin. Dexter ne bougea pas d'un pouce.

Le bruit de pas cessa. Dexter s'imagina ce que cette personne, quelle qu'elle soit, voyait de la ruelle : le bitume jonché d'ordures et de bouteilles brisées, une poubelle malodorante trop petite pour dissimuler un homme – sauf que c'était précisément le cas. Il avait plu un peu plus tôt, et la lumière des lampadaires se reflétait dans les flaques d'eau. Les cartons vides abandonnés sur le pavé avaient été utilisés par des sans-logis comme protection contre la pluie. Pour le chasseur moyen, la ruelle avait l'air déserte et sans intérêt.

Mais Medina n'était pas un chasseur moyen. Lui aussi s'était entraîné au Viêt Nam, lui aussi savait être patient et attendre que la proie commette une erreur.

Eh bien, ce coup-ci, il attendrait longtemps ! Car Dexter Whitlaw ne commettait jamais d'erreur, en tout cas pas dans ce domaine. Il avait peut-être gâché tout le reste de sa vie, mais il avait été un chasseur hors pair.

Aussi il attendit, longtemps après que le bruit de pas se fut estompé, et longtemps après que d'autres piétinements lointains l'eurent remplacé. Il demeura parfaitement inerte, même quand un rat vint renifler entre ses chaussures.

Au bout d'un moment, le même bruit de pas s'éleva, puis le silence retomba dans la ruelle. Le chasseur vérifiait que rien n'avait changé. Convaincu cette fois que sa proie n'était pas là, il s'éloigna de la même démarche, car un bon chasseur ne change jamais de déguisement en cours de route.

Le truc aurait pu fonctionner si Dexter n'avait pas déjà vu Medina adopter cette attitude chancelante d'ivrogne pour mieux abuser deux gros bras de Saigon. Ces derniers avaient l'habitude de boxer les soldats américains qui sortaient ivres des bouges de la ville, avant de les détrousser. Quelque temps auparavant, un jeune GI était mort d'une hémorragie interne, et une faction de l'armée américaine avait décidé de mettre un terme aux exactions des deux Vietnamiens.

Rick Medina, qui avait été le premier à les repérer, avait eu l'honneur de leur régler leur compte. Deux balles en pleine cervelle auraient dû suffire, mais Medina avait voulu s'amuser un peu au préalable.

Medina était l'Américain type, propre sur lui, mince, beau gosse, avec ses cheveux châtains coupés court et ses vêtements bien repassés même dans cette chaleur oppressante. Il était intelligent et poli – la plupart du temps. Mais quand il travaillait, sa courtoisie disparaissait comme par magie et une lueur meurtrière luisait dans ses yeux bleu glacé.

Ce jour-là, Medina attira les deux Vietnamiens dans une venelle sombre. Ils ne se cachèrent même pas en le suivant, persuadés qu'il était trop ivre pour se défendre, et l'acculèrent dans un angle, tels des molosses après un lapin. Mais à la dernière seconde, le lapin fit volte-face, toute trace d'ébriété envolée. Le couteau qu'il brandissait était taillé dans un acier mat, de façon à ne pas refléter la lumière. Les deux Vietnamiens ne le virent sans doute même pas. Mais soudain ils eurent l'impression que leurs corps étaient léchés par des langues de feu, tandis que la main de Medina virevoltait, leur infligeant des entailles douloureuses, mais pas assez profondes pour tuer.

Tout en les lacérant de coups de couteau, Medina leur parla à voix basse dans leur langue natale, afin qu'ils n'aient aucun doute sur ce qui était en train de leur arriver, et pourquoi.

Les deux types tentèrent de fuir, pour découvrir que la venelle était bloquée par plusieurs soldats américains qui braquaient sur eux leurs pistolets. Piégés, rendus hystériques par la terreur, ils préférèrent retourner affronter Medina.

Grosse erreur.

Ce soir-là, Medina s'était transformé en robot de cuisine. Il tranchait et débitait avec une précision mécanique. Chacun de ses mouvements faisait tomber une partie précise de l'anatomie de ses adversaires : une oreille, un doigt, un nez. Les deux Vietnamiens rugissaient à terre quand il se pencha sur eux pour leur trancher bien proprement la gorge. Puis, imperturbable, il enjamba les cadavres et rejoignit ses compagnons silencieux au bout de la venelle.

Il s'en alla tout seul, refusant la compagnie des autres. Et lorsqu'il refit son apparition le lendemain, il était de nouveau égal à lui-même, affable, ayant remisé dans le passé l'horreur de la veille.

Voilà, il était comme ça, Medina. Un tueur brutal lorsque les circonstances l'exigeaient, mais pas un assassin. Il s'était contenté de donner une leçon aux deux Vietnamiens, afin que les jeunes soldats américains puissent continuer à s'amuser dans les bas-fonds de Saigon.

Il y avait dans l'âme de Medina une frontière très nette entre l'exécution et l'assassinat, frontière qu'il n'avait jamais franchie. Toutes les missions qu'il avait exécutées étaient justifiées. Et quand Dexter y réfléchissait, il se rendait compte qu'il respectait Rick Medina plus que toute autre personne. Medina s'en tenait au code d'honneur, quand lui, Dexter, l'avait enfreint.

Durant des années, il avait payé le prix de cette erreur.

Un seul homme au monde était capable de l'avoir, et c'était Medina.

Cette certitude rendait la chasse encore plus palpitante.

Finalement, Dexter se releva sans faire de bruit. Un coup d'œil au ciel étoilé lui apprit que deux heures environ s'étaient écoulées depuis qu'il s'était caché là.

Il était temps de changer de couverture. Se déguiser en clochard avait marché un temps, mais à présent, Medina avait reniflé sa piste. Il allait visiter en premier les bas-fonds et les soupes populaires, que Dexter devait éviter à tout prix. Dommage. Les clochards vivaient dans un anonymat exceptionnel, car tout le monde s'empressait de détourner le regard sur leur passage, et les flics ne perdaient pas de temps avec eux. Toutefois il existait d'autres déguisements qui fonctionneraient presque aussi bien. La technique était de se fondre dans son environnement, quel qu'il soit.

La Nouvelle-Orléans offrait toute une palette de possibilités et, tout en se rendant au Quartier français par des chemins détournés, Dexter les envisagea les unes après les autres. À n'importe quelle heure du jour et de la nuit, le Quartier était en éveil. Dexter traversa St. Charles Street plusieurs fois, revint sur ses pas, toujours prudent, avant d'atteindre Carondelet. Il regardait sans cesse autour de lui, guettant un éventuel poursuivant, mais tout semblait normal.

Il longea Bourbon Street, où des touristes déambulaient après être sortis des restaurants, des bars ou des boîtes de strip-tease. Beaucoup avaient manifestement un coup dans le nez. Certains tenaient à la main des canettes de bière, d'autres portaient des colliers en plastique multicolores, ou encore des masques de velours, même si Mardi gras était passé depuis longtemps.

Les lumières des bars illuminaient le trottoir mouillé, et par les portes entrouvertes s'échappait de la musique de jazz qui se mêlait aux rythmes plus syncopés des boîtes de strip-tease, où les danseuses à la mine morose ondulaient des hanches et se frottaient contre des colonnes, dans des mouvements prétendument sexy.

Un rire éclata parmi un groupe de touristes, trois hommes d'apparence aisée auxquels se cramponnaient des jeunes femmes en robes de cocktail scintillantes. Dexter leur jeta un coup d'œil et vit un homme dépasser le groupe d'une démarche alerte. Il bifurqua dans la rue suivante et disparut de son champ de vision, emportant avec lui le portefeuille de l'un des touristes qui ne s'était aperçu de rien.

Dexter avait l'impression de regarder un film. C'était comme s'il vivait dans un autre monde que ces gens qui ne le voyaient pas.

Il frissonna soudain en dépit de la moiteur torride de cette nuit d'été. Depuis le Viêt Nam, il se sentait déconnecté, mais en cet instant, ce sentiment était encore plus intense ; il imaginait que les touristes auraient été incapables de l'entendre même s'il s'était mis à crier.

C'était une sensation étrange, et il tressaillit de nouveau. Il descendit Bourbon Street, jetant au passage des coups d'œil à l'intérieur des bars, entendant la musique et les rires comme un lointain écho. Il y avait énormément de piétons, la police montée patrouillait, et on entendait le claquement des fers des chevaux sur le pavé. Il pressa le pas, à la recherche d'une ruelle sombre où se tapir quelques instants, le temps de chasser le mauvais pressentiment qui l'habitait. Mais on était au Quartier français, pas en centre-ville, et les ruelles donnaient la plupart du temps sur des entrées de cour. S'il s'agissait de cours privées, elles étaient protégées de portails verrouillés. Si la cour était celle d'un restaurant, il n'y trouverait pas l'intimité qu'il cherchait.

Bien sûr, il n'était pas venu au Quartier en quête d'intimité, mais au contraire parce que Bourbon Street fourmillait d'activité, ce qui lui permettrait de se fondre dans la foule. Il n'avait donc qu'à ignorer cette funeste prémonition et continuer son chemin.

Peut-être valait-il mieux qu'il quitte La Nouvelle-Orléans, maintenant que Medina était sur ses talons ?

Medina. Dexter comprit tout à coup pourquoi il se sentait si mal. Medina n'était pas un vulgaire mercenaire, il ne travaillait pas pour n'importe qui. Il avait des principes. Au fil des ans, les gens vivaient des expériences qui les changeaient, mais il aurait vraiment fallu un revirement extraordinaire pour métamorphoser Medina en tueur à gages.

Trois possibilités se présentaient. Un : on avait menti à Medina. C'était l'explication la plus facile, mais aussi la moins plausible. Cet homme n'était pas du genre à se laisser manipuler, et si jamais il découvrait que c'était le cas, il le ferait payer très cher.

Deux : Medina le traquait effectivement, mais pour le compte d'une troisième partie encore inconnue de Dexter. Le secret n'était peut-être pas aussi bien gardé qu'il l'avait cru, et Dieu sait qu'il représentait une arme formidable. Cette solution frisait la paranoïa mais, comme disait l'autre, même les paranoïaques ont des ennemis.

Trois : Medina était ici pour une tout autre raison. Et c'était un hasard complet si Dexter l'avait vu et reconnu.

Ouais, tu parles !

Dexter tourna dans St. Ann Street, sans même regarder les vitrines des boutiques vaudoues qu'il longeait. Ces échoppes étaient pleines de trucs bizarres, et pour le moment il avait son content de bizarreries. Il aurait peut-être dû rester sur Bourbon Street, car St. Ann était déserte…

Medina apparut devant lui, son 22 prolongé d'un silencieux à la main.

Dexter stoppa net pour croiser son regard bleu et calme. Son propre pistolet était coincé entre ses reins et sa ceinture. Pas question de s'en saisir.

La mort le regardait en face et, curieusement, il pensa à Jeanette. Il revit son doux visage, se rappela avec précision comment elle l'avait serré de toutes ses forces la dernière fois qu'il lui avait rendu visite, et en cet instant il mesura avec étonnement la puissance de l'amour qu'elle lui vouait.

Comme son regard se portait au-delà de Medina, il aperçut un mouvement, et comprit aussitôt ce qui se tramait. C'était le scénario n° 4, il le connaissait bien.

— Attenti…

Il ne put achever : le doigt de Medina avait pressé la détente, et la balle pénétra dans son cerveau, laissant un trou net au milieu de son front, annihilant toute pensée, toute parole, toute vie en lui.

Alerté par le demi-mot prononcé par Dexter, Rick Medina pivota sur lui-même en se baissant. Il avait la grâce puissante d'un danseur de ballet mais, à cinquante-six ans, ses réflexes n'étaient plus les mêmes. Il réussit à éviter une balle, avant que deux autres ne lui perforent la poitrine. Il s'écroula sur le trottoir, paralysé, tandis que trois silhouettes fantomatiques se penchaient sur lui. Berné ! pensa-t-il. Ils ont tout organisé et m'ont berné comme un bleu !

Une vague de colère le submergea, puis… plus rien.

Une voiture s'arrêta le long du trottoir. Le coffre fut ouvert et, rapidement, les trois hommes y chargèrent le corps de Medina. L'un d'eux prit soin de ramasser le 22 pour le jeter dans le coffre à côté du cadavre. Un autre fit les poches de Dexter à la hâte, puis regarda ses deux acolytes en secouant la tête. Enfin, tous trois montèrent dans la voiture qui s'éloigna dans un doux bruit de moteur, au moment précis où un couple venant de Bourbon Street tournait dans la rue.

Apercevant le corps recroquevillé de Dexter Whitlaw, la femme saisit son mari par la manche :

— Viens, je ne veux pas m'approcher de cet ivrogne, dit-elle en l'entraînant.

L'esprit embrumé par plusieurs verres de bière, l'homme acquiesça, et ils changèrent de trottoir pour ne pas subir la proximité de ce déchet humain.

Il se passa encore vingt-trois secondes avant que quatre jeunes femmes ne s'approchent, perchées sur leurs talons hauts, les mains crispées sur leurs sacs minuscules. Elles gloussaient au souvenir du stripteaseur dont elles venaient d'admirer la prestation, et mirent un moment à se rendre compte que le clochard qui gisait à terre avait un trou béant au beau milieu du front.

Leurs cris perçants couvrirent la musique et les rires qui provenaient de Bourbon Street. Des regards curieux se tournèrent dans leur direction. Quelques hommes accoururent à ces hurlements féminins, et l'attroupement attira l'attention de deux policiers qui circulaient à cheval.

S'il avait été en vie, Dexter Whitlaw aurait pu leur dire que, après l'action, vingt-trois secondes sont une éternité. En vingt-trois secondes, des témoins s'évanouissent, des voitures disparaissent, des opportunités sont ratées, car le temps balaie inexorablement toutes ces traces si fragiles.

4

— Et merde !

L'inspecteur Marc Chastain frotta ses joues râpeuses. Il bâilla et but une gorgée du café chaud que l'un des policiers de la patrouille venait de lui apporter. Il était 3 heures du matin, et il n'avait dormi que trois heures à peine. Toutefois il refusait de céder à la mauvaise humeur. Il se rattraperait la nuit suivante, ou bien celle d'après. Le pauvre clodo qui gisait sur le trottoir n'en aurait pas l'occasion, lui.

L'un des inconvénients à vivre dans le Quartier français – mis à part l'électricité défectueuse et la plomberie encore plus vétuste – était que, lorsqu'il se passait quelque chose dans les parages, il était généralement le premier arrivé sur les lieux, et l'affaire lui était donc attribuée. Bon sang, il s'était rendu *à pied* sur le lieu du crime, et pourtant il avait devancé de deux bonnes minutes l'inspecteur Shannon que ses supérieurs avaient dépêché ici.

Bien que fatigué, il plaignait moins son sort que celui du malheureux sans-logis dont le cadavre commençait à se raidir sur le bitume.

D'un regard rapide, Marc embrassa la scène tout en prenant des notes sur son calepin. La victime mesurait environ un mètre quatre-vingts et pesait dans les quatre-vingt-dix kilos. Âge : cinquante à cinquante-cinq ans. Cheveux gris, yeux bruns. L'homme était étendu sur le côté, son bras droit coincé sous lui le maintenant dans cette position. Son front présentait un trou net, mais on ne distinguait aucune blessure sur l'arrière du crâne, ce qui signifiait que la balle n'était pas ressortie. Sans doute une balle de 22, songea Marc. Le projectile d'acier n'ayant pas la puissance nécessaire pour percer le crâne une deuxième fois avait rebondi dans le cerveau, détruisant les tissus sur son passage. Il n'y avait presque pas de sang répandu, ce qui indiquait que la victime était morte sur le coup. Les professionnels utilisaient des 22, mais ces armes étaient également les moins chères et les plus facilement accessibles, ce qui en faisait les préférées des jeunes voyous habitués aux rixes du samedi soir.

En dépit de ceux qui s'échinaient à faire interdire les armes à feu, Marc pensait qu'il valait mieux affronter une balle de 22 tirée par un gamin maladroit plutôt qu'une lame de couteau de vingt centimètres ou une batte de baseball cloutée. Car, quand un type s'approchait de vous dans l'intention de se servir de ce genre d'armes, il était très déterminé, et les conséquences étaient généralement beaucoup plus graves.

En l'occurrence, on ne pouvait exclure que la drogue soit le mobile du crime, bien qu'en principe les dealers, qu'ils opèrent seuls ou en bande, préfèrent les armes plus puissantes. Ils affectionnaient les pistolets automatiques qui crachaient leur ferraille en quelques secondes seulement. Un unique trou dans la tête, ce n'était pas leur style. Pas assez spectaculaire.

Marc releva la tête pour regarder autour de lui. Les spots des caméras de télévision l'éblouirent, et il plissa les paupières en scrutant la foule qui se pressait aux alentours. Il y avait là quatre jeunes femmes sur leur trente et un. Un aide-soignant tentait de calmer l'une d'elles qui sanglotait de façon hystérique. Il s'agissait des quatre filles qui avaient fait la macabre découverte. Un policier de la patrouille discutait avec les trois autres. Il enregistrait leur identité, prenait des notes. Marc irait trouver les témoins d'ici un instant.

Les hurlements des jeunes femmes avaient ameuté une foule de curieux, et l'attroupement avait attiré les journalistes de télévision. Marc soupira. D'ordinaire, le meurtre d'un SDF méritait à peine d'être mentionné dans la presse, sans parler du journal télévisé. Si un policier avait découvert le corps, il n'y aurait pas eu tout ce cirque. Mais La Nouvelle-Orléans était une ville touristique, et tout ce qui impliquait les touristes justifiait les honneurs de l'information. Demain, la presse et les infos télé seraient pleines d'anecdotes horribles et l'on parlerait encore du taux de criminalité de la ville.

Qu'importe que la plupart des meurtres aient lieu au sein de la communauté des drogués, et que le citoyen lambda soit autant en sécurité à La Nouvelle-Orléans qu'ailleurs. Les statistiques tombaient, et tous ces politiciens solennels se faisaient un plaisir de les ressasser. Le maire, poussé par ses électeurs apeurés – qui en réalité craignaient plus de perdre les dollars des touristes que leur propre vie –, harcèlerait le préfet, qui viendrait lui-même hurler chez le chef de police du 8e district, qui se tournerait vers ses inspecteurs.

Génial.

Marc reporta son attention sur la victime en s'efforçant de n'omettre aucun détail. Cette fois, il remarqua une bosse bizarre sous la chemise de l'homme, au bas du dos. S'agenouillant, il se servit de son stylo pour soulever délicatement le tissu. Un pistolet était coincé sous la ceinture.

— Bon sang ! s'exclama Shannon, debout à côté de lui. C'est une sacrée quincaillerie pour un vulgaire clodo ! Je me demande où il l'a piqué.

Marc se déplaça de façon à obstruer le champ des caméras de télé. Il saisit un sachet en plastique et, toujours à l'aide de son stylo, souleva le pistolet pour l'étudier.

— Un Glock 17, murmura-t-il.

Si une arme aussi chère avait été dérobée dans la région, le propriétaire avait sûrement fait une déclaration de vol – si tant est qu'il se soit aperçu du larcin. De nombreuses personnes achetaient des armes à feu et les oubliaient dans un tiroir pendant des mois. Les inconscients ! Quelqu'un qui prenait la décision d'acheter une arme avait le devoir, pour lui-même et sa famille, d'apprendre à tirer, de s'entraîner régulièrement et d'entretenir l'objet, et surtout de savoir où celui-ci se trouvait !

Marc leva l'arme et la renifla. On ne s'en était pas servi récemment. Aucune trace de poudre brûlée, seule l'odeur du métal, du plastique et de la graisse. L'arme était en excellent état, visiblement bien entretenue. Il ne vérifia pas le chargeur, par peur de brouiller d'éventuelles empreintes, mais il aurait parié que celui-ci était plein.

— Il a servi ? s'enquit Shannon.

— Non.

Marc déposa l'arme dans le sachet de plastique, tout en cherchant d'autres indices sur le cadavre. Sa curiosité était en éveil. Pourquoi diable un SDF aurait-il détenu un Glock ?

La drogue ? Peu vraisemblable. Les clochards n'étaient pas dealers, simplement consommateurs, ce qui les avait d'ailleurs réduits à l'indigence. Bon, peut-être avait-il volé le Glock pour le revendre ? Mais dans ce cas, pourquoi se baladait-il encore avec ? À moins qu'il n'ait voulu se sentir en sûreté. Ce qui ne lui avait pas vraiment réussi. Et puis, les gens soucieux de leur sécurité ne vivaient pas dans la rue.

Comme Marc dévisageait la victime, il se figea soudain. Quelque chose... un souvenir... une impression de déjà-vu l'assaillait. Ce n'était pas l'homme en soi, mais un détail qui se rapportait à lui. Il cessa de fixer le visage pour se concentrer sur la vision globale du cadavre. Et il comprit.

La boue.

L'homme était plein de boue, ce qui n'avait rien d'anormal pour un clochard. Mais on aurait dit que ses mains et ses joues avaient été délibérément maculées. Une image traversa comme un flash le cerveau de Marc, qui releva vivement la tête.

— Quoi ? fit Shannon.

Sourcils froncés, celui-ci s'agenouilla à côté de son collègue. Shannon était un jeune Noir, grand et mince, récemment promu au rang d'inspecteur. Il avait l'esprit vif et était impatient d'apprendre.

— Je pense que c'est un ancien soldat, dit Marc.

Doucement, il tapota les poches de la victime à la recherche de papiers d'identité. Mais elles étaient toutes vides.

— Un soldat ? Pourquoi dis-tu ça ?

— Regarde ses mains et son visage.

Shannon se pencha. Lui-même avait servi quatre ans dans l'armée et avait acquis une certaine expérience.

— Du camouflage ! constata-t-il avec surprise. Ce type se cachait.

— Oui, et probablement de celui qui l'a buté.

Marc observa le trottoir, puis la rue. Sans la présence de la télévision, il n'aurait rien remarqué, mais là, les spots illuminaient la scène comme en plein jour. Même ainsi éclairées, les taches sombres situées trois mètres plus loin se confondaient presque avec le gris du bitume humide.

— Regarde-moi ça ! dit-il en se levant pour s'approcher des taches.

— Du sang.

— Oui, mais je doute que celui-ci appartienne à la victime. La balle l'a tué sur le coup, il a à peine saigné de quoi remplir un dé à coudre.

— Pourtant tu as dit que ce type ne s'était pas servi de son Glock. D'où vient ce sang, alors ?

— Tu as lu le rapport des gars de la patrouille montée ?

— Ouais, et alors ?

— Ils ont trouvé quatre douilles, toutes de calibre 22. Combien d'impacts de balles sur la victime ?

— Un seul. Mais on aurait pu le rater trois fois avant de l'avoir pour de bon.

— Il avait un Glock 17 dans sa ceinture. Si quelqu'un lui avait tiré dessus en le ratant trois fois, tu ne crois pas qu'il aurait essayé de riposter ? Il ne serait pas resté les bras croisés à attendre de se faire descendre.

— Donc, nous avons trois coups de feu inexpliqués, et du sang dans un autre endroit.

— C'est cela. On dirait que celui qui a buté notre clodo a également buté ce donneur de sang inconnu, que celui-ci soit mort ou pas. On va peut-être trouver un autre cadavre quelque part, bien que je ne voie aucune logique à transbahuter un cadavre si on laisse le second sur place. À moins que ces types n'aient pas eu le temps d'emporter le deuxième ?

— Des types ? Tu crois qu'ils étaient plusieurs ?

— Il faut être plutôt costaud pour ramasser un mort. Tu sais ce que c'est, ils sont complètement flasques.

— Et ils aident rarement leurs porteurs, renchérit Shannon, imperturbable.

Marc déguisa son rire en quinte de toux. Il ne valait mieux pas que les caméras de télé surprennent un flic en train de glousser devant le corps d'un pauvre type. Pourtant les policiers avaient besoin de se détendre, s'ils voulaient supporter les atrocités auxquelles ils étaient confrontés chaque jour.

— Peut-être que le donneur de sang est reparti par ses propres moyens, suggéra Shannon. Il y a très peu de sang.

— Mais je ne vois pas non plus de traînées, même si on a du mal à localiser les taches sur le bitume. Il n'a tout de même pas sorti sa trousse d'urgence pour se soigner avant de repartir sur ses deux jambes.

Shannon secoua la tête en guise de réponse. Même une simple coupure au doigt saignait avant que le sang ne coagule.

— Alors tu penses qu'il y avait au moins deux meurtriers, et qu'ils ont emporté le type qui manque ?

— Tu piges vite.

— Tu crois que c'était un deal qui a mal tourné, ou des clodos qui se sont disputé des cartons ?

— Je n'en sais rien, mais il y avait au moins trois parties impliquées. Notre victime, bien qu'armée, n'a pas eu le temps de se défendre, ce qui signifie qu'elle a été attaquée par surprise. Il n'y a pas de témoins, pas d'arme du crime, et aucun mobile.

— Alors, qu'est-ce qu'on fait ? demanda Shannon en regardant l'attroupement de curieux.

— La procédure habituelle.

C'était ainsi. Aucun service de police du pays n'aurait déployé beaucoup d'énergie pour attraper le meurtrier d'un clochard. Marc était avant tout pragmatique. Les ressources de la ville étaient limitées, aussi l'argent et les efforts devaient-ils être dépensés pour ce qui en valait la peine, c'est-à-dire la protection des citoyens respectueux de la loi, qui travaillaient et payaient leurs impôts.

— Si c'est bien un ancien soldat, nous devrions pouvoir l'identifier, fit-il remarquer.

— Ouais, acquiesça Shannon en se relevant. Dommage qu'il ait été retrouvé par des touristes.

Sans les touristes, l'affaire n'aurait eu aucun retentissement. Avec toute cette pression destinée à faire baisser le taux de criminalité, certaines rumeurs circulaient : on prétendait que des cadavres étaient promptement emportés de l'autre côté du fleuve et abandonnés là, de façon à ne pas figurer dans les statistiques de La Nouvelle-Orléans. Marc n'avait jamais participé à ce genre d'actions, aussi était-il incapable de dire si cela se passait réellement. À La Nouvelle-Orléans, tout était possible. Et la rumeur découlait peut-être du fait que quelqu'un avait un jour surpris une conversation entre deux policiers qui auraient *souhaité* pouvoir se débarrasser d'un corps de la sorte. Quoi qu'il en soit, ces rumeurs alimentaient la réputation de La Nouvelle-Orléans ; vraies ou fausses, elles faisaient partie du folklore local.

— Tout ce tintouin va s'apaiser, assura Marc. La presse en fera tout un plat demain matin, nous annoncerons qu'il s'agit d'un SDF, on en parlera encore une fois aux journaux du soir, et puis tout retombera dans l'oubli.

Shannon haussa les épaules, aussi fataliste que son collègue. Il considéra les façades des immeubles délabrés.

— Tu vis dans le Quartier français, hein ? demanda-t-il tandis qu'ils retournaient près du cadavre.

— Oui, j'ai une maison sur St. Louis.

— Comment tu peux te payer ça, mec ?

— Je l'ai héritée de ma grand-mère.

— Sans blague ? Alors tu fais partie d'une de ces vieilles familles créoles ?

— Ma grand-mère, oui. Mon père était un cochon d'Irlandais.

Marc ne précisa pas qu'il avait grandi dans la maison de St. Louis. Il n'aimait pas se vanter de ses origines sociales. Frimer avec son héritage aurait été de la dernière stupidité. D'ailleurs, il n'y avait pas de quoi frimer. Son père s'était toujours montré incapable de garder un emploi, aussi, plutôt que de voir sa fille et son petit-fils réduits à la mendicité, sa grand-mère les avait recueillis, tolérant à regret la présence de son gendre sous son toit. Elle y avait vu en quelque sorte le prix à payer pour sa tranquillité d'esprit.

La grand-mère de Marc s'était toujours comportée comme une reine détrônée, bien que la fortune familiale se soit évaporée depuis longtemps. Tout ce qu'il en restait, c'était cette grande demeure située sur St. Louis Street.

Marc ne se considérait pas comme un créole. Il se sentait tout simplement américain. Plus précisément, il se savait un bon flic, assez malin pour juger quand il avait des chances de boucler une enquête ou pas. En l'occurrence, il ne servait à rien de s'entêter, et il n'entendait pas perdre son temps sur cette affaire.

Pourtant, en regardant la victime, il ne put s'empêcher de se demander si ce type avait de la famille quelque part, des gens qui auraient souhaité être prévenus de son décès. La plupart des clochards étaient des marginaux, qui sombraient dans la drogue et la petite délinquance.

Néanmoins, certains étaient des arriérés mentaux incapables de subvenir à leurs propres besoins, et Marc n'avait aucune indulgence pour leurs parents qui les avaient laissés se débrouiller seuls. C'était peut-être un peu vieux jeu de penser ça, mais sa grand-mère avait toujours placé la famille au-dessus de tout, et lui-même suivait son exemple...

De nouveau, il s'agenouilla près du cadavre, étudia le regard vitreux. Quel scénario s'était déroulé ici, au beau milieu du Quartier français, sans que personne entende ou voie rien ? Nul n'avait entendu les coups de feu, et pourtant on en avait tiré au moins quatre. Un silencieux ? Cela faisait penser aux pros, et les pros appartenaient à la pègre organisée, pas aux gangs des petits dealers de rue.

De toute façon, ce type n'avait pas l'air d'un drogué. Sous la crasse, il semblait plutôt costaud et bien nourri. Grâce aux foyers sociaux et aux soupes populaires, les clochards pouvaient se nourrir correctement, de nos jours, mais les dealers ne s'intéressaient pas beaucoup à la nourriture. Et d'habitude, ils n'étaient pas SDF. Ils avaient besoin d'une base pour mener à bien leurs négociations.

Marc se frotta le nez. Non, cela n'était pas une affaire de drogue. Ce type avait peut-être tout bêtement ennuyé celui qu'il ne fallait pas ? Peut-être s'était-il trouvé au mauvais endroit au mauvais moment ? Il y avait peu de chances pour que Marc connaisse un jour le fin mot de l'histoire mais, sapristi, il détestait les mystères.

Les assistants de la morgue s'approchèrent :

— Vous avez fini, inspecteur ?

Marc acquiesça en se relevant. Il ne pouvait rien faire de plus, ne pouvait glaner aucun renseignement supplémentaire sur les lieux. Avec l'aide du légiste, il parviendrait peut-être à apprendre l'identité de la victime, mais cela s'arrêterait là.

En attendant, il devait interroger les quatre filles. Tandis que le corps était chargé dans le fourgon, il appela Shannon.

— Ça t'intéresse de procéder à un interrogatoire ?

— Ouais, tant que je ne suis pas obligé de me coltiner l'hystérique. Depuis que je suis là, elle n'a pas arrêté de chialer.

— Contente-toi de quelques questions préliminaires. Je les contacterai demain.

Il aurait pu exiger que les filles viennent déposer au poste du 8e district, mais il ne voulait pas leur compliquer la vie. Les quatre jeunes femmes, âgées d'une vingtaine d'années, étaient venues passer du bon temps au Quartier. Auparavant, elles n'avaient jamais été confrontées à la sauvagerie d'un meurtre. Il pouvait bien leur pardonner quelques larmes.

Comme les deux inspecteurs s'approchaient du groupe, Marc conseilla à Shannon :

— Ne les brusque pas, elles ont besoin de caresses.

Shannon lui retourna un regard stupéfait. Au cas où Marc ne l'aurait pas remarqué, il était noir, et ces quatre filles étaient blanches. Des caresses ? Était-il devenu fou ?

Bien qu'il ne soit inspecteur que depuis quelques mois, Shannon avait intercepté certains bruits colportés sur Chastain. Ce dernier ne parlait guère de lui, mais il était apprécié dans le service. Apparemment, il n'avait pas son pareil pour mener un interrogatoire, tant pour les témoins que pour les suspects, car il savait apaiser les plus hystériques, mais aussi faire passer un sale quart d'heure aux voyous quand le besoin s'en faisait sentir.

Un des inspecteurs du 8e district avait déclaré un jour :

— Chastain est le genre de flic à porter un surin sur lui.

Shannon en avait déduit qu'il ne se contentait pas du canif que tout le monde a dans la poche, mais qu'il possédait une arme destinée à protéger sa vie. Oui, c'était possible. Chastain était calme, rapide.

Shannon admirait également l'allure de son collègue. Il n'y avait qu'à le regarder : il sortait manifestement du lit, il n'était pas rasé, ses paupières étaient rougies, mais il portait un pantalon de lin repassé et une veste impeccable. Même ses pieds nus dans ses chaussures lui donnaient un style, comme s'il avait soigneusement pensé sa tenue. Ça, c'était la classe !

Parvenus devant les jeunes femmes, ils se présentèrent. Shannon nota que le ton de Chastain changeait, qu'il empruntait une voix compatissante. Imperceptiblement, les filles se rapprochèrent de lui, leurs grands yeux terrifiés rivés à son visage. Même celle qui n'arrêtait pas de pleurer fit un effort pour se dominer. Gentiment, Chastain les sépara, envoyant deux d'entre elles un peu plus loin avec Shannon.

La fille pleurait moins bruyamment maintenant. Shannon entendit son collègue murmurer quelques paroles apaisantes, et l'instant d'après la pleureuse s'essuya les yeux pour répondre d'une voix chevrotante aux questions qu'il lui posait.

Il était presque 5 heures du matin quand l'attroupement se dispersa. Les quatre filles furent escortées à leur hôtel par un policier, les curieux s'éloignèrent, les journalistes s'en allèrent rédiger leurs articles, et peu à peu la rue se vida.

Le matin amènerait une cohue bien différente dans le Quartier : des gens qui faisaient leurs courses, des livreurs, et des touristes qui s'y sentaient plus en sûreté le jour, ou bien que la vie nocturne n'intéressait pas.

Marc jura en silence en pensant à la paperasse qui l'attendait au poste. Il aurait aimé rentrer chez lui pour se coucher, mais sa nuit était finie, il le savait. Il passa une main sur sa barbe naissante. La paperasse attendrait quand même qu'il se soit rasé et douché.

— On ne va pas marcher, j'ai ma voiture, dit Shannon à son côté. Tu rentres chez toi ou tu vas directement au poste ?

— D'abord chez moi, ensuite au poste. Merci de me conduire.

Quand ils eurent rejoint la voiture de Shannon, Marc se glissa sur le siège du passager.

— Alors toi aussi, tu as fait un séjour dans l'armée ? s'enquit Shannon. Tu as tout de suite repéré le camouflage.

— Je me suis engagé dans les marines, juste à la sortie du lycée. Comme ça, j'ai pu poursuivre des études à l'université.

— Ouais…

Shannon s'était engagé pour le même motif. C'était assez étrange qu'ils aient ce point commun, lui le Noir issu d'une banlieue sordide, et le Blanc sophistiqué provenant d'une des vieilles familles créoles de la ville.

La circulation était fluide, et en moins d'une minute ils atteignirent St. Louis. Shannon ralentit.

— À gauche, lui indiqua Chastain. C'est là-bas, au milieu du bloc, le portail bleu.

Shannon se gara devant ledit portail qui, selon la mode typique du Quartier français, protégeait une cour entourée d'un mur solide. Les vieilles demeures créoles étaient souvent bâties autour du jardin. De longs balcons aux rambardes en fer forgé surplombaient la cour, celui du troisième étage formant un toit au-dessus de celui du second. Sur chaque balcon, de hauts volets en bois blanc encadraient les portes-fenêtres. Shannon aperçut un petit salon de jardin. Des fougères géantes poussaient dans une jardinière suspendue.

— Tu as des fougères ? s'étonna-t-il.

Chastain n'était pas marié. Des fougères chez un célibataire, c'était plutôt incongru.

Chastain eut un petit rire.

— Eh, cool ! C'est un cadeau d'une vieille copine. Les femmes aiment les plantes, alors je les garde. Elles ne sont pas exigeantes, il suffit juste de les arroser de temps en temps.

La mère de Shannon faisait pousser des fougères, et il savait bien que ce genre de plantes nécessitait plus qu'un simple arrosage occasionnel. Il sourit, imaginant toutes ces femmes qui devaient défiler chez Chastain et arroser les fougères, leur donner de l'engrais, couper les feuilles mortes. Tiens, c'était une idée, ça ! Peut-être devrait-il s'acheter des fougères, lui aussi...

— Tu veux un café ? proposa Chastain. À moins que tu ne préfères rentrer chez toi ?

— Non, ce n'est plus la peine. Je veux bien un café, merci.

— Viens, entre.

Un peu surpris par l'invitation, mais curieux d'en apprendre plus sur son collègue, Shannon sortit de la voiture. Chastain ouvrit le portail et ils remontèrent jusqu'au porche de briquettes. Une lampe fixée dans le mur éclairait le seuil. Shannon découvrit un jardin qui, dans la lumière pâlissante de l'aube, lui parut empli d'une végétation luxuriante. Le parfum suave des fleurs lui chatouilla les narines.

Chastain prit à droite et enfila une volée de marches qui montaient le long de la façade.

— J'ai divisé la maison en quatre appartements, expliqua-t-il. C'était le seul moyen pour réussir à entretenir tout ça. Le mien est au dernier étage.

Parvenu sur le palier supérieur, il ouvrit la porte, tendit le bras pour allumer la lumière intérieure, puis fit signe à Shannon d'entrer.

Ce dernier regarda autour de lui avec curiosité. Les plafonds étaient hauts d'au moins trois mètres cinquante. Quelques tapis décoraient le parquet. Au milieu de la salle, un ventilateur brassait mollement l'air de ses pales. La plupart des meubles étaient anciens, et Shannon en déduisit que Chastain les tenait de sa grand-mère. Quelques pièces de mobilier plus modernes avaient été ajoutées çà et là. L'endroit était propre et bien rangé. Seuls quelques journaux traînaient par terre, près d'un fauteuil ; une tasse à café et des livres sur la table basse.

— Tu n'as pas la télévision ?

— Elle est cachée dans l'armoire, répondit Chastain en désignant le meuble énorme. Ma grand-mère adorait les feuilletons télé, mais elle ne voulait pas que ses amies le sachent. La cuisine est par ici...

Il précéda son collègue dans une petite salle à manger, poussa une porte, et pénétra dans la cuisine, une pièce carrée, fonctionnelle, surprenante de banalité. Il y avait une cuisinière, un réfrigérateur, un micro-ondes, un grille-pain, une cafetière électrique. Shannon s'était plutôt attendu à trouver un robot ménager, car Chastain lui semblait du genre à apprécier la bonne chère. Une table de bois conçue pour deux convives était rivetée dans le mur.

Avec aisance, Chastain dosa l'eau et la mouture, avant de brancher la cafetière.

— Fais comme chez toi, dit-il. J'en ai pour un instant. Tu as faim ?

— Je mangerais bien un morceau.

— Il y a des croissants au congélateur. Mets-en deux dans le grille-pain.

Un moment plus tard, Shannon entendit le bruit de l'eau qui coulait dans la douche. Ne voulant pas préparer les croissants trop tôt, il sortit par la porte-fenêtre sur le balcon. Sa voiture était garée juste en dessous. Par la fenêtre voisine, il vit une pièce éclairée et en déduisit qu'il s'agissait de la chambre de Chastain.

Il songea à son propre appartement poussiéreux, où les assiettes s'amoncelaient dans l'évier et où du linge sale traînait par terre. Quand il invitait une fille chez lui, il devait à la hâte pousser les vêtements sous le lit ou les fourrer dans l'armoire, cacher la vaisselle dans le four, chasser les plus gros moutons sous les meubles, et vider au moins un flacon de désodorisant pour masquer l'odeur de chaussettes. Chastain, lui, pouvait ramener une invitée chez lui en toute tranquillité.

Oui, c'était vraiment la classe. L'appartement n'avait rien de chic, tout ici était vieux comme Hérode, et pourtant Shannon aurait parié que Chastain attirait les femmes comme un aimant. Sa façon de s'habiller, son mode de vie... elles devaient adorer ça.

Il s'appuya contre la rambarde tout en réfléchissant. Il n'avait peut-être pas les moyens de se payer une maison dans le Quartier français, mais il pouvait au moins ranger son appartement, faire le ménage plus souvent, et peut-être s'offrir une ou deux plantes. Personne ne saurait qu'il les avait achetées lui-même, il n'aurait qu'à dire que c'était un cadeau d'une amie.

Et puis, il avait besoin de nouvelles fringues. Rien de voyant comme les dealers, juste une ou deux chemises de bonne facture, et autant de vestes. Et peut-être un robot ménager, pourquoi pas ?

Il était si absorbé par ses pensées qu'il ne se rendit pas compte que la douche s'était arrêtée. Quelques minutes plus tard, il sursauta quand Chastain apparut sur le balcon, rasé de près, ses courts cheveux noirs lissés sur son crâne. Il achevait de boutonner une chemise à manches courtes coupée dans un tissu très léger.

— Bon sang, j'ai oublié les croissants ! s'exclama Shannon.

— Je les ai mis dans le grille-pain.

— Je pensais juste à... à tout ça, ta maison, tes meubles. C'est super, mec. J'ai bien vu comment tu te comportais avec les quatre filles, tout à l'heure.

C'était comme si tu allais leur passer le bras autour des épaules en disant : « Là, c'est fini... » Les femmes raffolent de ce genre de trucs, hein ? Celle qui pleurait tout le temps, tu lui as délié la langue en moins de trente secondes. J'ai cru qu'elle allait te tomber dans les bras.

— Je n'avais aucune raison de ne pas être gentil avec elles. Elles n'avaient rien fait de mal, et elles étaient bouleversées. Elles ne sont pas habituées à voir ce que toi et moi voyons chaque jour.

À l'intérieur, la cafetière se mit à gargouiller, et les deux hommes revinrent dans la cuisine. Chastain prit deux tasses dans un placard et servit le café. Il l'aimait fort, comme presque tout le monde à La Nouvelle-Orléans, et l'odeur âcre emplissait la pièce. Ensuite, il déposa les deux croissants dans des assiettes, les saupoudra de sucre et ajouta encore deux fourchettes avant de passer une des assiettes à Shannon. Ce dernier s'installa sur la petite table de bois.

— Eh, ce n'est pas de la pâtisserie industrielle ! s'écria-t-il.

— Une copine...

— ... Te les a préparés ? acheva Shannon avant de pousser un profond soupir.

— Oui. C'est très pratique quand on n'a pas le temps d'avaler un petit déjeuner correct.

— Combien de copines as-tu ?

— J'ai beaucoup d'amies femmes. Je ne sors pas avec toutes.

Shannon comprit le message. Un gentleman ne se vantait pas de ses bonnes fortunes sentimentales.

Ces quelques heures passées en compagnie de Chastain avaient été une révélation. À sa façon de travailler, de s'adresser aux témoins, de s'habiller, Shannon avait soudain découvert comment un homme, un vrai, devait se comporter dans la vie.

— Je parie que tu tiens la porte aux dames ?

— Bien sûr.

Bien sûr. Évidemment. Le style, cela faisait toute la différence. Shannon en perdit presque le souffle. Avec tous ces changements qu'il comptait apporter à sa propre existence, il imaginait déjà les filles se bousculer devant sa porte.

— C'est quoi, ton prénom ? demanda Chastain alors qu'ils avaient presque achevé leur petit déjeuner.

— Antonio.

— Eh bien, Antonio, tu dois comprendre qu'en général les témoins sont déjà secoués par ce qu'ils ont vu, et qu'ils n'ont pas besoin qu'en plus un flic vienne les bousculer. Il faut les calmer pour qu'ils puissent réfléchir de manière cohérente, les rassurer.

Chastain s'interrompit le temps d'avaler sa dernière bouchée de croissant, avant d'enchaîner :

— Imaginons par exemple que des gamins se soient trouvés dans un endroit où ils n'auraient pas dû être, et qu'ils aient été témoins d'un événement. S'ils ont peur de se faire engueuler, ils mentiront. Il faut les rassurer, parler aux parents si nécessaire pour éviter qu'ils se fâchent et que les gamins se referment comme des huîtres. Sinon, tu ne tireras jamais rien d'eux.

Shannon connaissait les techniques d'interrogatoire. Il fallait se montrer compréhensif, voire compatissant. Même si on s'adressait à un type coupable de violences conjugales, il fallait lui dire : « Vous savez, je vous comprends. Parfois ma femme m'énerve, et j'ai envie de lui cogner dessus. » Peu importe que ce soit un mensonge. Le type avait peur, il était nerveux, il avait perdu son sang-froid et tué sa femme, et une tonne de problèmes lui tombaient dessus. Parfois, une voix amicale suffisait à lui faire cracher le morceau.

Chastain adoptait par principe ce ton sympathique, et nul doute que les gens devaient tomber dans le panneau et tout lui déballer.

— Quelles suites donne-t-on généralement à ce genre d'affaire ? demanda Shannon, revenant au meurtre du clochard.

— C'est le lieutenant qui décide, répondit Chastain d'une voix neutre. Si on parvient à déterminer l'identité de la victime, on préviendra la famille. J'imagine qu'ils s'en ficheront totalement, mais au moins ils pourront se charger de l'enterrement.

— Tu penses que c'était un débile ?

Chastain haussa les épaules.

— Il n'avait pas l'air d'un dealer, il était trop soigné de sa personne. Certains SDF ont de la famille qui leur envoie de l'argent. C'est plus simple que de s'occuper d'un arriéré mental. On les laisse à la rue.

Shannon hocha la tête. Cette situation n'avait rien d'exceptionnel. Dans les années 1970, et au début des années 1980, un lobby de gens inconscients avait assiégé les tribunaux pour faire relâcher les déficients mentaux des institutions spécialisées, sous prétexte que ces derniers étaient parfaitement capables de s'intégrer dans la société. Ce qui était le cas, tant qu'ils prenaient leurs médicaments. Le problème, c'est qu'ils ne se soignaient qu'au sein d'un environnement protégé, comme un foyer ou un hôpital. Largués dans la vraie vie, nombre d'entre eux jetaient leurs cachets et devenaient insupportables pour leurs proches. Quand la pression devenait trop forte, certains échouaient dans la rue, incapables de trouver du travail ou même d'avoir une conversation cohérente. Ils traînaient n'importe où, injuriaient les gens, se soulageaient dans les lieux publics. Évidemment, ils représentaient une proie rêvée pour les gangs et la petite criminalité auxquels ils étaient forcément mêlés.

Le ton tranchant de Chastain alerta son collègue.

— Tu es en colère, hein ?

— Pas encore. Mais s'il s'avère que ce type a bien une famille qui aurait pu s'occuper de lui, je serai *vraiment* en colère.

Il avait prononcé ces mots avec calme, pourtant Shannon sentit un frisson lui parcourir le dos. Sous son vernis policé, Chastain cachait un tempérament redoutable.

Celui-ci alla laver les assiettes et les posa sur le vaisselier. Il remplit une nouvelle fois les tasses de café, puis proposa :

— Emportons le reste du café et allons nous occuper de cette paperasse.

Tous deux poussèrent un soupir. À cet instant, Marc se promit de donner à cette affaire une attention plus soutenue qu'elle ne semblait le mériter au prime abord.

Premièrement, il fallait trouver comment ce type s'était procuré un Glock 17. C'était le genre de petites bizarreries qui ne lui plaisaient pas du tout.

5

— Comment vous êtes-vous débarrassés du corps ?

— On a amené sa voiture de location dans l'État du Mississippi, et on l'a laissé dedans après lui avoir vidé les poches, comme s'il s'agissait d'une agression. Quelqu'un le trouvera bien un jour ou l'autre.

— Quoi ?

Furieux, le premier homme se redressa dans son énorme fauteuil de cuir, qui coûtait presque aussi cher qu'une voiture.

— Pourquoi ne l'avez-vous pas flanqué au fond d'un bayou pour qu'un alligator le bouffe ? s'exclama-t-il.

L'homme qui était debout devant lui, et qui s'appelait Hayes, secoua la tête.

— S'il avait purement et simplement disparu de la circulation, ses amis auraient pu s'étonner et venir fouiner. Ça arrive, ce genre de pépins.

— Medina appartenait à la CIA, et la CIA n'a pas le droit d'opérer à l'intérieur du pays.

Comme si les lois n'étaient pas enfreintes chaque jour que Dieu fait ! songea Hayes avec lassitude. Bien sûr, la CIA n'était pas censée opérer à l'intérieur de ses propres frontières. Mais il fallait être naïf pour croire que cela ne se produisait jamais.

Plutôt que de répondre à cette absurdité, Hayes préféra déclarer d'un ton apaisant :

— Enquêter sur la mort de Medina, ce ne sera pas intéressant pour eux. Medina travaillait au contrat, il n'était pas un de leurs agents réguliers, par conséquent il lui arrivait de travailler pour d'autres employeurs. La CIA est le cadet de mes soucis. Il faut leur donner un cadavre pour qu'ils ne se posent pas trop de questions. J'aimerais autant que Medina Junior ne vienne pas traîner dans le coin à la recherche de son vieux.

— Qu'est-ce que vous racontez ? Je n'ai jamais entendu parler d'un fils ! dit l'autre en fronçant les sourcils, soudain inquiet.

Il jeta un coup d'œil à la photo encadrée posée sur le bureau et aux visages souriants de ceux qu'il aimait.

— Peu de gens en ont entendu parler. Moi-même, je ne connais que certains bruits de couloir à son sujet, et encore, parce que j'ai été dans le circuit.

— Vous pouvez découvrir où il vit, et à quoi il ressemble ?

Hayes secoua la tête :

— Impossible. Je n'ai pas les contacts nécessaires, et même si c'était le cas, si je demandais ce genre d'informations, je serais mort dans l'heure. Suivez mon conseil, laissez tomber. Ne faites surtout rien qui puisse attirer l'attention sur vous.

— Et si vous avez merdé, je ne sais pas, moi, laissé une empreinte derrière vous, ou quelque chose comme ça ?

— Nous n'avons commis aucune erreur. Nous portions des gants, nous nous sommes débarrassés des armes et nous avons brûlé nos vêtements. Il n'y a aucun moyen de relier Medina à qui que ce soit. Si vous êtes nerveux à ce point, vous auriez dû engager quelqu'un d'autre pour régler son compte à Whitlaw.

— Les autres n'arrivaient même pas à l'approcher ! Il était trop malin. J'avais besoin de quelqu'un d'aussi futé que lui.

Et cette personne avait été Rick Medina. Dommage. Un gros bras sans cervelle aurait été plus simple, il n'y aurait pas eu de famille susceptible de s'inquiéter, pas de flics sur le coup. Avec Medina, des complications étaient possibles, mais on n'y pouvait plus grand-chose maintenant. Au moins, celui-ci avait accompli sa mission, ce que les autres clowns avaient été incapables de faire. Il avait concocté une bonne histoire pour convaincre Medina, mais une fois la tâche accomplie, ce dernier avait dû être éliminé. Car si jamais il avait découvert la manipulation dont il avait été victime... il y aurait eu du grabuge.

Il vit Hayes se diriger lentement vers l'immense baie vitrée qui donnait sur les pelouses soigneusement entretenues. Cette entrevue ne l'intéressait pas particulièrement, il recevait sans cesse des tonnes de gens qui venaient lui demander un service ou simplement faire leur travail. Pourtant, toute cette histoire le mettait mal à l'aise. Il l'avait crue terminée une bonne fois pour toutes des années plus tôt. En tout cas, il en avait tiré la leçon : il ne fallait jamais laisser traîner des éléments incontrôlés derrière soi. Medina en était un. Il regrettait d'avoir été obligé de le faire abattre, mais c'était nécessaire.

— Et les hommes que vous avez utilisés ? demanda-t-il, saisi d'une nouvelle inquiétude.

— J'en réponds. Ils ne connaissent aucun nom, ils se sont contentés de faire ce qu'on leur demandait. Tout va bien.

— Parfait. Et le carnet ?

— Aucune trace.

— Bon sang !

Tant que ce carnet existait, la menace persistait. Quelle folie avait incité Dexter Whitlaw à dresser l'inventaire de ses contrats ? Manifestement, il avait pensé y gagner un jour ou l'autre, et que quelqu'un serait prêt à payer très cher pour entrer en possession de cette liste. Il avait bien failli avoir raison.

— Où a-t-il bien pu le planquer ?

— Je doute qu'il l'ait mis dans un coffre.

Hayes réfléchissait. C'était un homme grand, d'apparence ordinaire, quoique légèrement enrobé comme ces gens qui n'entretiennent pas leur forme et s'empâtent avec le temps. Son regard lointain brillait d'intelligence. Il déclara :

— Whitlaw bougeait tout le temps. S'il avait mis le carnet dans une banque, il n'aurait pu y avoir accès aisément, sans compter qu'il faut payer pour la location d'un coffre-fort. Même chose pour les consignes dans les stations de bus. Non, selon toute vraisemblance, il a confié le carnet à quelqu'un en qui il avait toute confiance, un ami peut-être, ou plus logiquement quelqu'un de sa famille.

— Whitlaw ne vivait pas avec les siens. Il a abandonné sa femme et sa fille il y a plus de vingt ans, rétorqua l'autre d'un ton réprobateur.

— Quelle est leur dernière adresse connue ? demanda aussitôt Hayes.

— Un bled en Virginie-Occidentale, mais elles n'y sont plus. J'ai appris qu'elles avaient déménagé dans l'Ohio, et nous n'avons pas encore retrouvé leur trace.

— Whitlaw savait sans doute où elles habitaient. Il aurait pu leur envoyer le carnet avant d'essayer de vous faire chanter. Il aurait tout organisé d'avance.

— Possible, possible...

Visiblement perturbé par cette éventualité, Hayes s'éloigna de la baie.

— Vous avez leurs numéros de sécurité sociale ? Leurs fiches d'imposition ?

— Une telle requête aurait laissé des traces.

Hayes soupira. Évidemment, cela aurait laissé des traces ! Mais seulement si la demande de renseignements avait été faite par les voies officielles, ce qui aurait été complètement idiot !

— Donnez-moi leurs noms et leurs dates de naissance. Je trouverai leur lieu d'habitation et, croyez-moi, sans laisser de traces.

— Si vous pensez...

— J'en suis sûr !

— Ne décidez rien sans m'en avertir au préalable. Je ne veux pas que deux femmes soient tuées si cela peut être évité.

Après le départ de Hayes, le sénateur Stephen Lake quitta son bureau pour emprunter le grand escalier qui, dans une gracieuse volute de marbre, s'élevait jusqu'au premier étage de sa demeure du Minnesota. Les luxueux tapis étouffaient le bruit de ses pas, la rampe en ébène bien cirée reflétait le soleil d'été. Le parfum des fleurs montait des jardins soigneusement entretenus, et il s'arrêta un instant pour humer cette fragrance délicate.

Il adorait cette maison, depuis qu'il était en âge d'apprécier tout ce qu'elle symbolisait. Enfant, il avait un jour vu son père faire glisser ses doigts le long de la cheminée en marbre du salon, admirant la beauté de la pierre, y voyant la preuve de sa richesse et surtout de son pouvoir. Stephen avait senti sa poitrine se gonfler, comme s'il s'imprégnait de l'émotion de son père. Aujourd'hui, il éprouvait exactement la même chose. Il aimait les lustres de cristal, le mobilier raffiné fabriqué par les plus grands artisans d'Europe, les boiseries exotiques provenant d'Afrique ou d'Amérique du Sud, les tableaux dans leurs cadres dorés à la feuille d'or.

Lui et son frère aîné, William, avaient joué aux cowboys et aux Indiens sur ces pelouses vert tendre, brandissant des bâtons qui simulaient des fusils. Quelle époque ! La cuisinière leur réservait toujours une carafe de citronnade fraîche après ces courses-poursuites dans la canicule de l'été, ou bien un chocolat fumant pour les réchauffer après les batailles de boules de neige.

Dans la maison persistait l'odeur des cigares de leur père, une odeur que le sénateur associait encore au pouvoir ; et flottait également le parfum délicat de sa mère qui l'enveloppait lorsqu'elle se penchait pour l'embrasser sur la joue. « Mes petits princes », ainsi surnommait-elle ses fils.

Elle les avait aimés d'un amour indéfectible, quand leur père était plus distant, plus difficile à satisfaire. Il pouvait, d'un seul froncement de sourcils, leur gâcher la journée. William réussissait mieux à s'attirer les bonnes grâces de leur père. Il était plus âgé, bien sûr, mais d'une nature plus mûre et responsable. Stephen était un peu timide, plus intelligent que son frère, mais moins doué pour montrer ses qualités. William intervenait souvent pour éviter les punitions à son cadet, il prenait sa défense, car leur père s'irritait constamment de la gaucherie de Stephen.

En grandissant, Stephen n'avait eu qu'une idée en tête : plaire à son père, devenir un homme dont il serait fier. Il voulait *devenir* son père, un personnage à la fois craint et respecté, qui se faisait obéir d'un simple haussement de sourcils, mais à qui on faisait aveuglément confiance lorsqu'il avait engagé sa parole.

Toutefois, William avait toujours été le prince héritier, celui sur qui se focalisait l'attention du père. D'ailleurs ce dernier ne s'était pas trompé en mettant tous ses espoirs en lui : William avait été… merveilleux. Il n'y avait pas d'autre mot. Jamais il n'avait conçu une seule mauvaise pensée, et il avait travaillé dur pour compenser ses défauts. Bien qu'assailli par les responsabilités, il se montrait toujours gai, souriant, prêt à rire d'un bon mot.

La mort de William, à l'âge de 27 ans, avait anéanti sa famille. La mère de Stephen ne s'était jamais remise de ce drame, et sa santé avait commencé à décliner ; elle était morte quatre ans plus tard. Quant au père, il avait été brisé.

Occultant son propre chagrin, Stephen s'était d'autant plus efforcé de gagner l'estime de son père. À la faculté de droit, il bûchait plus dur que ses camarades et était sorti premier de sa promotion. Il avait épousé une femme aussi douce que charmante, issue d'une riche famille du New Hampshire, et il était devenu un mari tendre, attentionné, fidèle. Ils avaient eu deux enfants, un garçon et une fille. Et Stephen avait vu son père, si solennel et distant, fondre devant ses petits-enfants.

Il avait embrassé la carrière politique en se présentant, sur le conseil de son père, aux élections locales. « C'est ainsi qu'on se constitue un bastion de loyaux supporters ! » affirmait Walter Lake. Après avoir rempli un mandat de district attorney, fort de douze années d'expérience, il avait saisi sa chance lorsqu'un député avait pris sa retraite. Il s'était fait élire, s'était consciencieusement acquitté de sa tâche, et avait attendu son heure, guettant la moindre faiblesse de la part des sénateurs de son État. Quand l'un d'eux avait été impliqué dans une histoire de mœurs, Stephen avait abattu ses cartes et s'était présenté contre lui aux élections suivantes. À quarante et un ans, il était devenu sénateur et, depuis, il confortait sans relâche son influence et sa réputation.

S'arrachant à sa rêverie, le sénateur Lake grimpa les dernières marches et longea le couloir qui menait aux chambres, sur l'arrière de la maison. S'immobilisant devant une porte, il frappa un coup léger, puis entra.

— Comment va-t-il, aujourd'hui ?

— Il a bien mangé, lui répondit l'infirmière avec un sourire.

Cinda Blockett était aussi tendre avec son père qu'elle l'aurait été avec un nourrisson. Son mari, James, lui aussi infirmier diplômé, l'aidait pendant la garde de jour et veillait à ce que l'invalide fasse un peu d'exercice.

James venait d'installer Walter Lake dans l'immense fauteuil rembourré et inclinable, placé devant la fenêtre qui donnait sur les jardins et le lac. Stephen approcha une chaise du fauteuil et prit la main noueuse dans la sienne.

— Bonjour, père.

Il attendit de voir si celui-ci le reconnaissait, mais Walter Lake ne cilla même pas. Alors il se mit à parler des dernières nouvelles, lues dans la presse ou entendues à la télévision. Il ne se cantonnait pas à la politique, mais évoquait le commerce et le domaine scientifique. Chaque fois qu'une navette spatiale décollait, Stephen tenait son père au courant. Il ignorait si son cerveau endommagé était capable d'enregistrer et de comprendre ces informations, mais il ne renonçait pas pour autant.

Durant plus d'une heure, il demeura auprès de lui, de façon que Cinda et James puissent prendre leur déjeuner en toute tranquillité. On ne laissait jamais son père seul. Trois équipes médicales se relayaient à son chevet pour le nourrir, assouplir ses muscles atrophiés, les masser afin d'éviter les escarres. On lui rendait la vie aussi confortable que possible, en lui faisant écouter ses disques préférés, ses émissions favorites à la télé, en lui faisant la lecture. Si certaines zones cognitives du cerveau fonctionnaient encore, onze ans après l'attaque qui l'avait laissé paralysé, Stephen entendait bien les stimuler et le rendre aussi heureux que possible, étant donné les circonstances.

Il était aujourd'hui l'une des personnalités les plus éminentes et respectées de Washington, pourtant il ne saurait jamais si son père était fier de lui.

Lorsque Cinda et James revinrent dans la suite, Stephen se retira. Raymond l'attendait, comme prévu.

Raymond Hilley, 69 ans, était employé chez les Lake depuis plus de cinquante ans. Stephen ne se souvenait même plus d'une époque où Raymond n'aurait pas été là. Il avait été le bras droit de son père, et presque un oncle pour lui et William. À la mort de ce dernier, Raymond s'était assis par terre et de grosses larmes avaient roulé sur ses joues parcheminées.

Onze ans plus tôt, quand Walter Lake avait eu son attaque et que Stephen était devenu le chef de famille, la compétence et la loyauté indéfectible de Raymond avaient été mises à son service.

— Descendons dans mon bureau, dit le sénateur en claquant l'épaule de Raymond comme il avait vu son père le faire autrefois en signe d'amitié.

Le café les attendait. Tout à l'heure, en présence de Hayes, le sénateur était resté derrière son bureau. Mais en compagnie de Raymond, il alla s'installer dans le petit salon, tels des amis ou des parents. Stephen remplit tout d'abord la tasse de Raymond, y ajouta trois cuillerées de sucre en poudre et un nuage de lait. Il prit le sien avec juste une goutte de crème.

Son père buvait toujours son café noir, mais même après tout ce temps, Stephen n'arrivait pas à renoncer à cette unique goutte de crème qui adoucissait l'amertume du café. Parfois, cette faiblesse lui faisait honte, il se disait qu'il n'était qu'une version édulcorée de son père, une pâle réplique. Mais c'était faux, bien sûr. Il avait pris au cours de sa vie quelques décisions difficiles, et celle concernant Dexter Whitlaw et Rick Medina n'était pas des moindres. Il n'aimait guère ce qu'il avait été obligé de faire, pourtant il estimait ne pas avoir eu le choix.

Raymond but une gorgée de son sirop marron et poussa un soupir de plaisir.

— Je l'ai suivi jusqu'à l'aéroport, annonça-t-il de sa voix rocailleuse. Il ne s'est pas arrêté en chemin, il ne s'est pas servi de son téléphone portable, il a juste été chercher son billet avant de passer à l'embarquement.

— Il aurait pu appeler quelqu'un de là-bas.

— Non, il n'aurait pas pris ce risque au milieu de la foule.

C'était logique, et Stephen accepta cette affirmation, mais seulement parce qu'elle venait de Raymond.

— Si vous ne lui faites pas confiance…

Raymond laissa sa phrase en suspens, invitant le sénateur à terminer par lui-même, tout comme il l'avait fait quarante ans plus tôt lorsqu'il apprenait l'art de la chasse aux garçons.

— ... Je ne devrais pas l'employer, acheva Stephen avec un soupir. Je sais, mais j'ai besoin de ses contacts. Hayes est un bon intermédiaire et, à mon avis, il ne parlera pas. Après tout, son boulot dépend de sa réputation. S'il ne savait pas garder un secret, personne ne l'embaucherait.

— Il a la situation bien en main ?

— On s'est occupé du maître chanteur. Malheureusement, il reste quelques détails à régler.

— Ces détails sont comme des lacets dénoués, ils risquent de vous faire trébucher à tout instant.

Raymond but une gorgée de café, ses grandes mains tenant délicatement la fragile porcelaine.

— Nous avons pris les mesures qui s'imposaient.

— Bien, approuva Raymond. Vous comprenez, je ne voudrais pas que M. Walter soit éclaboussé par un scandale. C'est un grand homme. Dans sa vie, il a fait des actions que certaines personnes ne comprendraient pas, parce qu'elles ne sont pas au courant de tous les tenants et aboutissants. Il ne mérite pas qu'on le salisse, surtout qu'il n'est plus capable de se défendre.

— Non, il n'en est plus capable, acquiesça Stephen avec un nouveau soupir.

— Homme de race blanche, taille : un mètre quatre-vingts, poids : quatre-vingt-onze kilos, âge : entre cinquante et cinquante-cinq ans. Cheveux gris, yeux marron. Signes distinctifs : « Semper Fi » tatoué sur l'avant-bras gauche, une cicatrice d'origine chirurgicale de dix centimètres sur la partie inférieure droite de l'abdomen, une chéloïde en diagonale le long du quadriceps droit...

Marc écouta le légiste décrire les multiples cicatrices de la victime. Aucune d'elles, apparemment, n'avait été causée par balle, mais plusieurs semblaient avoir été infligées par de solides lames de couteau. La plupart cependant ressemblaient aux cicatrices normales que les gens reçoivent au cours de leur vie :

coupures aux genoux, égratignures, etc. L'élément le plus important pour l'identification restait le tatouage. Non seulement ce type avait été dans l'armée, mais ils savaient désormais qu'il avait été marine. Bientôt, le cadavre aurait un patronyme.

Comme prévu, les journaux télé du matin avaient longuement évoqué l'affaire, sur un ton sinistre de circontance. De nouveau, on parlait statistiques et taux de criminalité. Au communiqué laconique de la police avait succédé un laïus passionné du maire qui avait clamé haut et fort que les citoyens et les touristes de La Nouvelle-Orléans *devaient être* et *seraient* protégés du crime. C'était un bon slogan, qui avait déjà fait ses preuves.

Impassible, Marc surveillait l'autopsie. Ce n'était pas une petite nature, jamais il n'avait vomi, comme certains inspecteurs qui assistaient à ce spectacle peu ragoûtant. À l'instar des légistes, il était capable d'ignorer les odeurs pour se concentrer sur ce que le corps était susceptible de révéler. C'était le truc à prendre quand on travaillait à la brigade des homicides.

Ce cadavre-ci ne leur apprendrait pas grand-chose. Il avait une balle logée dans le cerveau, c'était évident. Le lieu, la date et la manière n'étaient pas en cause, il fallait juste découvrir qui avait agi, et pourquoi.

Les jeunes femmes qui avaient découvert le corps ne leur avaient été d'aucune aide. Pas une n'avait aperçu un quelconque rôdeur, que ce soit à pied ou en voiture. La fusillade avait dû avoir lieu quelques minutes avant leur arrivée, mais personne, pas même les proches habitants, n'avait entendu les détonations.

Les effets personnels de la victime ne leur avaient fourni aucune indication supplémentaire, excepté l'alliance cousue dans le revers du pantalon. Il l'avait peut-être volée, mais elle allait parfaitement à son annulaire gauche. Et puis, s'il l'avait cachée, c'est qu'il y accordait une valeur supérieure à la somme qu'il aurait pu en tirer dans un mont-de-piété. Ce type avait été marié. Peut-être l'était-il encore.

— Vous m'énervez, Chastain, dit le médecin après avoir éteint son micro d'un geste sec.

C'était un homme bourru, aux manières brusques, qui n'adressait presque jamais la parole aux inspecteurs qui assistaient aux autopsies.

Marc souleva un sourcil interrogateur.

— Oui, vous m'énervez, confirma le légiste en agitant son scalpel dans sa direction. Vous êtes là, dans mon dos, muet comme une carpe ! Vous ne m'interrompez pas pour me poser des questions, vous ne devenez pas tout vert, vous vous contentez de regarder. Vous êtes en transe ou quoi ?

— Si j'ai des questions, je les poserai quand vous aurez fini, répondit Marc d'une voix égale.

De nouveau, le scalpel étincela dans l'air.

— Voyez, vous recommencez ! Vous ne changez même pas d'expression. Soyez gentil, faites quelque chose d'humain avant que je ne commence à croire que vous êtes un robot !

Derrière le légiste, l'assistante toussota pour masquer un gloussement.

— Si vous avez un doute, quand vous en aurez terminé, je vous autoriserai à me regarder pisser.

Marc avait fait cette suggestion d'un air pince-sans-rire et, cette fois, l'assistante pouffa carrément.

— Merci, mais je me passerai fort bien de cette merveilleuse opportunité ! rétorqua le légiste.

— Je ne propose pas cela à tout le monde, vous savez. Vous êtes le seul jusqu'à aujourd'hui, alors réfléchissez quand même. Mais n'allez pas vous imaginer que je préfère les hommes.

Les yeux de l'assistante pétillaient au-dessus de son masque. Le légiste lui jeta un regard torve.

— Oubliez ce que j'ai dit, maugréa-t-il.

Il rebrancha son micro, mettant un terme à la discussion. Dommage. Marc aimait bien l'aiguillonner, et de toute évidence l'assistante avait elle aussi apprécié leur échange. C'était la première fois que Marc voyait le médecin interrompre son travail pour lui adresser une remarque personnelle.

Pour le plaisir, il fourra les mains dans ses poches et se mit à faire cliqueter sa monnaie. Au bout de deux minutes, le micro fut de nouveau débranché.

— Oubliez ce que j'ai dit ! aboya le médecin. Et cessez de faire tinter ces pièces. On dirait le père Noël !

Marc haussa les épaules et retira ses mains de ses poches, mais un demi-sourire flottait sur ses lèvres.

L'autopsie leur apprit que l'inconnu, avant sa mort, se trouvait dans une remarquable condition physique. Aucun signe d'une quelconque maladie affectant les organes, pas de stase veineuse, une bonne masse musculaire, pas de traces de piqûres sur les bras ou entre les orteils qui auraient dénoté une consommation de drogue dure. Le rapport de toxicologie n'était toujours pas arrivé, et ils allaient peut-être découvrir l'emploi d'un autre type de drogue, mais c'était peu probable.

La cause de la mort était bien évidemment la blessure par balle, celle-ci ayant été tirée d'une distance moyenne. Pas de trace de sortie. Le projectile, une balle de calibre 22, avait envoyé des esquilles d'os dans la masse cérébrale, provoquant une destruction massive des tissus, tel un raz-de-marée écrasant tout sur son passage.

Les radios et photographies dentaires de la victime avaient été envoyées au corps des marines pour identification. On connaîtrait le nom de la victime d'ici quelques jours. Marc tâcherait alors de localiser sa famille et, dans une semaine ou deux, ce pauvre type aurait peut-être – peut-être – un enterrement décent.

Marc fut donc surpris quand l'identification tomba dès le lendemain. Quelqu'un, dans les vastes connexions entre militaires et civils, était intervenu. C'était ça, ou alors, par un coup de chance extraordinaire, les photos dentaires s'étaient trouvées sur le haut de la pile dans le premier bac vérifié. Quoi qu'il en soit, la victime avait désormais un nom : Dexter Alvin Whitlaw, de Keysburg, Virginie-Occidentale. Ses plus proches parents étaient son épouse, Shirley Jeanette Allen Whitlaw, et sa fille, Karen Simone Whitlaw. Marc connaissait leurs numéros de sécurité sociale et leur dernière adresse connue. Il allait pouvoir les trouver.

Le voyant du répondeur clignotait lorsque Karen rentra du travail. Elle fut tentée de ne pas écouter les messages, de prendre une douche rapide et de s'écrouler dans son lit. Depuis qu'elle avait vendu la maison pour emménager dans cet appartement quatre mois plus tôt, sa solitude lui semblait encore plus grande. Après le travail, elle n'avait guère l'énergie ni le désir de déballer des cartons, et nombre de ses affaires se trouvaient encore empaquetées. Elle avait parfois l'impression de vivre dans une chambre de motel... ou un entrepôt.

Et Jeanette lui manquait tellement !

Elle dormait mal, mangeait peu, perdait du poids. Dans un effort pour s'arracher à la dépression, elle avait permuté son emploi du temps avec celui d'une autre infirmière et travaillait désormais de nuit. La méthode avait fonctionné, jusqu'à un certain point. Elle était si fatiguée lorsqu'elle rentrait de l'hôpital à l'aube qu'elle s'effondrait littéralement sur son lit et dormait comme une bûche. Après la première journée, désastreuse, où elle avait été sans cesse réveillée par des démarcheurs et des gens qui composaient de faux numéros, elle avait décidé de débrancher le téléphone avant de se coucher.

Depuis peu, elle s'efforçait de rester éveillée quelques heures après son retour à la maison, pour retrouver sa routine quotidienne. Mais aujourd'hui, il n'en était pas question. Elle avait vécu une nuit d'enfer. Elle ne voulait qu'une chose : reposer ses pieds douloureux et dormir.

En ce moment, elle travaillait dans le service d'observation postopératoire. Tous les patients souffraient, mais tous n'avaient pas la même résistance à la douleur. Certains étaient stoïques, tandis que d'autres ne cessaient de se plaindre.

Cette nuit avait été celle des douillets. Ils avaient *mal*, bon sang, et voulaient *quelque chose, tout de suite*. Un autre cachet, une augmentation du débit de la perfusion de morphine, etc. Bien entendu, les infirmières ne pouvaient augmenter de leur propre chef les posologies prescrites par les médecins. Elles se bornaient à recevoir les plaintes, car joindre un médecin au beau milieu de la nuit pour une modification de traitement était quasi impossible. En général, le médecin de garde avait le chic pour ne pas se trouver là où il devait être et oublier son biper.

Aujourd'hui, une patiente de trente-deux ans, mère de deux enfants, avait eu une grosse complication. Elle était soignée pour une rupture de l'appendice et avait été très malade pendant plusieurs jours. Ce soir-là, juste après le dîner, elle s'était rendue aux toilettes et s'était soudain effondrée sur le sol. Un caillot de sang s'était logé dans l'artère pulmonaire. En dépit des efforts de l'équipe médicale, elle avait succombé.

De tels drames survenaient parfois, mais pour Karen, le choc était toujours aussi violent, même si elle avait appris à se concentrer sur son travail. Une méthode utilisée par toutes les infirmières et tous les médecins. Ils n'avaient pas le choix.

Pour couronner le tout, un crétin avait laissé un jeune drogué de dix-neuf ans s'échapper du service de psychiatrie où il séjournait par mesure de sécurité. Sécurité, tu parles ! Le gamin avait été tout droit au service de chirurgie où l'on trouvait toute la dope qu'on voulait. En chemin, il avait déchiré sa blouse. Puis, nu comme un ver, ses pupilles en myosis le faisant ressembler à un extraterrestre, il avait fouillé le local de pharmacie. Mais comme Judy Camliffe, l'infirmière en chef, gardait dans sa poche la clé du placard à morphine, il avait tout saccagé en s'évertuant à fracturer les portes métalliques. Les vigiles étaient intervenus, mais avaient eu un mal fou à maîtriser le forcené. Il n'y avait pas de vêtement à agripper, leurs doigts glissaient sur sa peau humide de sueur. Le gamin avait réussi à s'échapper dans le couloir, où il s'était battu avec les vigiles, bousculant les tables roulantes, renversant les dossiers et les pancartes de température, réveillant les patients qui s'étaient alarmés à cause du bruit ou qui avaient subitement décidé qu'ils avaient besoin d'un autre antalgique. Quand le gosse avait finalement été maîtrisé, tout l'étage était sens dessus dessous. Et lorsque les infirmières avaient terminé leur garde, elles étaient toutes épuisées...

De nouveau, Karen regarda le répondeur. Le message émanait probablement d'un démarcheur ou d'une association caritative. Elle n'avait pas encore eu le temps de sympathiser avec ses nouveaux voisins, et toutes ses amies infirmières savaient bien qu'elle travaillait de nuit.

Bien qu'elle n'ait aucune raison d'écouter ce message dans l'immédiat, elle posa son sac et s'approcha de l'appareil. De toute façon, elle serait incapable de dormir, sachant que ce maudit voyant rouge clignotait.

Machinalement, elle prit le bloc de papier et le stylo qu'elle gardait toujours près du téléphone. Puis elle appuya sur la touche « Messages » et écouta la bande se rembobiner.

Après quelques déclics, une voix de baryton brisa le silence de la pièce. Sans savoir pourquoi, Karen retint son souffle. La voix était chaleureuse, basse, avec des intonations très masculines qui la firent frissonner.

— Mademoiselle Whitlaw, je suis l'inspecteur Marc Chastain de la police de La Nouvelle-Orléans. J'ai besoin de vous parler au sujet de votre père. Vous pouvez me joindre au...

Il récita un numéro, mais Karen était si surprise qu'elle ne songea pas à noter un seul chiffre. Vivement, elle enfonça le bouton « Stop » et repassa l'enregistrement. De nouveau, elle écouta le bref message et, cette fois-ci, inscrivit rapidement le numéro de téléphone. Puis, le cerveau embrumé par la fatigue et l'étonnement, elle fixa le bloc de papier.

Manifestement, Dexter avait des ennuis et pensait qu'elle serait en mesure de le tirer de ce mauvais pas. Non, en fait, il pensait que Jeanette paierait sa caution pour le libérer. Comment aurait-il pu savoir que sa femme était morte depuis six mois ?

À propos, l'inspecteur avait-il dit « Madame » ou « Mademoiselle » ?

Incapable de résister à la tentation, elle écouta une fois de plus le message, autant pour entendre la voix au timbre si agréable que pour déterminer s'il s'adressait à elle ou à sa mère. Non, c'était bien « Mademoiselle ». Bizarre...

Elle n'avait pas envie de le rappeler. Elle se fichait des problèmes de Dexter. Tout ce qu'elle voulait, c'était dormir.

Abattue, elle songea à sa mère qui avait toujours ouvert sa porte à Dexter chaque fois qu'il était reparu, qui ne lui avait jamais fait défaut quand il avait eu besoin d'elle, alors que lui ne les avait jamais aidées. Et soudain, elle se sentit submergée par un épuisement qui n'avait rien à voir avec la fatigue physique. Elle n'en pouvait plus de déprimer à cause de la défection de son père. Elle ne voulait pas devenir comme ces gens qui passent leur vie entière à se lamenter sur leur passé. Elle avait adoré sa mère et continuerait de la pleurer, mais il était temps que la vie reprenne son cours. Au lieu de déprimer dans cet appartement vide, elle devait ouvrir ses cartons, ranger ses affaires, et faire de cet endroit son nouveau foyer.

Peut-être pouvait-elle également reprendre ses études, passer un diplôme supplémentaire ? Elle s'intéressait aux « soins intensifs ». C'était un domaine médical exigeant mais fascinant pour ceux qui pouvaient résister au stress. Elle savait garder son calme en cas d'urgence et était capable de prendre des décisions rapides quand les circonstances l'imposaient, deux qualités essentielles pour travailler dans un tel service.

Karen prit une profonde inspiration. Pour la première fois depuis la mort de Jeanette, elle se sentait calme, maîtresse d'elle-même et de sa vie. Ne serait-ce qu'en mémoire de sa mère, elle devait régler ce problème avec Dexter. Alors autant appeler tout de suite.

Sans se donner le temps de changer d'avis, elle saisit le combiné et composa le numéro de l'inspecteur Chastain.

La sonnerie retentit plusieurs fois, mais personne ne répondit. Pourtant il était 8 h 45...

— Idiote ! marmonna-t-elle en raccrochant.

La Louisiane avait une heure de décalage avec l'Ohio. L'inspecteur Chastain n'était certainement pas dans son bureau à 7 h 45 du matin.

Quant à elle, elle ne pouvait attendre une minute de plus avant d'aller se coucher. Dexter patienterait. Toutefois, elle rappellerait... cet après-midi, lorsqu'elle se réveillerait.

Sa décision prise, elle se traîna jusque dans la chambre et, titubant de fatigue, se déshabilla. Un bâillement lui échappa, elle s'étira entre les draps frais et soupira de bien-être. Puis elle se prit à imaginer à quoi ressemblait l'inspecteur Chastain. Les voix étaient souvent trompeuses quant à l'apparence physique. L'inspecteur était sans doute un vieux bonhomme ventripotent pressé de prendre sa retraite, avec deux grands enfants à l'université. Mais sa voix coulait comme un miel sombre, et elle résonnait encore à ses oreilles quand la jeune femme sombra enfin dans le sommeil.

La sonnerie stridente du téléphone l'éveilla. Désorientée, elle se dressa d'un bond dans son lit, puis grommela en réalisant qu'elle avait oublié de couper la sonnerie avant d'aller se coucher. Le réveil la narguait sur la table de chevet : 9 h 30.

Elle arracha le combiné de son socle, juste pour faire taire ce bruit odieux.

— Oui ? fit-elle d'une voix pâteuse.

— Mademoiselle Whitlaw ?

Cette voix. Il n'avait prononcé que deux mots, mais elle la reconnut aussitôt et frissonna.

— C'est moi, acquiesça-t-elle après s'être raclé la gorge.

— Je suis l'inspecteur Chastain, de la police de La Nouvelle-Orléans. J'ai laissé un message sur votre répondeur hier, à propos de votre père.

— Oui.

Elle était sur le point de lui dire qu'elle avait l'intention de le rappeler dans l'après-midi, mais il ne lui en laissa pas le loisir :

— Je suis désolé, mademoiselle, mais votre père a été tué il y a deux jours dans une fusillade.

Le choc engourdit Karen. Sa main se crispa sur le combiné jusqu'à ce que ses jointures blanchissent.

— Deux jours ? Pourquoi ne m'a-t-on pas prévenue plus tôt ?

— Il ne portait pas de papiers d'identité sur lui, et nous l'avons finalement identifié grâce aux empreintes dentaires de son dossier militaire.

L'inspecteur enchaîna ; elle comprit vaguement qu'il lui demandait de venir à La Nouvelle-Orléans afin d'identifier le cadavre. Il s'exprimait d'un ton brusque, dénué d'émotion. Karen lutta pour recouvrer son sang-froid.

— Je... j'essaierai d'avoir un vol aujourd'hui, dit-elle enfin. Sinon...

— Les compagnies d'aviation ont des arrangements spéciaux en cas d'urgence. Vous pouvez être ici dans l'après-midi, coupa-t-il.

Si toutefois vous le voulez. Le sous-entendu était clair, et Karen se sentit gagnée par l'irritation. Cet homme ne savait rien d'elle, de quel droit se permettait-il de juger sa relation avec son père ?

— Je vous contacterai quand je serai sur place, répliqua-t-elle d'un ton sec.

— Venez directement au poste du 8ᵉ district, sur Royal Street.

Karen répéta l'adresse, puis déclara :

— Merci d'avoir appelé.

Elle raccrocha avant qu'il puisse ajouter autre chose. Puis, repliant les jambes, elle posa la tête sur ses genoux. Ainsi, Dexter était mort... Cette nouvelle lui semblait irréelle. Elle aurait dû éprouver autre chose que de la surprise, pourtant elle était vide à l'intérieur. Comment aurait-elle pu pleurer la mort d'un père qu'elle avait à peine connu ? C'était son absence, et non sa présence, qui avait structuré sa vie.

Rejetant les draps, elle se leva tel un zombie. Elle devait passer quelques coups de fil, réserver une place dans un vol, faire sa valise.

Son père était mort. Cette pensée ne cessait de tourner dans sa tête tandis qu'elle se glissait sous le jet froid de la douche. Elle ne l'avait jamais vraiment connu et, maintenant, elle n'avait plus aucune chance de le connaître un jour.

6

— Karen Whitlaw, Karen Whitlaw...

Dans la cabine téléphonique, le nommé Carl Clancy faisait glisser son doigt sur la fine page de l'annuaire. Il avait mis un temps fou à la trouver. Il était juste midi passé de quelques minutes, et le soleil transformait la cabine en étuve. Il n'y avait pas de Karen Whitlaw, juste une K.S. Whitlaw, et il aurait parié que c'était elle. Les femmes seules s'inscrivaient souvent sous leurs initiales dans l'annuaire.

Il inséra une pièce dans la fente et composa le numéro. Après quatre sonneries, il entendit le déclic d'un répondeur. Une voix féminine agréable s'éleva :

— Vous êtes bien au 555-0677, veuillez laisser votre message, s'il vous plaît.

Une petite maligne. Elle ne révélait pas son nom au premier péquin qui téléphonait. Les gens faisaient toujours ça, ils donnaient leur nom sur leur répondeur, et collaient même des étiquettes sur leur boîte aux lettres. Les idiots ! Comme ça, les cambrioleurs n'avaient plus qu'à appeler pour voir si la maison était déserte ou pas.

En l'occurrence, Carl connaissait déjà le nom de la jeune femme. En lui téléphonant, il voulait juste vérifier que l'adresse était la bonne. Elle devait travailler en ce moment, car d'après ses informations, elle était infirmière. Il allait prendre son temps, fouiller toute la baraque, et trouver le carnet. S'il faisait chou blanc, Hayes lui avait demandé de brûler la maison, par mesure de précaution.

Le carnet était peut-être dans un coffre, mais les gens étaient rarement aussi prudents, même avec les objets de valeur. Ils se contentaient en général de les cacher chez eux.

Retournant à sa voiture, Clancy étala le plan de la ville qu'il venait d'acheter et localisa la rue de Karen Whitlaw. Il y serait dans un quart d'heure à peine. Il aurait donc tout le temps de faire le boulot, puis d'attraper un avion en fin d'après-midi.

Le quartier ne payait pas de mine. La plupart des voitures étaient de vieilles berlines, appartenant sans doute à des personnes âgées, ce qui expliquait qu'il y ait peu d'enfants à jouer dans les alentours. Ou alors il s'agissait de jeunes couples qui venaient d'acheter leur première maison et n'avait pas encore fondé de famille.

Il y avait du bon et du mauvais là-dedans. Du bon, parce que le quartier était quasi désert ; du mauvais, parce que ceux qui étaient chez eux à cette heure-ci étaient des vieux, et que les vieux étaient curieux de nature. Ils connaissaient les voitures de leurs voisins et repéraient tout de suite un véhicule étranger. Et ils n'avaient rien de mieux à faire que de passer la journée le nez collé au carreau.

Mais bon, ce n'était pas une bande de vieux débris qui allaient l'empêcher d'entrer dans la maison. La technique, si jamais on l'apercevait, consistait à se comporter avec le plus grand naturel possible, comme si tout allait bien.

Il valait quand même mieux ne pas se faire surprendre. Clancy était doué pour ça, et c'est précisément pourquoi Hayes lui avait confié cette mission.

Il roula jusqu'à trouver une épicerie et gara sa voiture de location sur le parking. Au cas où l'employé l'aurait vu, il entra dans la boutique pour acheter un soda, prenant soin de ne pas croiser le regard du bonhomme et de ne rien faire dont celui-ci pourrait se souvenir ensuite. Puis, abandonnant son véhicule, il remonta rapidement trois pâtés de maisons pour tourner dans la rue de Karen Whitlaw.

Là, il coupa par les jardins en se cachant derrière les haies. Les gens entreposaient tout un tas de cochonneries dans leur jardin, ce qui était très pratique quand on voulait passer inaperçu. En général, c'étaient les chiens qui lui posaient le plus de problèmes. Saloperie de clébards ! En ce moment même, il entendait un de ces roquets japper frénétiquement dans la maison qu'il était en train de dépasser. Vivement, il se posta derrière un bosquet et attendit que les aboiements s'apaisent.

Enfin, il atteignit la maison Whitlaw. Entrer fut un jeu d'enfant. La serrure sur la porte de derrière n'aurait pas résisté à un gamin de dix ans. Carl l'ouvrit en un tournemain. Bon sang, si les gens se doutaient qu'on pouvait entrer chez eux comme dans un moulin !

Il visita d'abord les lieux, vérifia les cachettes les plus évidentes, comme le compartiment congélateur du réfrigérateur, le haut des armoires, le dessous des chaises. Il ne savait pas vraiment à quoi ressemblait le carnet. Apparemment, personne n'en avait la moindre idée.

Méthodique, Carl se mit à fouiller la demeure. Il regarda dans chaque tiroir, les retourna pour vérifier que rien n'était collé derrière ou dessous. Il tâta les rideaux pour voir si on n'avait rien cousu dans les doublures, examina tous les coussins et tous les oreillers, cherchant une couture ou une bosse suspecte. Il ne mettait pas la maison à sac, seul un amateur l'aurait fait. Sa visite ne devait laisser aucune trace.

Des photos encadrées étaient disposées un peu partout. Certaines montraient un jeune couple à l'air heureux. La jolie petite blonde devait être Karen Whitlaw. Il aurait bien aimé avoir affaire à une infirmière comme celle-ci, surtout si elle s'asseyait sur ses genoux, comme elle le faisait avec ce type au sourire idiot sur la photo.

Dans l'armoire de la chambre, il trouva des vêtements masculins, ainsi qu'un rasoir dans la salle de bains. Il fit claquer sa langue. Donc miss Karen vivait avec un homme, ou du moins ce dernier effectuait des séjours réguliers chez elle. Peut-être étaient-ils même mariés, mais ce devait être récent, sinon il ne l'aurait pas trouvée dans l'annuaire sous son nom de jeune fille.

La maison était petite, et Carl efficace. En deux heures, il passa le tout au peigne fin. Le carnet n'était pas là, à moins que Karen Whitlaw n'ait été particulièrement maligne en le cachant sous une lame du plancher ou dans un faux plafond. Il trouva la trappe qui menait au grenier et y jeta un bref coup d'œil. Tout était sombre, poussiéreux, et il faisait au moins 40 °C là-dedans. Il renonça à fouiller dans une telle chaleur. Il n'avait pas envie non plus de ramper sous la maison – une mauvaise cachette de toute façon, car tout y était humide. Les moisissures auraient rongé le papier.

Le carnet n'était pas là, il en était convaincu, mais Hayes lui avait ordonné de ne prendre aucun risque et de brûler la maison. Il haussa les épaules. Un ordre était un ordre, et Hayes était quelqu'un de particulièrement prudent. Carl suivit ses instructions.

Selon lui, la meilleure façon d'incendier une maison était d'enflammer de l'huile dans la cuisine. On n'était pas obligé d'ajouter d'autres produits qui pouvaient éveiller les soupçons, et le sinistre avait l'air d'un accident.

Sifflotant doucement, il se mit à l'œuvre. Miss Karen avait eu la bonne idée de se préparer du bacon ce matin-là, et elle avait laissé la poêle graisseuse à refroidir sur la cuisinière. La main enveloppée d'un torchon, il alluma le brûleur, puis déposa la poêle dessus, avant de laisser le torchon suffisamment près pour qu'il prenne feu quand l'huile s'enflammerait. Puis il jeta un regard autour de lui, fit mentalement un petit pari avec lui-même, avant d'ouvrir le placard le plus proche de la cuisinière. Oui, c'était bien là qu'elle conservait l'huile alimentaire, dans l'endroit le plus proche de la source de chaleur. On aurait vraiment dit qu'elle lui facilitait la tâche !

Professionnel jusqu'au bout, il ne quitta pas les lieux sans s'assurer que tout avait fonctionné. En attendant que la graisse s'enflamme, il ôta une pile du détecteur de fumée et la réinséra dans le mauvais sens. Il détestait entendre le bruit strident de l'alarme à incendie.

À présent, la fumée avait envahi la cuisine. Il alla ouvrir toutes les portes de la maison afin que l'appel d'air soit plus efficace et que l'incendie se communique rapidement aux autres pièces. Il n'aimait pas jouer les pyromanes, et il regrettait même de causer du chagrin à la jolie blonde. Elle pleurerait sans doute en constatant qu'elle avait perdu toutes ces belles photos et ses affaires personnelles. Mais il ne faisait que son boulot.

Agenouillé près du sol afin de ne pas respirer les volutes âcres et grises, il attendit, et soudain les flammes s'élevèrent au-dessus de la poêle. Le torchon prit feu immédiatement et des flammèches vinrent lécher le bois du placard.

Carl quitta rapidement la maison et prit les mêmes précautions qu'à l'aller pour rejoindre sa voiture. Chemin faisant, il jeta plusieurs fois un regard pardessus son épaule, et fut enfin récompensé en apercevant un tourbillon de fumée noire. Il résista à la tentation de repasser dans la rue en voiture pour vérifier que la maison était bien la proie des flammes. C'était une mauvaise idée. Il ne fallait jamais revenir. La baraque était vieille et, avec toutes ces portes ouvertes, le feu se propagerait à une vitesse fulgurante.

Il consulta sa montre quand il entendit la sirène des pompiers dans le lointain : dix minutes. Trop tard. Les maisons brûlaient bien plus vite que les gens ne se l'imaginaient. Ils croyaient toujours avoir plusieurs minutes devant eux pour rassembler leurs biens les plus chers. Ils avaient tort. La plupart du temps, quand on remarquait un début d'incendie, on n'avait que trente secondes pour vider les lieux. Carl, lui, avait pu rester plus longtemps parce qu'il connaissait le foyer de l'incendie et qu'il s'était agenouillé non loin de la porte pour éviter de suffoquer. Lorsque les pompiers arriveraient, il ne leur resterait plus qu'à arroser les arbres du jardin pour éviter que l'incendie ne gagne les maisons voisines.

Carl haussa vaguement les épaules en s'éloignant. L'opération avait à la fois réussi et échoué. Il n'avait pas le carnet, mais si celui-ci se trouvait bel et bien dans la maison, il était à présent détruit. Il avait exécuté les ordres de Hayes.

Le pick-up rouillé s'arrêta au bout de l'étroit chemin de terre, et deux adolescents dégingandés en jaillirent. Le cul-de-sac s'ouvrait sur une carrière flanquée sur la gauche d'une falaise rocheuse. Deux grossiers chevalets de bûcherons étaient positionnés devant la falaise et reliés par une planche. Tout autour, le sol était jonché de boîtes de conserve.

De la plage arrière de la voiture, les deux garçons sortirent deux carabines de calibre 22.

— Sheryl n'a pas arrêté de chercher Justin hier soir, fit l'un d'eux en hochant sa tête blonde. Elle était tellement bourrée que je parierais qu'elle roupille encore !

— Si elle s'est réveillée, je parie qu'elle le regrette !

Les deux garçons se mirent à rire tout en chargeant habilement leurs carabines.

— Son père sait qu'elle picole ?

— Je ne vois pas ce qu'il pourrait y faire. Elle rentre toujours ivre morte de ses virées avec des mecs, répondit l'autre, une note réprobatrice dans la voix. Je n'ai rien contre l'alcool, mais Sheryl est décalquée la moitié du temps. Un de ces quatre, elle va avoir un accident de voiture et tuer quelqu'un.

— Son père ne vaut pas mieux. Elle tient de lui.

Les deux garçons allèrent poser les boîtes de conserve sur la planche, avant de prendre position une vingtaine de mètres plus loin. Ils se mirent à tirer méthodiquement et, une à une, les boîtes de conserve s'envolèrent. Lorsqu'il n'en resta plus, les adolescents se dirigèrent vers les chevalets pour les réinstaller.

Comme ils revenaient à leur point de départ, le soleil se réverbéra soudain sur un objet brillant situé en bordure de la clairière. Éblouis, ils clignèrent des yeux.

— Eh, c'est quoi ce truc, derrière les fourrés ?

— On dirait une voiture, dit le plus grand en tendant le cou. Allons voir.

— Je parie que c'est quelqu'un qui cherchait un coin tranquille pour peloter sa gonzesse !

— Dans ce cas, sa chérie a dû se tailler à toute allure quand elle a entendu les coups de feu !

Cette idée les fit ricaner. Après avoir échangé un regard de connivence avec son acolyte, le plus grand posa un doigt sur ses lèvres. Tous deux s'avancèrent sur la pointe des pieds, ravis à l'idée de surprendre un de leurs camarades en train de faire quelque chose d'interdit.

Quand ils aperçurent la voiture, ils constatèrent avec dépit que la plaque était immatriculée en Louisiane. Pire, le véhicule semblait être vide.

— Merde ! Y a personne.

— Chut ! Peut-être qu'ils sont allongés sur la banquette...

— Non, regarde : toutes les vitres sont fermées. Personne n'irait s'enfermer dans une voiture pour baiser par une telle chaleur.

— Peut-être que c'est une voiture volée et que le voleur l'a planquée ici ?

Sans plus chercher à se cacher, ils s'approchèrent de la voiture. C'était une Pontiac blanche, quatre portes, recouverte d'une fine couche de poussière rouge.

Le plus grand des garçons se pencha pour jeter un coup d'œil à l'intérieur de l'habitacle, puis soudain il se redressa, recula vivement et faillit tomber.

— Merde ! Y a un macchabée là-dedans !

Karen fut saisie par la canicule dès qu'elle descendit du jet pour pénétrer dans la passerelle mobile. Elle portait un tailleur à manches courtes et avait frissonné de froid dans l'avion, mais maintenant elle était en nage.

L'inspecteur Chastain ne s'était pas trompé à propos des compagnies d'aviation. Elle avait téléphoné et parlé à un agent de réservation sympathique et efficace. Ensuite, elle avait eu juste le temps de faire sa valise et de rejoindre l'aéroport pour sauter dans l'avion. Elle n'avait pas eu le temps de manger, mais son estomac s'était révolté à l'idée d'ingurgiter le sandwich à la dinde qu'on lui avait proposé durant le vol. Elle détestait la dinde. Et de toute façon, elle était trop nerveuse pour absorber la moindre nourriture.

Elle avait la migraine, et la douleur fusait dans son crâne à chaque pas, tandis qu'elle se dirigeait vers le tapis roulant qui délivrait les bagages.

Jamais elle n'avait éprouvé ce qu'elle ressentait en ce moment, pas même à la mort de sa mère. À cette époque, la douleur l'avait submergée, intense ; alors que maintenant elle ne pouvait mettre un nom sur son émotion. Si c'était du chagrin, il était d'une nature entièrement différente. Elle se sentait engourdie, distante de tout, bizarrement vulnérable, comme si tout son être s'était cristallisé et que le moindre heurt la briserait en mille morceaux.

Son sac lui pesait sur le bras et l'épaule. L'atmosphère était lourde, même à l'intérieur de l'aéroport, comme si l'humidité filtrait à travers les murs. Elle n'avait même pas pensé à réserver une chambre d'hôtel. Debout devant le tapis roulant, elle fixait les sacs et valises qui défilaient, se demandant comment elle allait trouver l'énergie nécessaire pour quitter ces lieux.

Enfin, le tapis lui amena sa valise. Gardant la main fermement agrippée à son sac de voyage, elle se pencha pour la récupérer. Un homme chauve et bedonnant à côté d'elle intervint :

— Attendez, je vais vous l'attraper.

Il saisit la valise et la lui tendit. Karen le remercia.

— De rien, madame.

Il inclina la tête, puis se détourna pour saisir ses propres bagages. La jeune femme lui jeta un regard étonné. Elle n'était pas habituée à ce qu'on fasse preuve de courtoisie à son égard.

Le chauffeur du taxi était un jeune Noir, aux cheveux nattés et au sourire contagieux.

— Où allez-vous par cette belle journée ? demanda-t-il en se réinstallant au volant après avoir chargé la valise dans le coffre.

Une belle journée ? Alors qu'il devait faire 37 °C et que l'air était saturé d'humidité ! Évidemment, le ciel était dégagé, et même dans cette jungle de béton, elle sentait l'odeur fraîche et douce de la nature proche.

— Je n'ai pas encore trouvé d'hôtel, expliqua-t-elle. Je dois me rendre au poste de police du 8e district, sur Royal Street.

Il secoua la tête :

— Vous n'allez pas trimbaler vos bagages dans un poste de police. Il y a plein d'hôtels sur Canal Street, pas très loin de l'endroit où vous voulez aller. Vous devriez commencer par prendre une chambre en ville. À moins que vous ne préfériez un hôtel au Quartier français, mais si vous n'avez pas de réservation, vous aurez sans doute du mal à trouver de la place.

Est-ce que tous les chauffeurs de taxi donnaient des conseils à leurs clientes fatiguées ? Peut-être, après tout. Elle n'en savait rien, pour ce qu'elle avait voyagé dans sa vie ! En tout cas, ce type avait raison à propos des bagages.

— Les grands hôtels, comme le Sheraton ou le Marriott, sont plus agréables, mais aussi beaucoup plus chers.

Karen était dans un tel état de fatigue que, pour l'heure, le confort lui importait davantage que le prix. Et puis, elle pouvait bien s'offrir quelques nuits dans un établissement de bon standing.

— Au Marriott, décréta-t-elle.

— C'est à deux pâtés de maisons de Royal Street. Quand vous sortirez de l'hôtel, prenez à droite. Le poste est un peu plus loin, vous ne pourrez pas le manquer. Un grand truc tout jaune avec des colonnes blanches, et plein de voitures de police garées devant. On le voit dans tous les téléfilms qui se passent à La Nouvelle-Orléans, on dirait une vieille plantation du Sud.

Karen se renversa en arrière et ferma les yeux, bercée par ce flot de paroles. Si elle parvenait à endurer les quelques heures à venir, elle se coucherait tôt, dormirait tout son saoul, et demain, elle se sentirait enfin normale. Elle détestait cette impression de fragilité qui l'enveloppait. Elle était jeune, robuste, énergique, connue à l'hôpital pour son sang-froid. Elle n'était pas une petite nature hystérique...

Une heure plus tard, elle se retrouva installée dans une chambre meublée d'un immense lit et d'une commode, avec vue sur le Mississippi et le Quartier français qui, à sa grande déception, lui parut plutôt miteux, du moins vu du quinzième étage. Elle renonça à déballer ses affaires, se rafraîchit le visage à l'eau claire et se brossa les cheveux. C'était sans doute la fatigue qui la rendait si pâle, pensa-t-elle en regardant son reflet dans la glace. Au-dessus de ses joues livides, ses yeux bruns paraissaient noirs.

Grâce aux indications du chauffeur de taxi, elle trouverait sans peine le poste de police. La distance qui l'en séparait ne valait pas la peine d'appeler un autre taxi, et marcher un peu lui éclaircirait l'esprit.

Elle faillit changer d'avis quand elle ressortit dans la canicule. Le soleil lui brûlait la peau et elle avait du mal à respirer. Pourtant, les gens autour d'elle ne semblaient pas être gênés par la chaleur ambiante. D'ordinaire, Karen n'y était pas aussi sensible ; d'ailleurs, il n'était pas rare, en été, de voir le thermomètre afficher 37 °C dans l'Ohio.

Son estomac se contracta, et elle lutta contre une nausée persistante. Elle avait peut-être attrapé un mauvais virus, finalement. Cela expliquerait son état de malaise général.

En dépit de son indisposition, Karen tomba sous le charme du Quartier français dès qu'elle tourna dans Royal Street, une rue étroite engorgée de voitures en stationnement. Les trottoirs étaient craquelés et bosselés, les bâtiments vétustes et pour la plupart délabrés. Mais les portes peintes de couleurs vives, les fleurs, les fougères et les palmes qui ornaient les jardinières des balcons, au-dessus des jardins, donnaient une ambiance pimpante et exotique aux lieux. Des portails et des rambardes de fer forgé attiraient l'œil vers des allées bordées d'une végétation luxuriante. La jeune femme entendit toute une variété d'accents et de langues en croisant les piétons.

En d'autres circonstances, elle aurait adoré visiter les boutiques pittoresques. Mais aujourd'hui, elle avait à peine la force de mettre un pied devant l'autre. Même sur le côté ombragé de la rue, le bitume retenait la chaleur qui semblait traverser la semelle de ses chaussures.

Enfin, elle aperçut plusieurs voitures de police garées devant un bâtiment imposant. En s'approchant, elle lut la plaque apposée sur l'une des colonnes blanches : *Poste de police du 8e district de La Nouvelle-Orléans*. La façade était d'une teinte crémeuse qui hésitait entre le saumon et le fauve. Une grille en fer forgé protégeait les locaux et les jardins somptueux où une garden-party n'aurait pas paru déplacée du tout.

Karen franchit les grilles et monta une volée de marches étroites. La porte massive s'ouvrit sur une immense salle aux murs peints en bleu, dont le plafond s'élevait à au moins quinze mètres de hauteur. Les lampes sous globe et l'atmosphère de musée la firent hésiter. S'était-elle trompée d'endroit ?

Une femme policier était assise à la réception, apparemment seule dans ce vaste espace.

— Est-ce que l'inspecteur Chastain travaille ici ? s'enquit Karen.

— Oui, madame. Je vais l'appeler pour voir s'il est là. Comment vous appelez-vous ?

— Karen Whitlaw.

Après un rapide coup de fil, la femme policier déclara :

— Il vous prie de le rejoindre dans son bureau. Prenez ce couloir à droite, c'est la troisième porte sur votre gauche.

Karen enfila le couloir et passa sous les ventilateurs qui ronronnaient. Après la rue brûlante, elle frissonna dans l'air conditionné. C'était la première fois qu'elle mettait les pieds dans un poste de police, et elle s'était attendue à y trouver un certain désordre. Or, elle ne voyait que des gens installés à leur bureau, des nuages de fumée de cigarettes. Une forte odeur de café flottait dans l'air. Elle aurait pu se trouver dans n'importe quels locaux professionnels, sauf que la plupart des gens qu'elle croisait étaient armés.

Elle frappa à la troisième porte, et son estomac se contracta de nouveau, cette fois par pure appréhension.

L'inspecteur Chastain se leva à son entrée. Il ne ressemblait pas du tout à l'image qu'elle s'en était faite. Tout d'abord, il n'était ni vieux, ni chauve, ni bedonnant. Il devait avoir environ trente-cinq ans.

Ses cheveux noirs étaient coupés court, ses épais sourcils s'arquaient au-dessus de ses yeux étincelants. Il avait le teint mat, une silhouette robuste : un mètre quatre-vingt-cinq, des épaules carrées, des avant-bras musclés. Il donnait l'impression d'être dur, voire impitoyable. Quelque chose dans ce personnage effraya la jeune femme et lui donna envie de s'enfuir à toutes jambes. Seules la peur du ridicule et la maîtrise acquise dans son métier l'empêchèrent de céder à sa première impulsion.

Marc se leva lorsque Karen Whitlaw pénétra dans son bureau exigu. Il la jaugea aussitôt d'un œil averti, comme les flics ont l'habitude de le faire, tout en gardant un visage impassible.

Si la mort de son père avait bouleversé la jeune femme, elle n'en montrait rien. À son expression, on devinait qu'elle n'était ici que contrainte et forcée, et qu'elle espérait bien en finir avec cette corvée le plus vite possible.

Dommage, songea-t-il en l'étudiant de nouveau, cette fois avec le regard d'un homme et non celui d'un flic. Il n'aimait pas les égoïstes, mais cette fille était jolie. Entre vingt-cinq et trente ans, un visage à la fois exotique et très américain, aux traits bien dessinés, avec de hautes pommettes et des yeux sombres où couvait un feu étrange. Non, à la réflexion, elle était mieux que jolie. Sa beauté n'était pas apprêtée et ne sautait pas aux yeux, mais elle en était plus intéressante.

La silhouette était plaisante : taille moyenne, mince, avec des seins ronds qui ne bougeaient pas lorsqu'elle marchait. Soit ils étaient très fermes, soit elle portait un soutien-gorge de sport. D'un point de vue purement physique, il aurait bien aimé éclaircir ce détail. Le désir qui s'éveilla soudain au creux de ses reins lui apprit qu'il aurait même adoré ! Bah, cela lui arrivait parfois d'éprouver une forte attirance pour une femme qu'il n'appréciait pas. La plupart du temps, il se contentait de l'ignorer, car ce genre de relations ne lui apportait aucune satisfaction.

— Je suis l'inspecteur Chastain, se présenta-t-il.

— Karen Whitlaw.

Sa voix était un peu voilée, mais aussi contenue que son expression. Ils échangèrent une brève poignée de main et il trouva ses doigts frais et délicats, bien que fermes. Elle avait de très jolies mains, aux doigts effilés, avec des ongles de forme ovale, courts et dépourvus de vernis. Aucune bague. Pas de bijoux, hormis une montre ordinaire et une petite boule dorée sur le lobe de chaque oreille. Mlle Whitlaw ne semblait pas aimer les parures, mais il fallait avouer que sa beauté n'en avait guère besoin.

Sa chevelure, aussi sombre que ses yeux, était simplement rejetée en arrière et coulait sur ses épaules en vagues douces. Elle était d'une élégance sobre et professionnelle. Rien d'émotif chez cette femme-là.

Ce dernier point le dérangeait. Il ne s'attendait pas à la voir en larmes mais, d'ordinaire, les gens victimes d'un deuil trahissaient quand même un certain émoi, plus ou moins bien maîtrisé, même s'ils n'avaient pas beaucoup côtoyé le défunt. S'ils n'éprouvaient pas de réel chagrin, le regret leur faisait néanmoins verser quelques larmes. Or, il ne devinait aucune de ces émotions chez cette fille si maîtresse d'elle-même.

— Veuillez vous asseoir, s'il vous plaît.

Il désigna une chaise, la seule que contenait le bureau excepté la sienne. Le dossier était raide et n'invitait certes pas les visiteurs à se détendre.

Comme elle obtempérait, sa jupe remonta sur ses genoux. Ses deux pieds bien calés sur le sol, elle avait l'air d'une poupée de porcelaine.

— D'après ce que vous m'avez dit au téléphone, j'ai cru comprendre que mon père est décédé de façon violente. Il s'agit d'une agression ? demanda-t-elle.

— Non, pas une agression, répliqua-t-il en ouvrant le dossier posé devant lui. C'était un meurtre délibéré. Mais nous ne connaissons pas encore le mobile.

Il haussa les épaules. Dexter Whitlaw pouvait avoir été descendu pour n'importe quelle raison, la drogue, une querelle de clochards… Il n'y avait pas de témoins, pas d'arme du crime, aucun indice. L'affaire était close et personne n'irait perdre son temps là-dessus.

Elle demeura silencieuse un moment, sans manifester la moindre émotion. Au moins, elle ne lui criait pas dessus et n'exigeait pas qu'il retrouve l'assassin de son père dans le quart d'heure qui suivait ! En vérité, il aurait considéré une telle réaction avec indulgence. Mais Karen Whitlaw semblait se moquer éperdument de ce qui était arrivé à son géniteur. Celui-ci aurait-il par hasard souscrit une grosse assurance décès dont elle serait la bénéficiaire ? Le cas n'était pas rare, et dans les affaires d'homicides, l'argent constituait très souvent le mobile. Même si parfois on tuait pour des broutilles, comme la cuisson d'un steak.

— Quand avez-vous vu votre père pour la dernière fois, ou eu de ses nouvelles ?

— Il y a des années.

Elle parut sur le point d'ajouter quelque chose, mais se ravisa, lèvres soudées.

— Avait-il souscrit une assurance décès ?

— Pas que je sache.

Dans un sursaut, elle comprit soudain à quoi il pensait.

— Et vous ne saviez pas où ni comment il vivait ? enchaîna-t-il.

Karen perçut son hostilité, bien qu'il ait pris soin de garder les yeux baissés. Pour une obscure raison, l'inspecteur Chastain la trouvait antipathique. Peut-être s'attendait-il qu'elle se mette à hurler parce que, de toute évidence, il ne se souciait guère d'arrêter l'assassin de son père ? Jamais elle ne se livrerait à un tel éclat. Elle était infirmière, elle voyait trop souvent de malheureux SDF victimes d'une agression. Les services de police avaient des budgets limités, ils ne pouvaient gaspiller leur temps ou leurs moyens pour des causes perdues d'avance. À l'hôpital, on appliquait la même politique. Il fallait faire le tri, sinon tout le monde en pâtissait.

Elle aurait pu lui expliquer tout cela, mais elle avait trop chaud, était trop fatiguée et angoissée pour se préoccuper de ce qu'il pensait d'elle. Sa migraine la taraudait. Elle avait l'impression que son corps partait dans toutes les directions, que ses émotions bouillonnaient en elle, et que le seul moyen de les contenir était d'afficher un calme olympien. C'est ainsi qu'elle réagissait au travail, lorsqu'elle se retrouvait confrontée à la mort d'un patient ; même s'il s'agissait d'un bambin adorable ou d'une vieille dame au regard pétillant. Les gens mouraient tout le temps. Il fallait assumer ce genre de situations.

— Nous n'étions plus en contact, répondit-elle enfin.

— Il était vétéran du Viêt Nam.

C'était une affirmation.

— Oui, acquiesça-t-elle, sachant pertinemment où il voulait en venir.

Le portrait type du soldat traumatisé, souffrant de troubles psychiatriques, rejeté par sa famille parce que trop instable, cyclothymique et imprévisible...

Pourtant l'inspecteur Chastain ne prononça pas les mots auxquels elle s'attendait. Il n'en avait pas besoin : il croyait avoir tout compris.

— Il a quitté la maison quand j'étais enfant, précisa-t-elle, d'un ton plus acerbe qu'elle ne l'aurait voulu.

L'émotion débordait, teintée d'une douleur qu'elle avait toujours refusé d'admettre. Au prix d'un effort surhumain, elle se domina. Elle aurait tout loisir de se défouler plus tard, quand elle serait seule, loin de ce flic au regard dur qui la considérait avec un mépris à peine voilé. Elle ne lui devait aucune explication. Pourquoi lui aurait-elle révélé ses peurs, ses chagrins, ses colères d'enfant, simplement pour qu'il ait une meilleure opinion d'elle ? Elle n'avait qu'à endurer toutes ces formalités pendant quarante-huit heures, puis elle rentrerait dans l'Ohio et retrouverait son appartement vide et silencieux.

— Quelles sont les démarches à suivre pour récupérer le corps ? demanda-t-elle au bout d'un moment, d'une voix plus calme.

— Il faut d'abord l'identifier, signer quelques formulaires. Je vais vous accompagner. Vous avez pris les dispositions nécessaires pour le ramener dans l'Ohio ?

Karen se figea. Elle n'y avait même pas pensé. Son esprit s'était focalisé sur l'épreuve que représentait l'enterrement, pas sur le lieu. Elle n'avait aucun endroit où enterrer la dépouille de Dexter, et il n'y avait pas de place à côté de la tombe de sa mère. Non qu'elle désirât l'inhumer près de Jeanette, mais cette dernière l'aurait certainement souhaité.

La jeune femme crispa ses mains l'une sur l'autre afin de contrôler la douleur qui l'envahissait. Elle avait failli au désir de sa mère.

— Je... je n'y ai pas songé, avoua-t-elle.

Elle regretta aussitôt ces paroles. Il n'avait pas changé d'expression, mais sa désapprobation était presque palpable. Les remords l'envahirent, non parce que l'inspecteur la jugeait, mais parce qu'elle avait cédé à l'amertume au point d'en perdre ses facultés de raisonnement. Il fallait que cela cesse.

Chastain haussa vaguement les épaules.

— Si vous n'avez pas les moyens de le ramener dans l'Ohio, je peux vous aider à trouver un cimetière dans la région. Pas en ville, ce serait impossible, mais en proche banlieue. À moins que vous ne préfériez la crémation, qui serait moins onéreuse.

Moins onéreuse. Il pensait qu'elle cherchait la solution la plus économique.

De nouveau, elle songea à Jeanette. Dexter devait reposer auprès d'elle. Il lui fallait prendre les dispositions nécessaires. De retour dans l'Ohio, elle chercherait un cimetière, s'occuperait des formalités, ferait rapatrier les corps... Oh, mon Dieu ! Elle n'arrivait toujours pas à considérer sa mère comme un *corps* !

D'ailleurs, elle n'arrivait plus à réfléchir. Son cerveau s'engourdissait de minute en minute. Quels que soient ses sentiments personnels, l'inspecteur lui avait offert son aide. Et si elle avait quelques réticences à l'accepter, étant donné l'attitude qu'il adoptait, elle en avait quand même désespérément besoin.

— Merci, se força-t-elle à répondre d'une voix enrouée. Vous savez, d'habitude je ne suis pas aussi désorganisée. Ma mère est morte il y a quelques mois et je ne me suis toujours pas...

Elle s'interrompit, consternée. Pourquoi se justifiait-elle devant lui ?

Il se leva, saisit sa veste sur le dossier de la chaise.

— À présent, si vous n'y voyez pas d'inconvénient, je vais vous accompagner à la morgue.

Karen ne s'en sentait pas la force, néanmoins elle se leva, le regard fixé sur lui. Comment supportait-il une veste par une chaleur pareille ? La tête lui tournait, elle avait chaud et froid en même temps, la sueur lui dégoulinait le long de la colonne vertébrale. Elle frissonna. Le ventilateur rivé au plafond brassait l'air étouffant sans procurer aucune fraîcheur. C'était insensé, elle portait ses vêtements les plus légers, mais elle n'aurait pas eu plus chaud dans un ensemble de lainage...

Puis la main de l'inspecteur se posa sur son bras, une main tiède et ferme. Elle sentit les callosités de ses doigts, l'odeur légèrement citronnée de son après-rasage, et elle leva les yeux sur sa haute silhouette qui lui parut nimbée de brouillard.

Il était si proche qu'elle avait l'impression de s'appuyer contre lui. Un bras lui encercla le dos, et il la força à se rasseoir.

— Restez tranquille, mettez la tête entre vos jambes et respirez. Je vais vous chercher quelque chose de rafraîchissant.

Elle obéit, prit plusieurs profondes inhalations, sans toutefois se courber de peur de tomber par terre. Immobile, yeux clos, elle attendit qu'il revienne dans le petit bureau.

Par la porte restée ouverte, elle entendait le bruit des conversations, la sonnerie des téléphones, le froissement des papiers. Quelqu'un jura avec colère.

Les flics. Les infirmières qui travaillaient aux urgences ou en traumatologie en côtoyaient beaucoup, mais mis à part quelques stages occasionnels, Karen était toujours restée en chirurgie. Le monde de la police lui était totalement étranger. Distraite, elle écouta ces voix rudes, impatientes, souvent soucieuses. Les flics et les infirmières avaient beaucoup en commun. Ils devaient s'aguerrir contre les émotions pour gérer les situations de crise.

— Tenez, buvez...

Elle ne l'avait pas entendu revenir, mais soudain une canette glacée se matérialisa dans sa main. Elle ouvrit les yeux, cilla à plusieurs reprises. Du Coca. D'ordinaire, elle préférait les sodas light et sans caféine.

— Buvez, répéta-t-il d'un ton qui ne souffrait aucune réplique.

Il lui souleva la main, l'obligeant à porter la canette à ses lèvres. Elle but, telle une enfant docile, avant de lui jeter un regard noir qu'il soutint tranquillement. Ce type était aussi humain qu'un roc ! Quand il voulait quelque chose, il devait poursuivre son but avec une détermination méthodique. Elle n'aurait pas aimé être à la place des malfaiteurs qu'il traquait.

Le Coca pétilla sur sa langue, à la fois acide et sucré, et elle sentit sa fraîcheur glacée dans sa gorge. Il la força à boire une autre gorgée, puis décida qu'elle pouvait se débrouiller seule et s'écarta, d'un mètre seulement, pour s'appuyer contre le plateau du bureau.

Comme il étendait ses longues jambes musclées moulées dans un pantalon kaki, le regard de Karen tomba sur ses chaussures placées à quelques centimètres des siennes. D'instinct, elle recula ses jambes, bizarrement perturbée. Sa gorge se noua sous l'effet d'une émotion stupide qui ressemblait à de la peur. Pourtant elle ne craignait pas Chastain et, en dépit de son attitude, elle lui était même reconnaissante.

— Buvez tout, ordonna-t-il. Les régions humides sont comme les régions d'altitude : si on n'est pas habitué au climat, on peut s'écrouler. Vous avez failli vous évanouir. Ça va mieux, maintenant ?

Elle hocha la tête. Il avait raison, elle avait été bien près de perdre connaissance. Elle était infirmière, bon sang, elle aurait dû reconnaître les symptômes ! De toute façon, il était évident que, en ne mangeant rien de toute la journée, elle s'était exposée à ce genre de malaise.

Seigneur, quelle humiliation si elle s'était effondrée à ses pieds ! Tout à coup, elle se demanda pourquoi il se montrait si attentionné, alors qu'il la méprisait manifestement. Tout à l'heure, il avait réagi avec sollicitude, et elle avait trouvé particulièrement rassurant le contact de son bras passé autour de ses épaules.

— Merci, dit-elle en levant les yeux sur lui.

Elle se rendit compte alors que ses prunelles étaient d'un gris très clair, cerclées de noir. Avec ses cheveux sombres et son teint mat, on se serait plutôt attendu qu'il ait les yeux marron. Elle devait déjà être sur le point de s'évanouir quand elle était entrée dans son bureau, sinon elle aurait remarqué plus tôt ce regard si surprenant.

L'estomac subitement noué, elle aspira profondément pour recouvrer son calme.

— Je suis prête à vous suivre à la morgue, annonça-t-elle.

— Vous ne serez pas obligée de voir le corps lui-même. On se sert d'enregistrements vidéo pour l'identification. C'est plus facile pour les membres de la famille.

De toute évidence, il souhaitait lui épargner la vue du cadavre de son père, et pensait qu'elle s'était sentie mal à cette perspective.

— Je suis infirmière, déclara-t-elle. La vue d'un corps ne me dérange pas, toutefois...

Toutefois, elle préférait voir la vidéo.

De nouveau, il posa la main sur son bras, lui saisit le coude dans un geste curieusement vieux jeu, et répliqua :

— Dans ce cas, mieux vaut en finir tout de suite, ne croyez-vous pas ?

7

Le Dr Pargannas, le collaborateur du légiste, inséra la cassette vidéo dans le magnétoscope. Tandis que Karen regardait le petit écran de télé, Marc l'observait. C'était une vision plutôt agréable : son profil était délicat, très féminin. Vue de côté, sa bouche était particulièrement attirante. Il s'adossa, paupières plissées, tout en s'efforçant de l'analyser avec autant de froideur que si elle avait été le suspect n° 1 d'un meurtre.

Le Dr Pargannas parlait doucement à la jeune femme. Marc connaissait par cœur ce qu'il lui racontait, aussi ne prenait-il pas la peine d'écouter. Parfois, les membres de la famille avaient besoin d'être préparés à ce qu'ils allaient voir. Mais Mlle Whitlaw redressa les épaules et, de sa voix claire et calme, déclara :

— Je suis prête.

Ce n'était pas une petite nature, ça non !

Marc retint un haussement d'épaules. Évidemment, comment aurait-il pu en être autrement, avec un travail comme le sien ? Elle devait être ultracompétente en cas d'urgence, mais ensuite, au chevet des patients, faisait-elle preuve de la compassion nécessaire ? Il en doutait. Lui-même s'était rendu par deux fois dans un hôpital, chaque fois pour les besoins de son métier, et il avait acquis la conviction que toute équipe médicale avait son dragon d'infirmière attitré. Mlle Whitlaw n'était peut-être pas un dragon, mais il n'avait pas vu la moindre trace de chaleur humaine chez elle. Et il n'aurait pas voulu avoir affaire à elle s'il avait dû recevoir une piqûre dans les fesses !

Pourtant, en dépit de cette impression générale négative, elle lui plaisait, avec ses grands yeux sombres et cette bouche à la douceur trompeuse. Il n'aurait pas dû la toucher tout à l'heure mais, bon, elle s'était presque évanouie devant lui ! Alors il l'avait retenue, soutenue, il avait senti le parfum musqué de sa peau et... il l'avait désirée.

Il ignorait s'il y avait la moindre once de passion chez cette femme, mais une chose était sûre, il aurait bien aimé se retrouver au lit avec elle pour en avoir le cœur net.

Pense à ton boulot ! s'admonesta-t-il. Ce n'était ni l'heure ni le lieu pour avoir des pensées lubriques.

Le Dr Pargannas mit le magnétoscope en marche, et le visage livide et figé de la victime apparut sur l'écran.

Si Marc n'avait observé Mlle Whitlaw avec attention, il aurait pu passer à côté de sa réaction. Elle frémit de façon imperceptible, se reprit aussitôt, et ses mains gracieuses se croisèrent sur son giron.

— Oui, c'est bien mon père, dit-elle tandis que ses jointures blanchissaient.

Le regard de Marc passa de ses mains, qui venaient de la trahir, à son visage serein, et soudain il eut l'impression de recevoir une gifle en pleine figure. Brusquement, tous les petits détails s'assemblèrent. Bon sang, comment avait-il pu se tromper à ce point ? Il se sentait complètement idiot, il aurait dû deviner depuis le début...

Non, elle n'était pas aussi indifférente qu'elle voulait le paraître. Il avait déjà noté dans son bureau tout à l'heure que, chaque fois qu'elle vacillait, elle se reprenait immédiatement en redressant les épaules et en pointant le menton en avant. Elle détestait perdre le contrôle d'elle-même, surtout devant des étrangers, voilà pourquoi elle se dominait autant. Mais à présent, il savait avec certitude qu'elle était touchée. Trop, peut-être.

Il regarda ses mains crispées. Peut-être avait-elle appris à se protéger en feignant l'indifférence et en maintenant les autres à distance ? De façon intuitive, il comprit qu'elle était très seule et très malheureuse, mais que la vie lui avait enseigné l'art de masquer sa douleur. La vie ou sans doute, plus logiquement, la désertion de son père. Les enfants se comportent souvent comme de vrais petits caïds quand en secret ils sont terrifiés.

Si son interprétation était correcte, Karen Whitlaw allait rester parfaitement maîtresse d'elle-même, mais ce soir, dès qu'elle se retrouverait seule, elle sangloterait comme une âme en peine.

Ce n'était pas bien. Une femme avait besoin d'une épaule pour pleurer. Une épaule d'homme. La sienne, par exemple...

Son attirance physique mitigée se mua soudain en un désir plus vif et urgent. Cette fois, il n'essaya même pas de lutter contre.

Sans vanité, Marc savait qu'il était un sacré bon flic. Il gagnait sa vie en glanant des bribes d'informations à droite et à gauche, puis en les assemblant pour former un puzzle. Il se servait souvent de son intuition, mais cette fois, il s'était laissé abuser, et la jeune femme s'était rendu compte de son hostilité. Elle avait dû être blessée par son attitude. Et elle avait réagi en se retranchant encore plus en elle-même.

À présent, gagner sa confiance ne serait guère facile. Il devrait forcer sa retenue naturelle, mais aussi la méfiance qu'elle concevait désormais à son égard.

Il la désirait, et ce désir s'intensifiait de minute en minute, chaque fois qu'il posait le regard sur elle, chaque fois qu'il la voyait respirer.

S'il voulait la séduire, il devrait mettre en œuvre tout son talent. La demoiselle était ombrageuse, et ne devait guère se fier aux hommes. Néanmoins, il avait eu toutes les filles qu'il avait désirées, et il n'avait pas l'intention de faire une exception pour Mlle Whitlaw.

Marc avait deux gros avantages quand il était question des femmes. Tout d'abord, il respectait leur féminité et leurs désirs. Bien sûr, ces désirs variaient d'une partenaire à l'autre, mais la plupart raffolaient de ces petites attentions qui prouvaient qu'elles comptaient à ses yeux. Quand Marc était avec une femme, il se donnait entièrement à elle, c'était aussi simple que ça. Il lui restait fidèle le temps que durait leur liaison, était attentif à ses humeurs et ses caprices qu'il se faisait un devoir de satisfaire, car il adorait voir une femme rayonner de bonheur.

Étant donné son histoire personnelle, Karen devait avoir désespérément besoin qu'on s'occupe d'elle. Elle avait joué au petit soldat durant toute son enfance et méritait maintenant de profiter de la vie. Justement, il se sentait tout désigné pour l'y aider !

Son second avantage était qu'il se montrait d'une obstination inexorable pour parvenir à ses fins.

En l'occurrence, il devrait faire vite. Karen ne comptait sans doute pas s'attarder à La Nouvelle-Orléans plus de deux jours. Cela ne lui laissait pas le temps de lui faire une cour nonchalante en l'invitant à dîner, puis à danser, en étirant le tout sur plusieurs semaines. Elle avait un travail à assumer, un appartement dans l'Ohio, et s'il n'agissait pas, il n'aurait plus jamais l'occasion de la revoir.

Car il allait la revoir, il en était absolument certain. Le choc qu'il avait éprouvé en comprenant qu'il s'était trompé à son sujet semblait s'être répercuté jusque dans ses os. Soudain, il se sentait inquiet. Jamais auparavant posséder une femme n'avait autant représenté à ses yeux. C'était vital.

Il ne savait pas trop comment pourrait fonctionner leur relation, elle dans l'Ohio, lui en Louisiane, mais ces détails se régleraient plus tard. Ce qui importait pour le moment, c'était de la posséder. Et pour cela, il devait gagner sa confiance.

Maintenant, décida-t-il.

Bien que Karen ait immédiatement reconnu son père, le Dr Pargannas tint à lui montrer le tatouage « Semper Fi », ainsi que d'autres marques spécifiques, peut-être pour s'assurer que la jeune femme n'avait pas parlé trop vite. Marc était tellement absorbé dans ses pensées qu'il n'avait plus prêté attention à la séance. Mentalement, il pesta contre lui-même. Il aurait dû mettre un terme à tout ça depuis déjà un bon moment.

— Merci, docteur, intervint-il en glissant une main sur le dossier de la chaise de Karen et en posant l'autre devant la jeune femme, une façon de l'enlacer sans la toucher.

Il la vit se raidir un peu, réaction instinctive à son attitude subtilement possessive. Mais elle était trop bouleversée pour avoir vraiment conscience de ce qu'il venait de faire. Ses grands yeux noirs se posèrent sur lui, avant de se détourner vivement. Néanmoins il avait eu le temps d'y lire du soulagement.

Elle réussit à se mettre debout sans le frôler, puis demanda d'un ton brusque :

— Que dois-je faire maintenant ?

— Signer quelques papiers afin que nous puissions vous rendre le corps… euh, je veux dire la dépouille de votre père, rectifia le Dr Pargannas qui venait de recevoir un coup d'œil d'avertissement de Marc.

Visiblement, le médecin n'avait pas jugé bon de prendre des pincettes avec une femme d'apparence aussi stoïque.

— Je vais appeler de votre part un funérarium, proposa Marc. Puis je vous emmènerai visiter quelques cimetières pour que vous puissiez choisir un endroit. C'est bien ce que vous voulez ?

— Oui, merci, dit-elle du bout des lèvres.

— OK, finissons-en avec la paperasse. Docteur ?

Bon sang, ces immenses prunelles sombres le bouleversaient ! Il avait envie de la prendre dans ses bras, de la bercer, de lui dire qu'elle n'était pas seule au monde. Mais c'était trop tôt. Il devait se contenir jusqu'à ce qu'elle consente à se détendre.

Il se borna à poser une main au creux de ses reins, et sentit sa chaleur à travers le vêtement. Il savait qu'elle-même percevrait la tiédeur de sa paume et y puiserait du réconfort. En temps normal, elle aurait sans doute sursauté et l'aurait fusillé du regard, mais les circonstances étaient particulières. Elle était fatiguée, plombée par la chaleur et éprouvée sur le plan émotionnel, trop tendue pour avoir remarqué son geste et lui accorder une signification particulière.

Le Dr Pargannas jeta à Marc un regard perplexe.

— Pardon ? Oh, oui ! Bien sûr... Emmenez Mlle Whitlaw dans mon bureau, je vous y rejoins dans une minute. L'un d'entre vous souhaite-t-il une tasse de café ?

Marc perçut le frisson de dégoût qui secouait Karen à cette pensée.

— Non, merci, je vais nous chercher une boisson fraîche au distributeur, répondit-il en entraînant la jeune femme vers le bureau situé de l'autre côté du couloir.

Une demi-heure plus tard, il l'escortait vers sa voiture. Le deuxième soda l'avait revigorée, mais l'effet du sucre s'estomperait vite. Elle devait manger. Il réfléchit un instant. Le mieux serait un repas tranquille dans un restaurant disposant de l'air conditionné, mais elle refuserait à coup sûr. Le côté intime d'un tel repas la mettrait mal à l'aise. Mieux valait acheter un sandwich et manger pendant qu'il conduirait.

— Cela ne vous dérange pas si j'achète quelque chose à grignoter ? s'enquit-il d'un ton détaché. J'ai sauté le déjeuner.

Ce n'était pas vrai, mais du moment qu'il atteignait son but...

— Grignoter ? répéta-t-elle d'un ton vague, comme si elle n'avait pas la moindre idée de ce que ce mot signifiait. Euh... non, bien sûr, ça ne me dérange pas.

— Je vais m'arrêter dans un drive-in. Vous préférez la cuisine mexicaine, les hamburgers, le poulet frit, les pizzas... ?

— La cuisine mexicaine, cela me convient, répondit-elle parce que c'était la première chose qu'il avait énoncée.

En bon flic, il connaissait tous les restaurants de la ville. Il roula jusqu'à une petite échoppe. Il n'y avait pas de tables à l'intérieur, juste un guichet pour la vente à emporter, par lequel le vendeur passait les *burritos* et les *enchiladas*.

Dès qu'ils eurent repris la route et que Karen mordilla dans son *burrito*, il vit des couleurs gagner lentement ses joues.

— Le trajet dure-t-il longtemps ? demanda-t-elle.

— Une demi-heure, par cette circulation. Je pourrais mettre le gyrophare, mais j'essaie de ne pas l'utiliser... à moins d'avoir vraiment très faim ou d'avoir besoin d'une bonne douche !

Un petit rire échappa à la jeune femme qui, vivement, porta la main à sa bouche, comme si elle avait du mal à croire qu'il ait lancé une boutade et que – plus étonnant encore – elle s'en soit amusée.

Il décida de pousser son avantage :

— Vous remarquerez que, par égard pour vous, je surveille mon langage. J'aurais pu dire : « À moins d'avoir une furieuse envie d'aller aux toilettes. »

Elle rit de nouveau, tout aussi étonnée.

— Euh... oui, j'ai remarqué. Merci.

Marc cacha sa satisfaction. Ce petit échange anodin venait de faire glisser leur relation sur un plan plus personnel. Elle se détendait. Elle en avait besoin et, à sa mine, elle avait surtout besoin de sommeil.

Lorsqu'elle eut fini son *burrito*, il la débarrassa du papier brun, en profitant au passage pour lui effleurer les doigts.

— Pourquoi ne vous installez-vous pas plus confortablement, en attendant d'être arrivée ?

— J'aurais peur de m'endormir si je le faisais. Je travaille de nuit, alors...

Comme elle laissait sa phrase en suspens, il acheva pour elle :

— ... Vous n'avez dormi que quelques heures avant mon coup de fil.

Il comprenait mieux, à présent. Elle était littéralement épuisée.

— Je vous ai rappelé en rentrant, mais il était trop tôt, vous n'étiez pas encore à votre bureau.

— Le répondeur n'était pas branché ?

— Non, pourtant j'ai laissé sonner plusieurs fois.

Il ravala un juron, attrapa son téléphone cellulaire et pianota du pouce sur les boutons. Karen le regarda faire avec une certaine appréhension. Tous les jours, elle voyait arriver dans son service des personnes victimes d'un accident de voiture parce qu'elles avaient téléphoné en conduisant. L'inspecteur gardait le regard sur la circulation et sa main gauche fermement agrippée au volant. C'était un bon conducteur, ses mouvements étaient si fluides qu'elle remarquait à peine qu'ils roulaient très vite.

D'un coup de pouce, il coupa la communication.

— Le répondeur ne marche pas. Je suis désolé, je verrai ça à notre retour au poste. Un flic ne peut pas se permettre d'être injoignable. En attendant, vous devriez faire un somme. Je vous réveillerai quand nous serons arrivés.

Elle eut envie de refuser, mais était trop fatiguée pour résister à la tentation. La nuque contre l'appui-tête, elle ferma les yeux et se laissa baigner par les rayons du soleil déclinant. La climatisation était en marche, et l'air frais lui arrivait sur les bras et la gorge. Lentement, elle sentit ses muscles se relaxer.

Le sommeil la fuyait, néanmoins c'était bon de se reposer. Elle s'était préparée à l'épreuve que représentait l'identification du corps, mais ne s'était pas attendue que ce soit si difficile. Des années de séparation, d'abandon et de promesses trahies auraient dû lui conférer un certain détachement, comme si elle avait dû identifier un voisin. Mais cela ne s'était pas du tout passé comme ça.

Bien qu'elle n'ait pas vu Dexter depuis des années, elle l'avait immédiatement reconnu. Ses cheveux avaient blanchi mais ses traits, qui auraient dû être plus marqués, étaient au contraire adoucis. Elle avait déjà été témoin de ce phénomène qui donnait l'impression que la mort lissait les rides creusées par la vie. Le nez cassé n'avait pas changé, il déviait toujours vers la droite. Et c'était bien sa mâchoire, longue et étroite, ainsi que ses sourcils, formant presque une ligne droite sur le front, les yeux bien enfoncés dans les orbites et les pommettes saillantes dont elle avait hérité, ainsi que les longs doigts effilés.

Seul le trou net au milieu du front n'était pas familier.

Karen s'était efforcée de le considérer d'un œil clinique, mais tout son être s'était révulsé. Elle avait eu envie de bondir de sa chaise, de quitter la pièce, de fuir, n'importe où. Pourtant elle avait serré les mains en enfonçant ses ongles dans sa chair et avait réussi à garder son calme. Elle avait espéré que la séance prendrait fin immédiatement, mais le légiste avait continué à passer l'enregistrement et à formuler des commentaires sur un ton monocorde.

Dieu merci, l'inspecteur Chastain était intervenu. Le visionnage n'avait pas duré plus de quelques minutes, mais pour Karen, ces minutes avaient passé comme des heures. Elle était restée figée sur son siège, incapable de parler ou de bouger, jusqu'à ce que Chastain la tire de sa transe en prenant la parole. Ivre de soulagement, elle s'était même appuyée contre lui.

Elle ne s'était pas rendu compte qu'elle vacillait, mais soudain son visage était apparu devant le sien, son bras s'était tendu pour l'empêcher de tomber. Sans doute ne voulait-il plus prendre de risques depuis qu'elle avait failli s'évanouir dans son bureau.

Un peu embarrassée, elle s'était levée d'un bond pour lui prouver que tout allait bien. Néanmoins elle n'avait dû le convaincre qu'à moitié, car il lui avait fait boire un autre Coca.

S'était-elle trompée en croyant déceler du mépris chez lui ? À présent, il était tout à fait charmant. Si elle ne lui était pas sympathique, il le cachait bien, et puis de toute façon elle était trop fatiguée pour s'en soucier. Elle avait enfin mangé, mais elle manquait toujours de sommeil. Demain, une fois reposée, elle serait de nouveau elle-même, mais pour l'instant, elle était reconnaissante à Chastain pour son aide.

Enterrer Dexter était la solution la plus logique, jusqu'à ce qu'elle puisse prendre d'autres dispositions. Il existait sans doute des endroits spéciaux destinés à conserver les corps, mais en dépit de ses – nombreux – défauts, Dexter avait été un être humain, un mari et un père, pas une simple carcasse de viande. Il avait droit à une cérémonie funèbre et à une messe.

Un vif soulagement l'envahit à la pensée qu'elle avait pris la bonne décision.

La radio de la voiture grésilla, l'arrachant à sa rêverie. Cependant elle n'ouvrit pas les yeux. Chastain répondit à mi-voix dans le micro, et ce fut comme si elle entendait sa voix pour la première fois. Lorsqu'elle le regardait, elle ne prêtait pas grande attention à sa voix, à cause de son physique si fascinant. Ce n'était pas tant sa séduction qui s'imposait que sa force de caractère. Même s'il muselait soigneusement son tempérament, celui-ci transparaissait dans l'éclat de ses yeux gris.

À présent, sa voix coulait dans ses oreilles comme du miel. Elle n'écoutait pas les mots, juste les intonations. L'accent était plaisant, il étirait les syllabes comme si le temps n'avait pas d'importance. S'il prenait autant son temps pour faire l'amour, il devait être un amant de premier ordre...

Choquée par cette idée, elle ouvrit les yeux d'un coup. Et, n'osant le regarder, elle fut soudain très consciente de sa proximité. Ses joues s'empourprèrent. D'où lui était venue cette pensée incongrue ? Elle n'avait pas l'habitude de s'interroger sur les habitudes sexuelles des hommes dont elle croisait la route ! D'ailleurs, elle n'avait pas l'habitude de s'interroger sur les hommes, point final. Selon elle, la libération des mœurs n'était pas une amélioration, mais une aberration, qui s'avérait de surcroît dangereuse. Karen était peu sortie avec des hommes, et depuis la mort de Jeanette elle n'avait fréquenté personne.

En fait, elle avait toujours évité de s'attacher, car elle se méfiait. Elle ne voulait pas jouer son cœur comme sa mère l'avait fait, et refusait de gâcher sa vie à aimer quelqu'un qui ne lui rendrait jamais cet amour.

Au lieu de cela, elle avait gâché sa vie à n'aimer personne...

Elle se sentit soudain stupide, en colère contre elle-même. Tous les hommes ne se ressemblaient pas, elle le savait ! Bien sûr, son père les avait abandonnées, mais elle connaissait certains hommes qui chérissaient leur femme et leurs enfants.

Pourtant elle n'avait jamais réussi à vaincre ses peurs et son désespoir de petite fille. Ce n'était qu'hier... non, ce matin, qu'elle avait pris la ferme résolution de ne plus s'appesantir sur le passé. Elle avait fait des projets pour son appartement et sa carrière, mais ces projets n'incluaient pas la présence d'un homme à ses côtés.

Comme c'était stupide de sa part ! Pourquoi ne s'en était-elle pas aperçue plus tôt ? Elle refusait le bonheur familial à cause de l'exemple déplorable de son père. Quand toute cette affaire serait terminée et qu'elle rentrerait chez elle, elle accepterait les invitations qu'elle recevait parfois. Elle connaissait des hommes charmants, et il était temps de donner une chance à l'un d'entre eux.

Finalement, elle était contente d'avoir eu cette pensée saugrenue à propos de l'inspecteur Chastain, car cette pensée avait déclenché une sorte d'étincelle en elle.

Après tout, il est sûrement très bon amant ! songea-t-elle avec défi.

Une amie et collègue de Karen, Piper Lloyd, qui travaillait au service de chirurgie, prétendait que, pour juger de l'habileté d'un homme au lit, il suffisait de le regarder travailler. Certains médecins masculins se prenaient pour des dieux de l'orgasme mais, selon Piper, ils étaient trop arrogants et trop pressés dans leur métier. S'ils ne donnaient pas à leurs patients toute l'attention requise, il y avait de grandes chances pour qu'ils aient la même attitude avec une partenaire sexuelle.

Piper aurait eu une bonne impression de l'inspecteur Chastain, Karen en était sûre. À sa place, elle serait déjà en train de lui faire les yeux doux. Mais Piper était une habituée des champs de bataille de l'amour. Et bien que prudente, elle n'avait pas peur de réclamer ce qu'elle convoitait.

Karen ne lui ressemblait pas du tout. Le simple fait de sortir avec un homme et de lui donner un peu plus que son amitié représentait déjà un grand pas pour elle.

— Êtes-vous marié ?

Elle ouvrit tout ronds les yeux en entendant ces mots sortir de sa propre bouche. Sapristi, que lui arrivait-il ? Elle n'avait jamais eu l'intention de poser cette question. Elle était trop bien, là, presque assoupie sur son siège...

De peur de croiser son regard, elle focalisa son attention sur le paysage où les arbres et l'herbe avaient remplacé les Burger King.

— Non, je ne l'ai jamais été, répondit-il avec une désinvolture qui la soulagea. Et vous ?

— Euh... non.

Elle faillit se lancer dans une longue explication, comme quoi son travail était trop prenant, mais se ravisa. En fait, ce n'était pas le manque de temps qui était en cause, mais sa méfiance.

— Fiancée ?

C'était de bonne guerre. Elle répondit :

— Non plus.

— Moi, je l'ai été une fois, mais nous avons tous deux changé d'avis. Les flics ont le plus fort taux de divorces parmi toutes les catégories socioprofessionnelles. Certaines femmes ne supportent pas d'embrasser leur mari le matin en redoutant que ce soit pour la dernière fois.

Karen fit claquer sa langue avec amusement.

— C'est très superficiel de s'émouvoir pour de telles vétilles, affirma-t-elle.

Il esquissa un sourire. Il arborait en cet instant l'expression type du flic, légèrement distante, et cynique. Sa coupe de cheveux quasi militaire accentuait cette impression, tout comme l'étincelle d'ironie qui brillait dans son regard.

— Vous pourriez épouser un autre flic, suggéra-t-elle.

Il émit un grognement en allumant son clignotant gauche, ralentit aux abords d'un croisement, avant de prendre une route secondaire.

— Oui, et vous, vous pourriez épouser un médecin ou un infirmier, rétorqua-t-il.

Karen grimaça. Certaines personnes rencontraient le partenaire idéal au sein de leur profession, mais elle souhaitait se libérer de l'hôpital. Lorsqu'elle y était, elle s'immergeait totalement dans son travail qu'elle adorait. Mais pas question de l'emporter à la maison.

— Quel genre d'infirmière êtes-vous ?

Déjà, il savait qu'il existait différentes sortes d'infirmières. Un bon point pour lui.

— Je travaille en chirurgie, mais j'envisage de reprendre mes études et de me spécialiser en traumato.

Formuler son projet à voix haute la confortait dans cette idée. À présent, elle était encore plus déterminée.

Il fronça les sourcils, l'air étonné :

— Vous abandonnez un boulot pépère pour monter au front ?

— Vous êtes vous-même dans les tranchées, répliqua-t-elle. De plus, je veux apprendre, avancer.

Elle se tourna vers lui, une intensité nouvelle dans le regard, et poursuivit :

— Je veux connaître les techniques de pointe, les médicaments les plus performants et les traitements les plus modernes.

Pourquoi racontait-elle tout cela à un quasi-inconnu ? Elle n'en savait rien, mais quelque chose en lui incitait à la confidence. C'était d'autant plus bizarre que leur relation avait plutôt mal démarré. Néanmoins, l'inspecteur Chastain semblait suivre ses propos avec un réel intérêt.

Et puis, elle était soulagée de ne plus penser à Dexter. Elle se sentait bien. C'était peut-être l'engourdissement dû à la fatigue, ou encore le sucre des deux Coca qui la dopait.

Chastain gara la voiture sur le parking qui flanquait une petite église de campagne noyée sous les ardents rayons du soleil. À côté, derrière une rangée de chênes massifs, s'étendait le cimetière.

Karen sentit ses intestins se nouer à la vue des tombes alignées. Durant quelques minutes, elle avait réussi à oublier, mais ce répit était terminé. Redressant les épaules, elle descendit de voiture.

— Quelqu'un va nous rejoindre d'ici une minute, l'informa Chastain en chaussant une paire de lunettes de soleil, tandis qu'ils se dirigeaient vers le cimetière. Si l'endroit vous convient, nous pourrons nous occuper des formalités cet après-midi.

Karen inspira l'air épais qui lui parut dépourvu de la moindre molécule d'oxygène. Elle était déjà en nage et aurait bien englouti un troisième soda. Bon sang, son four ne produisait pas une chaleur plus forte que celle qui régnait dans cette fichue région !

Chastain posa de nouveau sa main sur son dos, et elle eut l'impression qu'il la marquait au fer rouge. Rien de tout cela ne semblait réel. Ce matin, elle dormait dans sa chambre où l'air conditionné faisait régner une température agréable. À présent, elle grillait à La Nouvelle-Orléans et était sur le point de choisir une tombe pour son père que, après des années d'absence, elle avait revu en vidéo, inerte sur la table d'autopsie. Et un flic aux allures de cow-boy la suivait comme une mère poule.

Non, ce n'était pas la réalité. C'était un cauchemar. Mais après les cauchemars, comme après les rêves, on finissait toujours par se réveiller.

Langley, Virginie

Franklin Vinay, directeur adjoint des opérations à la CIA, avait l'habitude de travailler tard. Il appréciait particulièrement ces heures où le reste du personnel était parti, où le téléphone ne sonnait que rarement, et où les contraintes professionnelles diminuaient. C'était dans ces moments-là qu'il examinait la montagne de paperasse qui s'empilait chaque jour sur son bureau.

Le travail était plus facile à l'époque de la guerre froide. En ce temps-là, tout était clair, et l'adversaire clairement défini. L'ancienne Union soviétique, aujourd'hui fragmentée, lui semblait beaucoup plus dangereuse à présent qu'elle était gouvernée par des gens sans expérience. La Chine aussi lui donnait une peur bleue. Mais le gouvernement actuel s'occupait plus de faire de l'argent que de protéger le pays.

N'importe quel cinglé avait la possibilité de fabriquer sa bombe, certains « alliés » des États-Unis vendaient des armes et des technologies nouvelles à quiconque pouvait se les offrir. C'était la recette idéale pour un désastre imminent, et Vinay passait de longues heures assis à son bureau afin d'empêcher ce cocktail de leur exploser au nez.

Un coup discret frappé à la porte l'interrompit. Avec un soupir, il ferma le dossier qu'il était en train de consulter.

— Entrez.

Il s'attendait à voir un jeune agent zélé qui, lui aussi, faisait des heures sup, et il fut donc surpris de reconnaître la trogne familière de Jess McPherson.

— Je pensais bien te trouver là, dit ce dernier en refermant la porte derrière lui. J'ai de mauvaises nouvelles.

McPherson et Vinay se connaissaient de longue date, et il n'y avait plus le moindre formalisme dans leurs rapports. À l'expression lugubre de Jess, Franklin sentit sa gorge se nouer.

— Que se passe-t-il ?

— Rick Medina est mort. Son corps a été retrouvé dans l'État du Mississippi, annonça McPherson en prenant place sur une chaise.

— Merde !

La voix de Vinay trahissait une profonde tristesse. Rick Medina était devenu une légende vivante au sein de la CIA, mais surtout, c'était un ami personnel de Vinay. De leur ancien groupe, il ne restait plus grand monde : on travaillait désormais dans les technologies de pointe, en oubliant que le satellite le plus sophistiqué et l'ordinateur le plus performant ne remplaceraient jamais la plus élémentaire des sources d'information, c'est-à-dire un homme sur le terrain.

— Que s'est-il passé ? Était-il en mission ?

Il espérait bien que non. Rick n'était pas un agent régulier de la CIA, il marchait au contrat, ce qui signifiait qu'il louait parfois ses services à d'autres. Mais Vinay avait toujours fait confiance à Rick pour ne pas mettre en danger la sécurité de la nation. Rick Medina était un patriote.

— En tout cas, il ne travaillait pas pour nous, répondit McPherson. Selon mes informateurs, il était sur un truc plutôt personnel. Pour les flics du Mississippi, c'est une banale agression qui s'est soldée par un meurtre, mais je n'arrive pas à croire que Rick se soit fait coincer par un petit merdeux de voyou armé d'un calibre 22.

— C'était l'arme du crime ? Un 22 ?

— Oui, selon le rapport. Deux balles en plein cœur. Ce sont des gosses qui ont retrouvé le corps dans sa voiture, dans une carrière abandonnée. Son portefeuille était sur la banquette, vidé de son fric et de ses cartes bancaires.

Vinay se mordilla la lèvre.

— Pratique, pour déterminer le mobile ! Presque trop pratique...

— Oui, je sais, ça me paraît louche à moi aussi. Mais comme je te l'ai dit, il ne bossait pas pour nous en ce moment, et je n'ai pas la moindre idée de ce qu'il trafiquait. Pour ce que nous en savons, c'est un coup de malchance. Rick Medina s'est fait descendre par une petite frappe.

— Et l'arme de Rick ? L'a-t-on retrouvée ?

McPherson secoua la tête. Vinay ne s'était pas vraiment attendu à une réponse positive. Aucun petit malfrat ne laisserait derrière lui une arme aussi chère.

— Où est John ? demanda McPherson d'une voix tranquille.

— En mission.

— Tu vas le mettre au courant ou le laisser là-bas ?

Une mission confiée à John Medina était par définition cruciale.

— Il faut le prévenir. J'ai confiance en son jugement.

Et puis, seul un imbécile aurait caché à John Medina la mort de son père.

— Dis-lui de me passer un coup de fil, déclara McPherson en se levant.

Vinay adressa à son vieil ami un coup d'œil interrogateur :

— Jess, tu ne me cacherais pas quelque chose ?

— Non, mais il se pourrait que John en sache plus. Et si jamais il se lance sur les traces de celui qui a descendu son père, je considérerai comme un honneur de lui donner un coup de main.

8

Karen dormit si profondément que, à son réveil le lendemain matin, elle se sentit abrutie, incapable de bouger. Ses yeux la piquaient, son oreiller était humide de sueur.

Elle se rappela vaguement avoir pleuré au cours de la nuit, après s'être éveillée submergée de désespoir.

Enfin, elle s'arracha du lit et s'étira. Elle ouvrit les rideaux, constatant que le ciel était d'un bleu superbe. La chaleur semblait déjà cogner au carreau de sa chambre. Dieu merci, l'air conditionné du Marriott fonctionnait parfaitement.

Elle gagna la salle de bains et resta un long moment sous l'eau fraîche afin de s'éclaircir l'esprit. Elle achevait de se sécher les cheveux lorsque le téléphone sonna. Serrant son peignoir autour d'elle, elle se précipita dans la chambre.

— Allô ?

— Bonjour.

La voix chaude lui permit d'identifier aussitôt son interlocuteur.

— Bonjour, inspecteur. Non, je suis debout depuis un moment, je sors juste de la douche…

Son regard se porta vers le réveil posé sur la table de chevet et elle écarquilla les yeux de stupeur : il affichait 10 h 23.

— Je n'arrive pas à croire que j'aie dormi si tard ! Il est vraiment 10 h 30 ?

Il rit à l'autre bout du fil.

— Oui, m'dame ! Vous étiez si fatiguée hier que j'ai préféré ne pas vous appeler trop tôt. Je dois vous rendre les affaires personnelles de votre père. Mais si vous préférez attendre, cela ne pose pas de problème.

Il voulait dire que cela pouvait attendre vingt-quatre heures. Mais l'enterrement était justement prévu pour le lendemain, et Karen se sentait incapable de supporter ces deux épreuves en même temps.

— Non, je vais passer au poste dès que j'aurai pris mon petit déjeuner, répondit-elle.

— Si je dois m'absenter, je vous ferai prévenir, cela vous évitera de vous déplacer pour rien.

— D'accord.

Après avoir raccroché, Karen appela le service d'étage et commanda à manger. Une certaine appréhension l'envahissait. Les effets de Dexter se résumaient sans doute à quelques vêtements élimés et des chaussures trouées. Elle détestait l'imaginer dans une telle tenue, sans toit pour dormir, sans abri contre les intempéries. Elle avait toujours cru qu'il menait une vie insouciante loin de sa femme et de sa fille, pas qu'il errait dans les rues, privé du confort le plus élémentaire.

Cette pensée était douloureuse. Dexter aurait pu avoir une existence normale au sein de sa famille, pourtant il les avait rejetées, Jeanette et elle, pour leur préférer... rien, du vide. Pas de maison, pas de travail. Il dormait sous des cartons, prenait ses repas dans les soupes populaires ou bien fouillait les poubelles. Avait-il volé un caddie de supermarché pour trimbaler ses maigres affaires ? Était-ce vraiment pour *ça* qu'il les avait abandonnées ?

Comment pouvait-on agir de la sorte ? Il ne se sentait donc aucun lien avec sa famille, aucune responsabilité ? Comment avait-il pu infliger toute cette peine à Jeanette, et par-dessus le marché se permettre de débarquer chez elle quand l'envie l'en prenait ? Pourquoi diable sa mère avait-elle tant aimé cet égoïste, et ce jusqu'à son dernier soupir ?

— Oh, maman... murmura-t-elle.

C'était Jeanette qui avait le plus souffert dans cette histoire. Karen, elle, n'avait jamais vraiment connu son père, elle avait surtout compati au sort de sa mère.

Heureusement, Jeanette n'avait pas été obligée de visionner cette cassette à la morgue, ni de récupérer un tas d'affaires miteuses !

Karen venait d'enfiler une robe orange sans manches quand le garçon d'étage arriva avec le petit déjeuner. Bien qu'elle n'ait plus très faim, elle se força à manger. Le café était brûlant et trop fort. Après une gorgée, elle reposa sa tasse et se rabattit sur un grand verre d'eau glacée. Si elle se rafraîchissait de l'intérieur, la chaleur n'aurait peut-être pas un effet aussi oppressant sur elle.

Au moins, dans cette région, Dexter n'avait pas souffert du froid. Il n'était pas mort dans la neige, ses chaussures trouées bourrées de papier journal afin de protéger ses pieds.

Elle chassa cette pensée en repoussant le plateau. Rapidement, elle se brossa les dents, se maquilla légèrement, et glissa la clé de la chambre dans la poche zippée de son sac à main.

— Je suis prête... autant que je puisse l'être, murmura-t-elle en quittant l'hôtel.

La matinée n'était pas encore caniculaire. La Nouvelle-Orléans, renommée pour sa cuisine, sentait les croissants chauds, les épices, le café torréfié. Ces odeurs s'intensifièrent lorsqu'elle passa devant chez Brennan, réputé pour ses brunchs exotiques. La cité ressemblait si peu à Columbus qu'elle aurait pu se croire dans un pays étranger. Même les gens avaient l'air différents avec leurs tenues bigarrées qui leur donnaient des allures de bohémiens. Les accents et les langues se mélangeaient. Dans les vitrines, elle aperçut des loups de Mardi gras et des masques d'Arlequin brodés de perles multicolores. Un énorme léopard sculpté dans une seule pièce de bois la regarda passer tandis qu'elle poursuivait son chemin d'un pas alerte.

L'ambiance de La Nouvelle-Orléans était envoûtante, si bien qu'elle se surprit à ralentir l'allure pour adopter celle plus nonchalante des autres passants. Pourquoi se presser, finalement ? La sueur lui dégoulinait déjà entre les seins. Elle pouvait même prendre le temps d'admirer les vitrines.

Toutefois elle résista à la tentation.

Elle aperçut un peu plus loin sur sa droite le gracieux bâtiment qui abritait le poste de police, promesse de fraîcheur. Les services municipaux étaient tous logés dans des immeubles similaires, elle l'avait constaté en traversant la ville dans la voiture de l'inspecteur Chastain, la veille. Mais le poste du 8e district était comme La Nouvelle-Orléans elle-même : séduisant, suranné, d'une scandaleuse paresse.

Qu'avaient donc vu passer ces vieilles pierres ? Quels scandales, quels meurtres avaient été révélés entre ces murs, quelles torrides passions s'y étaient déroulées ?

D'ordinaire, on n'associait pas un poste de police avec des relations amoureuses, mais elle était à La Nouvelle-Orléans, au Quartier français, là où tout était possible.

Une autre réceptionniste était assise dans l'immense hall où les ventilateurs brassaient l'air épais. Karen déclina son identité et fut autorisée à poursuivre son chemin sur le parquet qui craquait sous ses pas.

L'inspecteur Chastain était en communication téléphonique lorsqu'elle pénétra dans son bureau. Il leva le nez et lui fit signe de s'asseoir.

Karen sentit son cœur bondir dans sa poitrine. Elle prit place sur la chaise inconfortable, serrant son sac à main sur ses genoux. Une sacoche en cuir brun était posée sur le bureau, et elle s'efforça de ne pas la fixer. Du coup, son regard se trouva irrésistiblement attiré par le policier. Elle focalisa son attention sur des détails insignifiants, comme la montre en or qui brillait à son poignet bronzé, les poils noirs qui couraient sur ses avant-bras. Il portait une simple chemise blanche sans col et un pantalon noir, tenue sévère qui le faisait plus ressembler à un chorégraphe qu'à un flic, si l'on omettait le pistolet glissé dans le holster.

Karen tenta de ne pas s'intéresser à la conversation, mais elle se rendit bien compte que Chastain était en train de s'énerver. Ses sourcils noirs se fronçaient. Il lui jeta un coup d'œil, puis changea brusquement de langue pour passer au créole que, heureusement, elle ne comprenait pas. Toutefois le ton furieux ne laissait aucun doute quant au sens de ses paroles.

Enfin il maugréa quelque chose, avant de raccrocher brutalement. Ses yeux gris se plissèrent et il fit pivoter sa chaise pour faire face à sa visiteuse.

— J'espère que vous ne comprenez pas le français.

— Non.

— Je connais tous les gros mots.

D'un geste irrité, il se passa la main dans les cheveux. Puis il prit une profonde inspiration, et expira bruyamment l'air de ses poumons.

— Vous voulez un café, ou un Coca ?

— Non, merci. Rassurez-vous, je viens de manger, je ne risque pas de m'écrouler à vos pieds, ajouta-t-elle avec un petit sourire.

— Notre devise est « Servir et protéger ». Je n'ai donc fait que mon boulot.

De petites rides apparurent au coin de ses yeux, tandis qu'un soupçon de sourire effleurait sa bouche. Puis il redevint sérieux et désigna la sacoche brune posée sur le bureau.

— Normalement, je n'ai pas à me charger de ce genre de tâches, mais après hier... bref, j'ai pensé que vous trouveriez ça peut-être plus dur que prévu.

L'appréhension que Karen éprouvait se mua en peur. Ses mains se crispèrent sur son sac.

— Que voulez-vous dire ?

Elle s'était exprimée d'une voix calme, mais avait du mal à empêcher sa lèvre inférieure de trembler.

Il resta silencieux quelques secondes, puis quitta son siège pour contourner le bureau et venir s'asseoir sur le plateau, comme la veille.

— Vous étiez très proche de votre mère, n'est-ce pas ?

La question la prit au dépourvu.

— Oui, bien sûr. Quand mon père nous a abandonnées, elle a été… anéantie. Il avait quitté l'armée, aussi ne percevait-elle plus sa pension. Elle devait m'élever, et elle ne possédait aucune formation professionnelle, par conséquent elle a accepté tous les menus travaux qu'on lui a proposés : des heures de ménage, de repassage, des jobs de serveuse…

— Des petits boulots qui ne paient pas beaucoup, commenta-t-il, le regard rivé à elle.

— En effet. Elle a cumulé ces emplois, deux, parfois trois en même temps, jusqu'à ce que je sois en âge d'entrer moi-même dans la vie active et de contribuer aux dépenses de la maison. Le jour où j'ai été embauchée à l'hôpital, elle a pris sa retraite. C'était à mon tour de veiller sur elle.

Il l'observa en silence pendant un moment, une expression énigmatique peinte sur les traits.

— Peu de gens réagiraient comme vous l'avez fait, remarqua-t-il enfin.

— Dans ce cas, c'est qu'ils ne sont pas normaux ! riposta-t-elle.

En ce qui la concernait, elle aurait fait n'importe quoi pour faciliter la vie de Jeanette.

Chastain leva la main dans un geste apaisant.

— Je suis tout à fait d'accord avec vous.

— Alors pourquoi vous étonnez-vous ? Et quel rapport entre ma mère et les effets personnels de mon père ?

Il hésita, avant de répondre :

— Il a conservé quelque chose qui semblait très important à ses yeux. Il aurait pu le mettre au clou, mais il a préféré le coudre dans l'ourlet de son pantalon.

Elle lui retourna un regard intrigué. De quoi diable pouvait-il s'agir ?

L'inspecteur sortit de la sacoche une petite enveloppe brune. Il fit glisser le contenu dans le creux de sa paume, puis ouvrit la main devant Karen.

Celle-ci fixa un instant le bijou en or. Tout d'abord, elle ne comprit pas de quoi il s'agissait, puis le choc la paralysa. Son esprit sembla se désolidariser de son corps, comme si la réalité venait de se modifier brutalement.

Son alliance. Dexter avait conservé son alliance. La seule présence de cet anneau d'or bouleversait toutes ses certitudes.

— Ce n'est pas juste, murmura-t-elle.

À quoi rimait cette étrange sensiblerie de la part de son père ? Elle aurait préféré ne pas savoir. Elle ne voulait pas penser qu'il ait pu avoir des remords. C'était plus simple de se le représenter comme un fieffé égoïste.

Mais rien n'était simple. Ni la mort ni certainement la vie...

Chastain conservait le silence, main tendue, l'anneau brillant dans sa paume comme une offrande.

Que se serait-il passé s'il n'était pas intervenu personnellement pour lui remettre ces affaires ? Elle aurait signé un reçu attestant que tous les objets de la liste se trouvaient bien dans le sac, mais personne n'aurait pris la peine de lui préciser que son père avait cousu la bague dans l'ourlet de son pantalon pour la mettre en lieu sûr.

Grâce à Chastain, elle mesurait aujourd'hui toute la portée symbolique de ce geste.

Elle se vit tendre la main, dans un mouvement quasi involontaire. Ses doigts tremblaient. Doucement, elle frôla la bague, suivant le cercle de métal du bout du doigt. Puis elle retira sa main pour la poser sur ses genoux.

L'inspecteur lui prit alors la main et, gentiment, l'ouvrit pour déposer l'alliance sur sa paume, avant de lui refermer les doigts. La bague était tiède, ses doigts encore plus chauds.

— Il ne vous avait pas oubliées, murmura-t-il. J'ignore pourquoi il était parti de chez lui, mais il ne vous avait pas oubliées...

Karen était incapable de le regarder, et ses yeux demeurèrent rivés à sa grande main bronzée, bien plus large que la sienne. Il la tenait avec délicatesse, comme conscient de sa force physique, alors que tant d'hommes ne le sont pas.

Désespérément, elle lutta pour recouvrer son calme, mais sa proximité et la compréhension dont il faisait montre achevaient de la déstabiliser. Il parut s'en rendre compte et la relâcha, avant de retourner s'asseoir derrière son bureau.

— Merci, dit-elle d'une voix presque inaudible.

— De rien.

— Le reste de ses possessions... se résume à des vêtements ?

— Oui. En voici la liste.

— Au moins, je saurai quelle taille acheter pour le costume...

Pourtant elle se révulsait à l'idée de fouiller la sacoche pour étudier l'étiquette des vêtements. C'était encore trop tôt.

— Du 44, annonça alors Chastain.

Elle déglutit, hocha la tête. Il restait une question à poser, qui la gênait un peu, mais elle savait qu'il lui répondrait en toute franchise.

— Inspecteur... travaillez-vous toujours sur cette affaire ?

— Non.

Elle tressaillit, bien qu'elle se soit doutée de la réponse. Il revint alors s'asseoir sur le plateau, lui saisit la main et se mit à passer son pouce rugueux sur ses phalanges.

— Je suis désolé, ajouta-t-il.

— Je... je comprends. Vous devez concentrer vos efforts sur ce qui en vaut la peine. C'est pareil à l'hôpital.

— C'est la vie.

L'honnêteté et la sympathie qu'il lui témoignait l'aidaient plus que toutes les platitudes et les mensonges bien intentionnés qu'il aurait pu débiter. Elle lui pressa brièvement la main, puis redressa les épaules.

— J'ai beaucoup à faire aujourd'hui, alors je vais vous laisser, murmura-t-elle.

Il s'écarta pour lui permettre de se lever.

— Merci, répéta-t-elle en quittant la pièce.

Marc poussa un soupir tandis que Karen refermait la porte derrière elle. Il sentait comme un poids sur sa poitrine. Bon sang, son père avait été assassiné, et il ne pouvait strictement rien faire ! Dès que l'identité du cadavre avait été connue, il avait reçu l'ordre de classer l'affaire. Il n'y avait rien à gagner à résoudre le meurtre d'un SDF. C'était si frustrant !

Tout à l'heure, il avait éprouvé l'envie folle de la serrer contre lui, de l'asseoir sur ses genoux et de lui dire qu'elle n'était pas seule. Mais il était trop tôt, il n'aurait réussi qu'à lui faire perdre son calme.

Elle avait dû jouer à la grande fille raisonnable depuis toute petite, mûrir très tôt à une époque où d'ordinaire on s'amuse avec insouciance. Quand un parent élevait seul son enfant, celui-ci le voyait se débattre contre l'adversité et finissait par assumer des responsabilités bien au-dessus de son âge. Karen s'était sans doute chargée des corvées domestiques afin que sa mère puisse avoir un bon repas chaud en rentrant du travail. Elle avait dû faire tout ce qui était en son pouvoir pour alléger son fardeau. Elle avait même assumé des responsabilités supplémentaires en devenant infirmière. Elle était alors devenue le seul soutien de sa mère, achevant l'inversion des rôles. Elle avait certainement appelé cette dernière par son prénom, plutôt que « maman », car la petite fille était devenue la mère, et la mère la personne dépendante…

Elle avait passé sa vie à s'occuper des autres, et aujourd'hui, il voulait prendre soin d'elle. Il le voulait tellement qu'il n'en revenait pas. Il avait toujours été protecteur envers les femmes, mais jamais il n'avait éprouvé de tels sentiments.

Karen se doutait-elle de la bravoure dont elle faisait preuve ? Son commentaire sarcastique, la veille, à propos des femmes qui refusaient de se lier à des flics à cause des dangers encourus dans la profession, était certainement sincère. Karen Whitlaw ne reculerait jamais devant une responsabilité. Elle persisterait, dans les bonnes comme dans les mauvaises périodes.

Chaque fois qu'il avait eu une aventure, Marc avait soigneusement séparé sa vie privée et sa vie professionnelle. Il était inévitable d'être appelé à l'improviste sur des affaires urgentes, mais jamais il n'y avait fait allusion en rentrant chez lui. Il avait toujours protégé ses petites amies de toutes les atrocités dont il était témoin chaque jour, en partie parce que c'était dans sa nature chevaleresque, mais aussi parce qu'il ne les pensait pas capables de comprendre pourquoi il exerçait ce métier, et comment il en supportait la pression. Il les avait peut-être sous-estimées, mais il avait vu tant de couples détruits par ce genre de stress qu'il n'avait pas voulu prendre le risque.

Karen, elle, ne s'effaroucherait pas, il en était sûr. Elle redresserait ses frêles épaules, pointerait son petit menton, comme il l'avait vue faire à plusieurs reprises quand le chagrin ou la nervosité l'envahissaient. La plupart des gens se seraient effondrés sous le fardeau émotionnel qu'elle subissait en ce moment. Pourtant elle affrontait bravement la situation et refrénait ses larmes en attendant de se retrouver seule.

Il savait qu'elle avait pleuré. Ses paupières étaient encore rouges ce matin. Elle avait pleuré, et il n'avait pas été là pour la consoler.

Mais à partir de maintenant, il serait là, se promit-il avec résolution.

9

Il faisait gris, la pluie menaçait, et Karen se sentait molle au point de fondre sur place. La sueur perlait entre ses seins, le long de sa cage thoracique. Sa chemise avait beau être légère et avoir des manches courtes, elle n'en restait pas moins noire et absorbait la chaleur.

Elle se concentra sur ce désagrément physique et sur le grondement lointain du tonncrrc. Ellc admira l'herbe verdoyante, écouta le chant des oiseaux, et pesta sans conviction parce que ses talons s'enfonçaient dans le sol meuble.

Ce petit cimetière campagnard était charmant, beaucoup plus que le « temple du repos éternel » où Jeanette était ensevelie. Peut-être devrait-elle faire rapatrier son corps ici, finalement, au lieu de convoyer celui de Dexter dans l'Ohio ?

Peine perdue. Elle avait beau essayer de ne pas songer à ce qui était en train de se passer, ses pensées la ramenaient toujours à l'enterrement. Elle voulait oublier l'homme gisant dans le cercueil, Dexter Whitlaw, son père.

Malgré tous ses défauts, malgré les démons qui l'avaient hanté, il fallait avouer que les souvenirs qu'elle avait de lui n'étaient pas tous mauvais.

Parfois, il s'asseyait par terre à son côté tandis qu'elle jouait à la poupée. Il repliait ses longues jambes, indifférent à cette posture inconfortable, et l'écoutait avec attention inventer des histoires compliquées pour ses poupées. La plupart du temps, ces dernières étaient gravement malades, et Karen les soignait, révélant ainsi une prédisposition certaine pour la médecine. D'autres jours, Dexter l'emmenait se promener dans les bois et lui montrait comment se cacher dans un fourré pour attendre, parfaitement immobile, que les écureuils et les oiseaux oublient leur présence.

Ces quelques moments lumineux pouvaient-ils compenser toute une existence d'obscurité ? Était-elle censée se raccrocher à eux, en occultant les nuits où sa mère trempait son oreiller de larmes ?

Quel gâchis que ces deux existences ! Dexter et Jeanette... Le chagrin gonfla la poitrine de Karen, la suffoqua. Ou était-ce cette maudite humidité qui l'empêchait de respirer normalement ? Ce ne pouvait être les regrets. Pourquoi aurait-elle pleuré un homme qui ne s'était aucunement soucié d'elle ?

Pourtant, il avait gardé son alliance. Comme l'avait souligné l'inspecteur Chastain, celle-ci symbolisait aux yeux de Dexter quelque chose d'important, que ce soit sa famille, ou la vie normale à laquelle il avait tourné le dos.

Karen se raidit. Elle ne pleurerait pas, non. Elle refusait de pleurer à cause de Dexter. Pourtant la silhouette massive du cercueil se brouillait devant elle, la voix du prêtre ne formait plus qu'un vague bruit de fond, et la pression dans sa gorge s'accentuait de seconde en seconde.

Le feuillage des arbres bruissait doucement. Une rafale de vent inattendue lui cingla les mollets et lui rafraîchit la nuque. La sensation était agréable, elle soupira d'aise. Et tant pis si une fine pluie s'était mise à tomber.

L'instant d'après, elle frissonnait dans les bourrasques. La pluie tombait franchement à présent. L'inspecteur Chastain ouvrit un parapluie et le maintint au-dessus de leurs têtes, se rapprochant de façon qu'ils soient tous deux protégés. Qu'aurait-elle fait sans son aide pendant ces deux derniers jours ? Il avait fait plus que de l'accompagner durant les formalités nécessaires. Bien plus. Il s'était personnellement investi, avait pris des dispositions pratiques, évité tout un tas de paperasse inutile, contourné des écueils qui auraient pu se transformer en réels obstacles. Il lui avait même rappelé d'acheter des fleurs et l'avait aidée à les disposer sur le cercueil.

Pourquoi s'était-il comporté ainsi ? Karen commençait à croire qu'elle avait imaginé son hostilité des premiers instants. C'était peut-être la fatigue qui lui avait donné des hallucinations. Chastain avait été bien au-delà de ce qu'exigeait son devoir, et c'était peut-être un exemple de la fameuse courtoisie des hommes du Sud envers les femmes. Sauf qu'il ne s'était pas limité à lui tenir les portes et à se lever quand elle entrait dans une pièce...

Voilà, il fallait qu'elle pense à l'inspecteur, ou bien aux différences culturelles qui existaient entre eux ; qu'elle pense à n'importe quoi, mais pas au prêtre qui était en train de lui serrer la main pour lui adresser ses condoléances, pas au directeur du funérarium qui attendait son signal pour faire descendre le cercueil dans la tombe et le recouvrir de terre.

— Allez-y, acquiesça-t-elle d'une voix rauque.

Parler lui coûtait énormément. Elle avait la chair de poule et croisa les bras pour les protéger de la morsure du vent. Où était donc passé le soleil ? La pluie tambourinait sur le parapluie, lui éclaboussait les jambes et le dos. Elle frissonna.

Le directeur du funérarium lança un coup d'œil à l'inspecteur, comme si, en définitive, la décision lui appartenait. Dans un sens, c'était peut-être vrai.

Il hocha rapidement la tête, et par son regard elle tenta de lui communiquer sa gratitude. Le directeur se détourna et, sur un mot de sa part, les fossoyeurs firent lentement descendre le cercueil à l'intérieur de la tombe.

Karen frissonna de nouveau de façon incoercible. Frissonnait-elle ou tremblait-elle ? Elle n'en savait rien, s'en fichait éperdument. C'est tout son être qui frémissait tandis que, les dents serrées, elle s'efforçait de ravaler ses sanglots.

Sans mot dire, Chastain recula afin de lui faire un rempart de son corps contre la pluie et le vent. Il était si proche qu'elle sentait presque sa chaleur. Comme s'il s'agissait d'un geste tout à fait naturel, il ouvrit sa veste afin d'en protéger Karen.

La jeune femme fut stupéfaite. Hormis sa mère, personne ne s'était jamais ainsi interposé entre elle et le monde. Le mouvement de Chastain était si inattendu et... protecteur. Ce fut l'ultime goutte qui fit déborder le vase.

Les larmes l'aveuglèrent, brouillant l'image des fossoyeurs qui jetaient des pelletées de terre dans la tombe. Mais le bruit horrible résonnait toujours à ses oreilles. Ils s'activaient, méthodiques, en dépit de la pluie battante, comme si cette tâche était trop lugubre pour être effectuée précipitamment. Elle demeura immobile jusqu'à ce qu'ils aient fini, et durant tout ce temps Chastain resta près d'elle pour la soutenir, au propre comme au figuré.

Karen était habituée à lutter seule. Enfant, elle n'avait jamais voulu ennuyer sa mère avec ses problèmes, car Jeanette avait son lot de soucis. L'école d'infirmières avait augmenté son autonomie en lui donnant encore plus de responsabilités. Elle ne s'était pas appuyée sur une épaule amicale depuis des années, et que cela se produise avec un homme dont elle venait tout juste de faire la connaissance la bouleversait.

Elle essaya de contenir ses larmes, chercha désespérément quelque chose à dire, mais un étau lui nouait la gorge. Raidie, elle se tourna vers lui. Son visage était flou devant elle et, tout à coup, elle ne put en supporter davantage.

Le sanglot qui s'échappa de sa poitrine ressemblait au cri d'un animal blessé. Est-ce elle qui s'écroula contre lui, ou lui qui devança son mouvement ? Quoi qu'il en soit, elle se retrouva dans ses bras, pressée contre son torse, la face nichée au creux de son épaule. Elle se mit à pleurer convulsivement, en se cramponnant à lui de toutes ses forces.

Marc laissa tomber le parapluie dans la boue. Il pencha la tête, lui murmurant des paroles consolatrices qui pour elle n'avaient aucun sens, mais atteignaient quand même son cœur. Elle se blottit davantage, vaguement effarée par ce qu'elle était en train de faire, mais incapable de s'en empêcher. Une main ferme se referma sur sa nuque et se mit à la masser doucement.

Des émotions confuses se bousculaient en elle : le chagrin, les regrets, et un sentiment aigu de solitude profonde. Même si elle avait cru haïr Dexter, il y avait toujours eu la possibilité qu'un beau jour il résolve ses propres problèmes et reprenne enfin contact avec sa fille. Aujourd'hui, c'était impossible. Sa mort tirait un trait définitif sur leur relation. En réalité, elle était en deuil de cet espoir ténu, autant que de son père. Jamais elle ne pourrait déverser sa colère sur lui, lui expliquer combien elle avait souffert, et apprendre à le connaître, avoir l'impression d'appartenir à une famille. C'est pour cela qu'elle pleurait, et aussi pour sa mère et pour Dexter.

Ce tourbillon d'émotions l'épuisait.

Peu à peu, elle se calma, toujours nichée contre l'épaule de Chastain. Elle l'entendit s'adresser à quelqu'un d'une voix tranquille, sans doute le prêtre, et un moment plus tard elle perçut des pas qui s'éloignaient sur le sol spongieux. Ils étaient seuls. Une fois de plus elle se sentit reconnaissante envers lui : en cet instant, elle avait besoin d'intimité, et il venait de lui en procurer.

La pluie s'était transformée en crachin. Le vent tombait et, déjà, on percevait à nouveau la chaleur, maintenant que la tempête s'était éloignée. Les battements de son cœur faisaient écho dans sa tête, elle sentait l'odeur musquée qui émanait de Chastain, mêlée au parfum citronné de son après-rasage. Un parfum délicieux, que tous les hommes auraient dû porter...

Son esprit se mit à vagabonder. Depuis quand ne s'était-elle sentie aussi proche d'un homme ? Elle n'en gardait aucun souvenir, sans doute parce que ce n'était jamais arrivé auparavant. Des hommes l'avaient tenue entre leurs bras, bien sûr, mais pas comme ça. Elle n'avait jamais accepté de réconfort de leur part, ne s'était jamais laissée aller à pleurer devant eux. Elle n'avait jamais eu besoin d'eux comme, en ce moment, elle avait besoin de Chastain. Elle voulait sentir ses bras autour d'elle, sentir la force physique que dégageait son corps, l'entendre murmurer qu'elle n'était pas seule...

L'ouragan émotionnel qui l'avait ravagée la laissa hagarde, et bizarrement détachée.

— Je suis désolée, dit-elle d'une voix étouffée.

— Ce n'est pas grave. Tenez, ajouta-t-il en tirant un mouchoir de sa poche.

Elle s'en saisit et, sans se dégager de son étreinte, s'essuya les yeux et se moucha, avant de le froisser en boule dans sa main. Mais comment le lui rendre, maintenant qu'elle s'en était servie ?

— Je... je le laverai, bredouilla-t-elle.

Il se mit à rire doucement, puis l'enlaça de nouveau de ses deux bras. Elle posa la joue contre son épaule, soupira en sentant le tissu humide de sa veste contre sa peau. Dans les arbres alentour, les oiseaux se mirent à gazouiller pour célébrer le retour du soleil.

— Je ne l'ai jamais vraiment connu, chuchota-t-elle. Il revenait dans notre vie de temps à autre, et chaque fois maman espérait que c'était pour de bon. Mais alors il repartait et elle pleurait pendant des jours. Je l'ai détesté pour ça.

— Et vous, souhaitiez-vous qu'il reste ?

— Au début. Quand il rentrait, je priais pour qu'il ne reparte plus jamais et que maman soit enfin heureuse. Mais ça ne durait jamais très longtemps. Ensuite j'ai commencé à faire des vœux, quand je voyais une étoile filante, quand je jetais des pièces de monnaie dans des flaques. Il n'y avait pas de puits là où j'habitais, alors je me débrouillais avec ce que j'avais sous la main.

Il rit de nouveau et elle se surprit à sourire contre sa veste. Puis il se mit à la bercer doucement, comme il l'aurait fait avec un enfant.

— Ça va mieux ?

Elle hocha la tête et récita :

— Pleurer délivre des endorphines dans le corps, ce qui procure un soulagement immédiat.

— Dans ce cas, vous devez être pleine d'endorphines !

Il la taquinait et, cette fois, elle rit franchement. Choquée, elle se figea. Comment osait-elle rire, debout près de la tombe de son père ?

— Ne vous tracassez pas, dit-il en comprenant aussitôt. Les gens rient souvent lors des enterrements. Ma grand-mère prétendait que c'est comme ça que les anges les aident à supporter leur deuil. Ce n'est pas irrespectueux, c'est au contraire très sain.

Il avait raison. Elle se remémora les enterrements auxquels elle avait déjà assisté, les chuchotements, les rires assourdis.

Un souvenir lui remonta à la mémoire :

— Quand j'avais onze ans, nous sommes retournées en Virginie pour l'enterrement de mon grand-père paternel. Ma grand-mère était assise dans un rocking-chair, elle tenait son mouchoir en dentelle et, avec des amis de son âge, elle se rappelait des anecdotes à propos de grand-père. À un moment, ils ont tous commencé à rire. Ils ont essayé de se retenir, puis grand-mère s'est mise à *hurler* de rire en se balançant dans son fauteuil et en se tenant les côtes, jusqu'à en perdre le souffle. Ils ont tous ri comme des bossus !

— Cela aide, de se rappeler les bons souvenirs. Ainsi, vous êtes vraiment une fille de Virginie ? J'avais bien cru déceler une pointe d'accent.

Tout en parlant, il avait desserré son étreinte, mais Karen se blottissait toujours contre lui. Il se mit alors à marcher doucement, l'entraînant avec lui, un bras passé autour de sa taille. La jeune femme fut bien obligée de le suivre, même si elle aurait voulu cacher son visage plus longtemps. Ses yeux étaient certainement gonflés, son nez rougi, son maquillage avait coulé. Elle aurait voulu remettre un peu d'ordre dans tout ça, mais l'inspecteur Chastain avait décidé qu'il était temps de partir.

Il a sûrement du travail, et moi, je monopolise son temps, songea-t-elle soudain.

— J'espère que je ne vous ai pas détourné de vos obligations ? dit-elle avec embarras.

— Pas du tout. C'est mon jour de repos, et je n'ai aucun rendez-vous.

— Même... privés ?

Elle se surprit elle-même en évoquant cette idée qui lui déplaisait souverainement. Pourquoi devenait-elle soudain si possessive qu'elle ne pouvait supporter la perspective de le perdre ? Elle rentrerait dans l'Ohio le lendemain matin, il était grand temps qu'elle se reprenne.

— Non, ni professionnels ni privés, répondit-il. Dites-moi, pourquoi ne pas nous promener un peu dans le Quartier avant de dîner ? Vous ne connaissez presque rien de La Nouvelle-Orléans, et vous avez besoin de vous détendre.

Une subite tension s'empara de Karen. Il voulait passer le reste de l'après-midi et la soirée avec elle. Enfin, peut-être ne le souhaitait-il pas vraiment, mais comme il se sentait responsable d'elle... De toute façon, elle n'avait pas la force d'envisager une longue soirée solitaire avec sa mélancolie pour seule compagne.

— J'aimerais beaucoup, merci.

Le soleil dardait ses rayons, la pluie s'était évaporée, bien que de sombres nuages soient en train de s'amonceler au sud-ouest. Tout aussi rapidement que le froid s'était installé tout à l'heure, la chaleur montait, l'enveloppait. Éblouie par la clarté du soleil, elle détourna la tête et, ce faisant, dévia involontairement vers un buisson qui flanquait l'allée. Les branches épineuses s'accrochèrent dans son collant.

— Zut !

Elle s'arrêta brusquement. Une échelle hideuse courait le long de son mollet qui apparaissait, blanchâtre, sous le collant noir.

Comme elle se penchait pour se dégager, Chastain la devança, posant une main sur sa jambe tandis qu'il la libérait de l'autre. Une petite égratignure zébrait sa peau et il passa le pouce dessus, comme pour l'effacer.

— Vous pourrez enlever votre collant dans la voiture, dit-il en se relevant, avant d'ajouter avec malice : Je vous promets que je ne regarderai pas !

La perspective d'ôter son collant en sa présence lui parut très audacieuse. Cela supposait une telle familiarité ! Depuis leur rencontre, on aurait dit qu'il construisait autour d'elle une sorte d'ambiance intime, sans jamais avoir à son égard un geste équivoque. Il l'avait constamment touchée, avait posé ses mains sur ses bras ou dans son dos, l'avait tenue, consolée, et sans doute n'aurait-elle pas supporté cette épreuve s'il n'y avait eu ces brefs contacts physiques entre eux.

À moins qu'elle ne se fasse des illusions ? Les hommes du Sud faisaient peut-être preuve de cette sollicitude avec toutes les femmes. Elle n'en connaissait pas d'autres, aussi n'avait-elle aucun moyen de comparaison. Si tous les Sudistes ressemblaient à l'inspecteur Chastain, alors les femmes du reste du pays ne savaient pas ce qu'elles rataient !

Ils atteignirent la voiture et, comme promis, Marc se détourna pour lui permettre de se déshabiller en paix. Le soleil les écrasait de chaleur, et il ôta sa veste pour la poser sur son bras. Ses cheveux sombres et mouillés brillaient dans les rayons. À travers le fin tissu de sa chemise, on devinait sa peau bronzée.

En l'observant, Karen ressentit un trouble étrange. L'espace d'un instant, elle fut incapable de bouger, de détourner le regard. Chaque détail la frappait dans sa particularité : sa haute taille, ses épaules carrées, le modelé des oreilles, la chevelure qui finissait en pointe sur la nuque. Il portait son holster accroché à sa ceinture, et elle se demanda s'il l'emmenait partout avec lui.

Jamais auparavant elle n'avait été si consciente de la présence d'un homme...

— Puis-je me tourner ? demanda-t-il, l'arrachant à sa rêverie.

— Pas encore !

Mi-gênée, mi-amusée, elle s'empressa de soulever sa jupe et de faire glisser le collant le long de ses jambes, avant de le rouler en boule et de le fourrer dans son sac.

Cela fait, à sa grande surprise, elle se sentit beaucoup plus à l'aise.

Dès qu'elle se redressa, Chastain contourna la voiture et vint lui ouvrir la portière. Une fois de plus, il lui frôla doucement le dos pour l'inviter à s'asseoir. Et elle éprouva l'envie irrépressible de se retrouver dans ses bras et de poser la tête sur son épaule. Une telle vulnérabilité lui était si étrangère qu'elle se raidit aussitôt. D'accord, elle avait traversé une période particulièrement éprouvante, et il n'y avait rien de mal à chercher du réconfort auprès d'une tierce personne. Mais il ne fallait tout de même pas que cela devienne une habitude !

Comme il s'installait au volant, il lui adressa ce demi-sourire dont il était coutumier et qui faisait apparaître de petites rides au coin de ses yeux.

— J'ai l'impression qu'il va de nouveau pleuvoir et, dans ces conditions, il me semble difficile de nous promener dans le Quartier, déclara-t-il. Allons chez moi.

Nous pourrons nous installer sur le balcon pour boire un verre de vin et regarder passer les gens.

Karen fronça les sourcils. Une balade et un dîner, c'était une chose, mais aller chez lui…

— Je me suis assez imposée comme ça… commença-t-elle.

— Ne discutez pas.

— C'est votre jour de congé, et je…

— J'ai dit : ne discutez pas !

Le ton désinvolte l'empêcha de se formaliser, mais elle perçut sa détermination. Il avait décidé qu'ils iraient chez lui, point final. Cette autorité lui venait sans doute de son métier, songea-t-elle. Quand il donnait un ordre, il entendait être obéi. Les médecins étaient pareils. Une infirmière n'avait pas à discuter une instruction. Mais bon, elle n'était pas à l'hôpital. Et lui non plus n'était pas en service. Elle pouvait refuser sa proposition.

Le problème, c'est qu'elle n'en avait pas envie. Elle voulait s'asseoir sur le balcon et siroter un verre de vin. C'était une ambiance tellement sudiste, si typique de La Nouvelle-Orléans ! Elle avait envie de s'amuser à observer la foule et n'avait aucun désir de retrouver sa chambre d'hôtel déserte…

Ils ne parlèrent guère durant la demi-heure de trajet. Karen se sentait engourdie, bizarrement détachée de tout. Elle avait l'impression d'avoir accompli une tâche herculéenne et de bien mériter quelques instants de repos. Cette sensation cotonneuse était plutôt agréable.

Elle ne comprit qu'il habitait le Quartier français que lorsqu'il bifurqua dans St. Louis. Il ralentit et déclencha l'ouverture du portail automatique qui bascula lentement. Puis il avança dans le garage à peine assez haut pour accueillir le véhicule, et Karen rentra involontairement la tête dans les épaules au moment où ils passaient l'entrée.

Il se mit à rire.

— Désolé. Quand on a l'habitude, on n'y pense plus.

Après avoir coupé le contact, il sortit et passa de l'autre côté. Karen se sentit un peu idiote à attendre là qu'il vienne lui ouvrir la portière, néanmoins elle patienta. Il semblait trouver cette marque de courtoisie parfaitement naturelle. Elle descendit enfin, et sentit sa main dans son dos tandis qu'il la guidait dehors.

Karen découvrit une large cour qui longeait un jardin magnifique. Au milieu se trouvait une vieille fontaine en pierre entourée de massifs de fleurs. Des fougères géantes et de hauts palmiers agitaient leurs frondaisons. Les roses et les géraniums emplissaient l'air de leurs parfums suaves. Elle reconnaissait également l'odeur du jasmin, bien qu'elle ne pût repérer l'arbuste aux petites fleurs blanches étoilées.

Enchantée, elle s'avança pour jeter un regard autour d'elle. Cet endroit était merveilleux. Non loin, elle distingua un banc de pierre presque entièrement dissimulé par le feuillage.

— C'est superbe, commenta-t-elle en aspirant l'air parfumé avec délices.

— Merci. L'une des locataires entretient toutes ces plantes en échange d'une diminution de loyer. J'aime bien le jardin, mais je n'ai pas le temps de l'entretenir. Sans Mme Fox, il serait en friche depuis longtemps.

— Que Dieu bénisse Mme Fox !

— Amen.

Il la précéda dans l'escalier, ouvrit la porte d'entrée de l'appartement, s'écarta pour lui livrer le passage. À regret, Karen quitta le balcon de fer forgé avec l'impression qu'elle quittait aussi le XXe siècle. La maison semblait appartenir à une époque et un monde différents. Les plafonds décorés de moulures étaient très hauts, le mobilier ancien. Le tapis aux couleurs fanées était resté épais. La seule note de modernité était le grand fauteuil de cuir assez large pour qu'on puisse s'y installer confortablement.

Comment pouvait-il se payer un appartement comme celui-ci avec un salaire d'inspecteur ? La question la démangeait, mais elle se contint de peur de paraître grossière.

— J'ai hérité cette maison de ma grand-mère, expliqua-t-il en remarquant sa perplexité. Le grenier est plein d'antiquités vieilles de deux cents ans au moins. Les tissus pourrissent, évidemment, mais j'entretiens les boiseries et, parfois, je fais retapisser une chaise ou deux.

— Ce doit être merveilleux de vivre dans un endroit comme celui-ci.

— J'ai grandi ici, alors, pour moi, c'est un peu normal. Mais vous avez raison, c'est agréable. Par ici, ajouta-t-il, la main tendue.

Il la conduisit dans un salon, puis dans la cuisine dont le balcon surplombait la rue.

— Asseyez-vous. Je vais nous chercher quelque chose à boire. Vous avez faim ?

— Non, je...

— Je parie que vous n'avez pas déjeuné ?

— C'est vrai, avoua-t-elle.

— Vous êtes infirmière, vous devriez être plus raisonnable. Asseyez-vous.

Karen obtempéra, et tandis qu'il passait dans la cuisine, elle se détendit sur la chaise rembourrée de coussins, tout en regardant la rue grouillante d'activité. Elle était fatiguée, se sentait vide et encore un peu engourdie. Elle contempla les jardinières suspendues où poussaient des fougères géantes, les hautes portes-fenêtres à la française, et de nouveau se sentit dans un autre univers.

Le soleil brûlant avait fait monter la température, qui devait avoisiner les 35 °C. Des flaques qui émaillaient le trottoir s'élevait une fine vapeur. Bien que le balcon ombragé rendît la chaleur supportable, elle aurait aimé avoir un éventail, juste pour faire encore plus couleur locale.

Amusée par cette pensée, elle sourit et ferma les yeux.

Elle dut somnoler quelques minutes, le temps qu'il apporte un plateau avec des sandwichs au jambon, une assiette de cookies, deux verres vides et une bouteille de vin rouge.

— Un véritable homme d'intérieur ! s'entendit-elle déclarer d'un ton ensommeillé.

— Ne me flattez pas ! répliqua-t-il en prenant place de l'autre côté de la petite table. Les cookies viennent de la boulangerie et n'importe quel imbécile est capable de préparer un sandwich.

Elle remarqua qu'il s'était changé, avait ôté sa cravate et remplacé son pantalon par un jean. Il était nu-pieds et, bien qu'il portât encore sa chemise blanche, il avait laissé les pans hors du jean, tout chiffonnés. Il avait également ouvert quelques boutons, si bien que le col dévoilait sa poitrine. Une poitrine large et poilue, superbe, nota-t-elle.

Avec un soupir d'aise, il posa ses pieds sur la rambarde du balcon.

— Enlevez vos chaussures, suggéra-t-il.

Elle l'imita, car l'idée d'être nu-pieds par ce temps caniculaire était trop tentante. Elle aussi posa les pieds sur la rambarde, en se disant que les passants n'apercevraient que quelques centimètres de cuisses, pour autant qu'ils auraient l'idée de lever les yeux. Mais les piétons semblaient bien trop affairés pour cela.

Elle soupira comme il venait de le faire. C'était merveilleux d'être libérée de la chaleur oppressante et du carcan de ses chaussures. Peu à peu, elle sentit les muscles le long de sa colonne se détendre.

Sans se redresser, Marc tendit le bras et, d'une main habile, remplit les deux verres de vin.

— Mangez.

Il attendit qu'elle ait pris l'un des sandwichs pour se servir lui-même. En silence, Karen se restaura, tout en observant les touristes qui déambulaient en contrebas. Au loin jouait un orchestre de rue, et elle percevait aussi un air de piano. Des bribes de conversations remontaient jusqu'à eux. Décidément, aucun endroit ne ressemblait à La Nouvelle-Orléans, si exotique, si magique.

Leurs pieds reposaient côte à côte sur la rambarde, et elle les étudia avec intérêt, frappée par leurs différences. Les siens étaient beaucoup plus petits, plus minces, très féminins. Ceux de Marc étaient grands, osseux, poilus sur les orteils, bref : masculins. C'était fascinant.

— Savez-vous pourquoi les pieds des hommes et ceux des femmes sont si différents ? demanda-t-elle d'une voix rêveuse.

Il bougea la jambe, de façon que son pied touche le sien.

— À cause du vernis à ongles ?

S'il avait été plus proche, elle lui aurait envoyé un petit coup de coude dans les côtes. Au lieu de cela, elle rétorqua :

— Pas du tout ! C'est parce que, autrefois, les hommes couraient partout nu-pieds à la poursuite des antilopes et des mammouths.

Il éclata d'un rire franc, bas, viril, qui provoqua chez elle un délicieux petit frisson.

— Et les pieds des femmes restent mignons et délicats parce qu'elles se contentaient de ramasser des baies, c'est ça ?

— Exactement !

Le vin était bon. D'ordinaire, elle n'aimait pas trop le rouge, mais celui-ci était lourd et capiteux. Elle termina son verre, soupira de contentement.

Durant un moment, ils n'échangèrent plus aucune parole. La chaleur ambiante semblait rendre la conversation inutile. Au loin, le tonnerre gronda, annonçant le retour de l'orage. Des nuages commençaient à masquer le soleil.

Au bout de quelques minutes, Marc remporta le plateau à l'intérieur, tout en prenant soin de laisser l'assiette de cookies sur la table. De la musique s'éleva soudain du salon, un blues paresseux et languissant. Karen ferma les yeux. Ici, tout semblait flotter, s'égrener sur un rythme lent qui ne nécessitait aucun effort.

— D'autre vin ? proposa-t-il.

— Mmoui, merci.

— Prenez un cookie.

Souriant, elle prit un gâteau et croqua dedans. La saveur sucrée lui explosa sur la langue.

— Mmm, c'est délicieux ! s'exclama-t-elle. Qu'est-ce que c'est ?

— Du chocolat blanc et des noix de pécan, entre autres. Ce sont mes préférés.

Il en mangea un, puis un deuxième, tandis qu'elle l'observait avec amusement. Il représentait vraiment la symbiose de deux mondes ; le vieux Sud traditionnel et l'Amérique moderne. Sans compter qu'il était flic, ce qui corsait encore le personnage, le rendait plus complexe.

Quelles autres qualités découvrait-on en le connaissant mieux ? Aucune importance, puisqu'elle n'aurait pas la chance de le savoir. Son avion décollait le lendemain.

Une curieuse douleur s'alluma au creux de son estomac.

Ils terminèrent les cookies et leur second verre de vin. Le tonnerre grondait toujours, s'amplifiait. La pluie se mit à tambouriner sur le pavé et les touristes s'empressèrent de trouver un abri. En quelques secondes, la rue fut désertée. La pluie augmenta de violence dans le crépuscule naissant.

Karen avait un peu froid, pourtant le vin la réchauffait de l'intérieur telle une précieuse liqueur. Un saxophone poussait ses notes lancinantes d'une pureté extrême qui atteignaient l'âme. Envahie d'une mélancolie sourde, elle se pelotonna sur elle-même.

— Dansez avec moi, murmura-t-il en se levant pour lui tendre la main.

Elle se leva également et, en silence, se fondit dans ses bras. Yeux clos, elle retrouva l'endroit idéal où poser sa tête. Il n'y avait rien de plus parfait qu'un slow dansé pieds nus sur un balcon de La Nouvelle-Orléans, au son de la pluie crépitante, dans la lumière du crépuscule. Son contact était si plaisant qu'elle se surprit à se presser plus étroitement contre lui. Aussitôt, elle voulut se reculer, mais il arrêta son mouvement en posant une main ferme dans le creux de ses reins.

— Ça va, reposez-vous contre moi.

Il avait parlé d'une voix à peine audible, comme si parler briserait la magie de l'instant. Docile, elle se détendit, non sans éprouver quand même une pointe d'embarras. Elle se servait de lui sans vergogne pour trouver du réconfort et… du plaisir. Car c'était un pur plaisir que de sentir ses bras autour d'elle, et la dureté de son torse contre ses seins.

Ils dansaient lentement, ses cuisses frôlaient les siennes, leurs pieds se touchaient, et parfois elle sentait la bosse de son sexe sous le pantalon. Il était toujours aussi courtois. C'était elle qui avait envie tout à coup de presser ses hanches contre sa virilité.

Elle n'avait plus froid du tout, et se sentait délicieusement bien, libre de toute entrave.

La main de Marc remonta jusque sur sa nuque, tandis que l'autre descendait sur ses fesses. Elle ne songea même pas à protester. Cette caresse n'exigeait rien du tout. Il se contentait de palper doucement ses fesses, voilà tout. Elle ne s'était jamais rendu compte à quel point cela pouvait être bon.

La main toujours posée sur sa nuque, il lui renversa la tête en arrière. Elle entrevit la courbe sensuelle de sa bouche, puis il l'embrassa, et même ce baiser n'était pas exigeant. Elle ferma les yeux. Ses lèvres douces épousaient les siennes, mais il ne se servait pas de sa langue, et subitement elle éprouva l'envie folle qu'il le fasse. Elle voulait plus, le découvrir, le goûter. Pourtant elle aimait ce qu'il lui donnait, plus qu'elle n'avait aimé les baisers d'autres hommes.

Dans un éclair de lucidité, elle s'aperçut qu'elle s'était plaquée contre lui, collant ses hanches aux siennes.

La main de Marc quitta son postérieur et elle faillit protester. Elle perçut le grincement de la porte dans ses gonds, et se rendit compte qu'il l'entraînait dans la cuisine. À l'intérieur, Karen garda les yeux fermés. Elle soupira tandis qu'il reprenait ses baisers et que ses mains retournaient sur ses fesses. Alors le désir explosa en elle. Elle s'agrippa à ses épaules. Ses seins étaient tendus, douloureux, son ventre la brûlait. C'était bon, mieux encore. Elle voulait sentir sa langue dans sa bouche, le voulait si violemment qu'elle finit par se dresser sur la pointe des pieds et approfondir d'elle-même leur baiser, d'abord timidement, puis sans retenue.

Il poussa un grondement sourd et reprit l'initiative. Cette fois, Karen laissa échapper un gémissement tant son plaisir était fort. Oh oui ! Il avait un goût merveilleux, comme les cookies et le vin. Sa langue la pénétrait, entreprenait un doux ballet avec la sienne. Elle ignorait qu'un baiser pouvait être aussi subtil, ludique, sensuel…

Marc saisit sa jupe et la retroussa sur sa taille, avant de glisser les mains sous son slip pour agripper ses fesses nues. Elles étaient froides, ses mains chaudes, et le contraste la fit frémir. Ses seins se gonflaient, ses hanches ondulaient, cherchant le contact dur de son sexe. À présent, elle se sentait fébrile, sa peau la picotait, ses vêtements représentaient tout à coup une contrainte insupportable.

Il se pencha légèrement pour faire glisser son slip le long de ses jambes. Le petit morceau de tissu tomba sur ses chevilles.

— Enlève-le, murmura-t-il.

Sans réfléchir, elle obéit. Son cœur battait la chamade, son corps tout entier était la proie d'un feu dévorant.

— Ouvre les yeux.

Elle obtempéra de nouveau, le dévisagea en dépit de la pénombre qui régnait dans la pièce. Une lumière aqueuse filtrait à travers la porte. Il la regardait entre ses paupières plissées.

Karen se rendit compte alors qu'ils n'étaient pas dans la cuisine, comme elle l'avait cru tout d'abord, mais dans la chambre.

Ses mollets heurtèrent le lit sur lequel il la fit basculer d'une main sûre. Elle eut à peine le temps de sentir la fraîcheur des draps sous ses fesses que, déjà, il s'allongeait sur elle, solide, pesant, et lui écartait les cuisses tout en ouvrant son jean.

La jeune femme prit une profonde inspiration, le regardant à travers ses yeux mi-clos. Elle se sentait dans un état second, comme si rien de tout cela n'était réel. Pourtant elle n'avait jamais éprouvé un désir aussi intense. Comment avait-elle fait pour se retrouver étendue sur un lit, devant un homme qu'elle connaissait à peine, son slip gisant par terre, sa jupe troussée jusqu'à la taille ?

Le premier contact de sa virilité la surprit, telle une intrusion de la réalité dans son rêve. Elle écarquilla les yeux, enfonça les doigts dans la chair de ses épaules. Sans la quitter des yeux, il entra en elle, d'une seule poussée, profondément, et elle sentit tout son corps se contracter sous l'invasion de cette force masculine.

Son sexe était doux et dur, épais, il l'emplissait tout entière.

Tout en la maintenant fermement, il se retira un peu, avant de s'enfoncer de nouveau. Karen ne put s'empêcher de pousser un cri tant la sensation était extraordinaire. Elle se cramponna à lui, avec le sentiment qu'un ouragan était sur le point de la ravager. Il murmura des mots apaisants dont elle ne comprenait pas bien le sens, et elle se cambra entre ses bras.

— Je t'en prie ! supplia-t-elle, sans savoir trop ce qu'elle demandait, de la pitié, l'assouvissement de ses sens, tout et n'importe quoi.

Il comprit son impatience mieux qu'elle, se mit à aller et venir dans un mouvement puissant, et elle commença à jouir.

Tandis que les vagues du plaisir se succédaient, il continua au même rythme, tenant ses cuisses écartées pour qu'elle n'ait aucun contrôle, aucune protection. Il ne lui accorda aucun répit tandis qu'elle se tordait sous lui, et d'ailleurs elle n'en voulait pas. Elle ne voulait que lui, lui et l'intimité farouche de leurs corps confondus en un seul.

Lorsque la tempête s'apaisa, elle demeura inerte, vidée de ses forces. Elle était épuisée, à peine consciente. Marc se cambra dans un sursaut, comme foudroyé, atteignant l'extase à son tour, puis il s'écroula sur elle, le souffle court.

Sa poitrine se soulevait et elle percevait les battements précipités de son cœur. Ses vêtements étaient humides de sueur, mais une brise s'infiltrait par la porte, apportant avec elle la fraîcheur de la pluie.

Elle glissa son nez dans le cou de Marc pour humer l'odeur de sa peau, et se sentit aspirée par le sommeil...

Karen se redressa à demi quand il se retira d'elle, dans une protestation instinctive.

— Chut ! lui dit-il d'une voix rassurante.

Grâce à la faible luminosité qui régnait dans la chambre, elle le vit retirer rapidement un préservatif. En dépit de sa somnolence, elle demanda :

— Quand l'as-tu mis ?

Elle était absolument convaincue que ses mains n'avaient pas quitté sa peau un seul instant depuis qu'ils étaient entrés dans la chambre !

— Tout à l'heure, après avoir mis un disque, répondit-il.

Il lui fit face, toujours agenouillé entre ses cuisses ouvertes. Puis, une lueur intense dans le regard, il entreprit de la déshabiller totalement. Karen le laissa faire, l'esprit préoccupé par cette histoire de préservatif. Il avait donc tout organisé. Avant même qu'ils commencent à danser, il avait eu l'intention de lui faire l'amour.

La signification de tout cela semblait importante, mais elle avait oublié pourquoi. Il lui ôta sa jupe, fit passer sa chemise par-dessus sa tête, dégrafa son soutien-gorge. En dépit de l'intimité qu'ils venaient de partager, la jeune femme se sentit soudain très vulnérable dans sa nudité. Elle était là, offerte devant un homme encore habillé, même si son jean était baissé sur ses cuisses. Son sexe était de nouveau dur et érigé.

Karen ébaucha un mouvement. Il devina son intention de se couvrir et lui saisit les poignets, les plaquant sur l'oreiller, de chaque côté de sa tête. Puis il prit son temps pour la contempler. Comme son regard glissait sur ses seins, il vit ses mamelons durcir et sourit. Se penchant, il butina un téton, l'encercla de sa langue, le lécha, avant de le prendre délicatement entre ses dents pour le mordiller.

Karen poussa un gémissement sourd. La fièvre s'emparait de son corps. Des frissons brûlants la parcouraient. En vain, elle tenta de libérer ses bras, non pour le repousser, mais pour au contraire l'attirer plus près. Il suçait son sein, l'aspirait, tout en l'agaçant de la langue. Karen se tortillait, elle ignorait que ses seins étaient aussi sensibles, mais cette caresse affolante la consumait et, si incroyable que cela puisse paraître, elle se sentit emportée vers un autre orgasme.

Il était penché sur elle, et son sexe taquinait les replis secrets de sa féminité, frôlait l'entrée de son ventre. Elle s'arqua contre lui dans un gémissement. Il jura alors entre ses dents et s'écarta pour se débarrasser de sa chemise avec impatience. Muni d'un nouveau préservatif, il s'en couvrit prestement. Puis, d'une main, il emprisonna ses poignets, lui ramenant les bras derrière la tête pour mieux savourer ses seins, à la fois doux et brutal dans ses caresses.

Sa main libre descendit entre les cuisses de Karen. Après leur étreinte, celle-ci se sentait plutôt endolorie, à peine capable de supporter les deux doigts qu'il inséra en elle. Elle sursauta.

— Tu es étroite, dit-il dans un souffle, tout en lui embrassant la gorge. Je te fais mal ?

— N... non.

Elle pouvait à peine parler. Ses doigts s'enfonçaient en elle, remontaient, l'écartaient. Son pouce frôla son clitoris, traça des cercles brûlants tout autour.

— Oh, mon Dieu ! cria-t-elle.

Le plaisir montait, dévastateur. Marc ôta ses doigts et, d'un seul mouvement, la pénétra de son membre gonflé. Karen sentit la jouissance éclater en elle. Sa féminité se contracta et il perçut les spasmes autour de sa chair. Mais il se contrôla et, lentement, la stimula de nouveau, jusqu'à ce qu'elle ait un autre orgasme. À ce moment seulement, il s'autorisa à prendre son propre plaisir.

La jeune femme s'endormit, puis s'éveilla en sentant les mains de son amant courir sur son corps. La nuit était tombée. Il avait ôté son jean. Dehors, la pluie tombait, et par la porte toujours ouverte, l'air humide envahissait la chambre. Plus rien ne comptait dans l'univers, excepté ce lit et cet homme. Elle ne pensait pas. Pour la première fois de sa vie, elle se perdait dans le pur plaisir physique. Il aurait pu lui faire n'importe quoi, elle n'aurait pas protesté.

La bouche de Marc goûta la pointe de ses seins, descendit le long de son ventre, puis se posa contre sa féminité, dans une caresse si tendre et intime qu'elle faillit pleurer. Mais le désir prenait de nouveau naissance dans son ventre, occultant tout le reste. Il se positionna au-dessus d'elle, et la prévint :

— Cette fois, je ne vais pas te ménager.

Et il lui infligea ses coups de boutoir, à la recherche de son propre plaisir, sans oublier de la combler. Cette fois, les spasmes furent si violents que Karen crut défaillir. Elle se donna complètement à lui, cramponnée à ses épaules luisantes de sueur. Cette étreinte sauvage, dans la nuit sombre et orageuse de La Nouvelle-Orléans, avait quelque chose de primitif, de bestial, pourtant elle aurait voulu que cela ne s'arrête jamais.

Ensuite, il dormit un peu lui aussi, tout en la tenant contre lui, leurs deux corps en nage paraissant scellés l'un à l'autre.

La nuit semblait sans fin. Karen s'éveilla dans la même obscurité, dans l'air chaud et humide. Elle n'apercevait nulle part le cadran d'un réveil. Quelle heure était-il ? Mais de toute façon, quelle importance ?

Elle fit pleuvoir une foule de baisers sur le corps de son compagnon, glissa jusque sur son ventre plat et trouva son sexe déjà dressé. Il grogna lorsqu'elle l'embrassa et fit courir sa langue sur toute la longueur de son membre dur, avant de le prendre entièrement dans sa bouche. Elle voulait inverser les rôles, lui infliger la même torture qu'il lui avait fait subir, lui donner autant de plaisir qu'elle en avait reçu.

Combien de fois firent-ils l'amour au cours de cette nuit étrange et folle ? L'esprit de Karen était embrumé. Quand enfin elle fut trop épuisée pour pouvoir réagir, il referma ses bras sur elle et posa un baiser plein de tendresse sur chacune de ses paupières.

— Dors, chérie, murmura-t-il de sa voix envoûtante.

Et ce fut comme si elle n'avait besoin que d'entendre ces mots de sa bouche pour sombrer dans l'inconscience.

10

Hayes était un homme prudent. Il n'employait que des gens compétents mais, lorsqu'on lui affirmait qu'un boulot était terminé, il ne partait pas du principe que tout était réglé.

Il mettait un point d'honneur à tout vérifier. Ceux qui travaillaient pour lui le considéraient comme un casse-pieds, mais ses employeurs lui vouaient une reconnaissance éternelle pour son attitude tatillonne.

Quand Clancy l'appela pour lui faire son rapport, Hayes le crut. Clancy était l'un de ses meilleurs agents. Néanmoins il contacta un autre informateur afin de recevoir un exemplaire du rapport de police concernant l'incendie de la maison, ainsi que l'article paru dans la presse à ce sujet. Il recevait toujours ses informations par fax, sur une ligne sécurisée. Hayes maîtrisait l'outil informatique, toutefois il était plus à l'aise avec les technologies moins modernes. Avec les ordinateurs et les modems, comment savoir si un petit malin n'était pas en train d'espionner le courrier qu'il envoyait ou recevait ?

Son informateur le rappela le lendemain par téléphone :

— Je ne trouve aucun renseignement concernant l'incendie d'une maison appartenant à Karen Whitlaw, annonça-t-il. Il y a bien eu un sinistre, mais la maison en question appartient à un couple nommé Hoerske.

Hayes jura. Cela ne ressemblait pas à Clancy de se tromper d'adresse.

— Rends-moi service, dit-il, regarde dans l'annuaire l'adresse de Karen Whitlaw.

— D'accord, attendez une minute…

Le bruit de pages feuilletées arriva jusqu'à Hayes.

L'autre récita :

— Whitfield… Whitfield… Whitlaw. Il n'y a pas de Karen Whitlaw, juste une K.S. Whitlaw.

— Ne quitte pas…

Hayes jeta un coup d'œil au dossier concernant Dexter Whitlaw et sa famille. Le deuxième prénom de la fille était Simone.

— Oui, c'est sûrement elle, confirma-t-il.

— OK, l'adresse est… Bon sang, c'est la même que celle des Hoerske !

Hayes commençait à avoir la migraine. Il se pinça l'arête du nez.

— Faxe-moi tous les renseignements dont tu disposes pour le moment.

— OK.

Vingt secondes plus tard, le fax se mit à bourdonner en recrachant les documents demandés. Hayes ne s'embêta pas avec le rapport de police. Il prit directement l'article de presse :

Hier matin, un incendie a ravagé la demeure de Nathan et Lindsey Hoerske. Selon le chef des pompiers, le foyer a démarré dans la cuisine. Les Hoerske, qui étaient propriétaires de la maison depuis seulement quatre mois, ne se trouvaient pas chez eux lorsque le feu s'est déclaré…

Hayes rejeta le papier. Il ne fallait pas être grand clerc pour deviner ce qui s'était passé : la fille Whitlaw avait vendu la maison. Clancy avait dû regarder l'adresse dans l'annuaire, mais celui-ci n'était révisé qu'une fois par an.

Il appela Clancy. Comme toujours, il tomba sur le répondeur.

— Laissez votre numéro, disait Clancy sans décliner son identité. Si je vous connais, je vous rappellerai…

— Tu as merdé ! aboya Hayes en guise d'introduction.

Clancy décrocha aussitôt son téléphone.

— Moi, merdé ? Pas du tout ! protesta-t-il d'un ton outragé, car il n'était guère habitué aux récriminations de ses clients.

— Elle n'habite plus là-bas, idiot ! Elle a vendu la maison il y a quatre mois.

— Merde... Je déteste cramer des baraques pour rien.

— Trouve-la. Et cette fois, assure-toi que le boulot est fait correctement.

Le sénateur Stephen Lake voulait être le prochain Président. Il n'était pas le seul à nourrir cet espoir secret. Lui et son frère aîné, William, avaient été préparés à la politique depuis leur naissance, mais à la mort de William, Stephen était apparu comme l'unique héritier de la dynastie Lake qui, depuis quatre générations, fournissait à la nation des avocats, des juges, et des politiciens.

Le sénateur Lake avait toujours été parfaitement conscient que William était le préféré de son père. À la mort de son frère, Stephen Lake s'était démené afin de devenir l'homme politique idéal. De fait, il avait mené sa carrière avec discernement et intelligence. Au fil des ans, il s'était forgé une réputation de visionnaire et de progressiste...

Une position admirable, songea Franklin Vinay. Mais le fauteuil de président du Comité de renseignement du Sénat exigeait plus de pragmatisme que d'idéalisme.

Le directeur adjoint des opérations à la CIA n'appréciait guère d'être convoqué dans le bureau du sénateur, tel un vulgaire écolier sommé de se rendre chez le proviseur. Il s'y rendit néanmoins, son mécontentement masqué sous une expression impassible tandis qu'il s'asseyait dans le luxueux bureau. Il se sentait irrité, et intrigué. Quel événement avait bien pu ramener le sénateur dans la capitale en plein mois d'août ? Aux dernières nouvelles, Lake avait rejoint son domaine du Minnesota qu'il aimait tant. Il aurait fallu au moins une urgence d'envergure nationale pour arracher un homme politique à ses vacances. Et comme Vinay aurait été le premier prévenu, il savait parfaitement que ce n'était pas le cas.

— Du café, Frank ? lui demanda le sénateur en désignant le plateau posé sur la table basse.

— Non, merci. Je ne suis pas assez résistant pour boire du café par cette chaleur.

Le sénateur rit avec cordialité avant de se servir une tasse, peut-être pour lui prouver que *lui* était assez résistant. Il versa une unique goutte de crème dans le breuvage fumant.

Vinay se garda bien de demander la raison de cette convocation. C'était un vieux de la vieille, il connaissait le pouvoir du silence et les règles de ce jeu subtil. Il fallait débusquer l'autre, le forcer à se découvrir. Qu'ils soient tous deux du même côté n'avait aucune importance. Vinay ne permettait à personne de l'entraîner dans un discours irréfléchi. Lorsqu'il saurait ce que voulait Lake, il réagirait en conséquence.

Malheureusement, le sénateur affectionnait les conversations banales et ne semblait pas décidé à aller droit au but.

— C'est un des étés les plus chauds que j'aie vécus, fit-il remarquer en s'enfonçant dans son fauteuil de cuir. Normalement, je prends mes vacances en août...

Oui, comme n'importe quel homme politique, songea Vinay.

— ... Peut-être un peu de pêche à la truite, achevait Lake. Vous pêchez, Frank ?

— Pas depuis des années.

Vinay avait été bien trop occupé à lutter contre les vilains « ismes », tels que le communisme et le terrorisme, pour se livrer à des activités aussi oisives.

— Vous devriez vraiment vous échapper plus souvent. La pêche est le meilleur moyen de rallier l'homme à la nature. On découvre des paysages intacts et on se souvient alors que la plupart des Américains habitent la campagne. Les médias sont tellement obnubilés par ce qui se passe dans les grandes cités que nous avons tendance à oublier les soucis quotidiens du reste du pays.

Vinay ouvrit la bouche pour acquiescer, stoïque, mais le sénateur agita la main :

— Mais bon, je m'égare, alors que je vous sais très occupé. Je n'irai pas par quatre chemins. Un de mes assistants m'a appris que l'un de vos agents contractuels avait été tué dans le Mississippi. Rassurez-moi, Frank. Cet homme n'était pas en mission pour vous, n'est-ce pas ? Et ne me sortez pas votre bla-bla habituel, comme quoi les agents de la CIA n'ont pas le droit d'opérer à l'intérieur de nos frontières.

Vinay ne cilla pas, mais intérieurement il bouillait de rage. Si un assistant du sénateur avait entendu parler de la mort de Rick Medina, c'est parce qu'il avait un informateur dans le service.

— Monsieur le sénateur, il n'y a aucune opération à l'intérieur de nos frontières, point final. Si un de nos agents contractuels avait été tué, ce dont je n'ai pas eu vent, cela n'aurait aucun rapport avec notre agence.

— Vous n'êtes pas au courant ? s'étonna le sénateur. Pourtant...

— Nous utilisons les services de nombreux agents contractuels. Mais, comme vous le savez, ils travaillent également pour d'autres pays. La personne à laquelle vous faites allusion était peut-être en mission, mais une chose est sûre, ce n'était pas pour notre compte. À propos, est-ce un homme ou une femme ?

— Euh... un homme. Vraiment, vous n'avez pas entendu parler de cet incident ?

— Comme je vous l'ai dit, cette histoire ne concerne nullement la CIA. Je n'ai donc aucune raison d'en être informé.

— On m'a cependant rapporté que le fils de cet individu travaillait aussi pour vous.

Le sénateur était décidément très bien renseigné. Mais s'il pensait que Vinay allait lui donner l'identité d'un de ses meilleurs agents, il se fourrait le doigt dans l'œil.

— C'est possible, mais à moins que ce décès n'ait affecté nos opérations...

Il haussa les épaules, pour bien montrer combien la mort d'un agent contractuel lui semblait insignifiante.

Le sénateur consulta un dossier.

— Cet agent s'appelait Rick Medina. Ce nom vous dit-il quelque chose ?

— Rick Medina ? s'exclama Vinay avec une surprise crédible. En êtes-vous sûr ?

— Mes sources sont tout à fait fiables.

Le sénateur s'était raidi. Il n'était pas accoutumé à voir sa parole mise en doute.

— Je connais Rick depuis des années. Pas très bien, personne ne le connaissait intimement, mais enfin, c'était l'un de nos meilleurs agents contractuels. Bon sang !

— Vous connaissez son fils ?

— Rick n'avait aucune famille, assura Vinay. C'était un solitaire.

— Je vois...

Pour une raison inconnue, le sénateur semblait perplexe.

Sa patience à bout, Vinay se leva. Le sénateur en savait beaucoup trop, il connaissait des informations classées top secret. Déjà, Vinay réfléchissait au moyen de piéger la taupe qui infiltrait ses services... et de la neutraliser une bonne fois pour toutes.

— Avez-vous d'autres questions, monsieur le sénateur ? demanda-t-il poliment. Je vous affirme que Medina ne travaillait pas pour nous. Si vous désirez de plus amples détails, je peux enquêter sur les circonstances de sa mort et vous faire parvenir le rapport.

— Oh, non ! Ce ne sera pas nécessaire. Je me tracassais juste parce que... Bon, vous connaissez comme moi la situation du pays en ce moment, avec tous ces excités à l'affût de n'importe quel scandale, même complètement tiré par les cheveux, qui prouverait que le gouvernement a perdu les pédales. Il vaut mieux couper la tête à ces rumeurs tant qu'il est encore temps.

C'était une préoccupation légitime, mais quelque chose, dans sa façon de s'exprimer, intrigua Vinay. On aurait dit qu'il s'agissait d'un petit discours mis au point à l'avance.

— En effet, monsieur, acquiesça-t-il.

Quelque chose clochait. Il ne savait pas quoi, mais il se fiait à son instinct. Pourquoi le sénateur Lake se sentait-il obligé de se justifier pour avoir demandé des renseignements sur Rick Medina ?

Rick n'était peut-être pas au cœur de ses soucis. Peut-être le sénateur cherchait-il en réalité à lui soutirer des informations sur John ?

Une vive méfiance s'éveilla chez Vinay. Il ne trouvait aucun motif valable qui aurait expliqué la curiosité du sénateur à propos de John Medina, mais tout cela était louche...

Après le départ de Vinay, le sénateur Lake s'assit à son immense bureau d'un luxe hideux. Distraitement, il passa la main sur le bois vernis. Cet entretien l'avait beaucoup perturbé. Il en découlait deux éventualités, dont aucune ne lui plaisait.

Soit Hayes avait été mal informé, soit le directeur des opérations venait de lui mentir.

Lentement, le sénateur décrocha le téléphone. Puis, prenant sa décision, il composa rapidement le numéro de sa ligne privée, chez lui dans le Minnesota. Dès la seconde sonnerie, une voix familière et rauque lui répondit :

— Résidence des Lake, j'écoute.

— Raymond, pourrais-tu prendre le prochain avion pour Washington ? Il se pourrait que j'aie besoin de toi.

11

Traînant sa valise, Karen pénétra dans son appartement. Sans jeter un regard au répondeur, sur lequel le voyant rouge clignotait certainement avec furie, elle se rendit dans la chambre et rangea toutes ses affaires. Elle prit son temps, suspendit dans l'armoire les vêtements qu'elle n'avait pas portés, et sépara le reste en deux piles, celle destinée au nettoyage à sec, et celle qui irait dans la machine à laver.

Elle arrosa les plantes, mit une lessive en route, puis appela l'infirmière qui s'occupait des plannings.

— Bonjour, Judy, c'est Karen. Je suis rentrée et je peux reprendre le travail dès ce soir, si tu as besoin de moi.

— Si j'ai besoin de toi ? s'exclama Judy Camliffe d'un ton d'extrême soulagement. Marletta est en congé depuis deux jours parce qu'elle a une angine, et Ashley s'est également fait porter pâle aujourd'hui.

— Qu'est-ce qu'elle a ?

— Une gastro. Sapristi, je n'ai jamais eu autant besoin de toi ! Mais la question est : faut-il vraiment que tu reviennes aussi vite ? Aujourd'hui, je peux me débrouiller, si tu as besoin d'un jour de plus.

Judy avait beaucoup de mal à gérer le planning du personnel. Les effectifs diminuaient régulièrement depuis que l'hôpital avait décidé des coupes sombres dans son budget. Cinq ans plus tôt, douze infirmières diplômées travaillaient en chirurgie, quatre par équipe. Aujourd'hui il n'en restait plus que huit, que Judy répartissait en trois équipes de façon que chacune ait deux jours de repos dans la semaine. Certaines nuits, il n'y avait qu'une seule infirmière de garde.

— Merci, mais tout va bien, assura Karen. L'enterrement a eu lieu hier et j'ai pris l'avion ce matin.

— Vraiment ? J'ai regardé la rubrique nécrologique, mais je n'ai rien vu.

— Mon père a été enterré en Louisiane. Je n'avais pas d'endroit où le mettre ici, et l'un des inspecteurs m'a suggéré de l'ensevelir là-bas pour le moment. Maman aurait voulu reposer auprès de lui, mais comme il n'y a pas de place à côté de sa tombe, il va falloir que je les déplace tous les deux...

Elle s'interrompit, vaguement surprise. Elle aimait bien Judy, la considérait comme une camarade, néanmoins elle n'avait pas l'habitude d'étaler ses problèmes intimes, même devant Piper qui était sa meilleure amie. Mais évoquer Marc, même de façon indirecte, la bouleversait tellement qu'elle était incapable de réfléchir de manière cohérente. Son cœur s'était mis à palpiter, son estomac se nouait, ses seins se dressaient. Les symptômes de la panique et du désir s'entremêlaient, tout comme ce matin, quand elle s'était éveillée à côté de lui...

— Ça alors, c'est embêtant ! commenta Judy. Euh... pardon de te le demander, mais as-tu un double du certificat de décès, ou alors une publication de décès parue dans la presse de La Nouvelle-Orléans ? Il me faut l'un de ces documents pour que tes deux journées de congé te soient payées.

— J'ai un double du certificat de décès.

Marc le lui avait donné. Normalement, cette formalité aurait dû prendre plus de temps, mais il avait convaincu l'assistante du légiste de traiter le dossier en urgence. Karen sentit de nouveau les battements de son cœur s'accélérer. Il n'avait même pas eu à insister pour la convaincre : il lui avait suffi de demander, de sa voix de velours, et l'assistante s'était empressée d'accéder à son désir.

— Parfait, c'est déjà un souci en moins, déclara Judy. Tu es sûre que tu es en état de travailler ?

— Certaine.

— Dans ce cas, j'accepte avec joie que tu reviennes dès ce soir. Viens à l'heure habituelle.

Cette affaire réglée, Karen, désœuvrée, jeta un regard autour d'elle. Elle retourna dans le salon, aperçut le voyant du répondeur qui clignotait avec insistance. Elle l'ignora, se rendit dans la cuisine où elle se prépara un sandwich. Puis elle fit quelque chose qui ne lui arrivait presque jamais, faute de temps : elle s'assit devant la télévision, les pieds sur le bras du canapé. Une émission sur la décoration intérieure passait sur Discovery. Comme son appartement avait sérieusement besoin d'être rafraîchi, elle regarda l'émission tout en grignotant son sandwich. Mais bientôt ses pensées vagabondèrent.

Elle avait fui. Littéralement. Comme la pire des froussardes, elle s'était glissée hors de la maison pendant que Marc était sous la douche. Elle avait encore mal aux pieds après avoir couru comme une folle sur ses hauts talons pour rejoindre l'hôtel. Là, elle avait fourré ses habits dans sa valise, puis avait téléphoné à la réception et payé en donnant son numéro de carte bancaire. Ensuite, priant pour qu'il ne l'attende pas déjà dans le hall, elle avait emprunté l'escalier. Elle n'aurait pu se retrouver face à lui. Jamais de toute sa vie elle ne s'était sentie si embarrassée. Bien sûr, il y avait de grandes chances pour qu'il n'ait même pas l'idée de lui courir après, qu'il soit soulagé d'être débarrassé d'elle. Mais elle ne voulait prendre aucun risque.

Elle était sortie par la porte arrière de l'hôtel qui donnait sur le parking, et avait pris un taxi.

Elle avait eu de la chance. Marc ignorait quel avion elle devait prendre. Et puis, il devait certainement aller travailler.

Plus tard, quand on avait demandé dans les haut-parleurs de l'aéroport que Mlle Karen Whitlaw se présente à la réception, elle n'avait pas bronché. C'était sans doute Marc qui l'appelait au téléphone, mais on ne savait jamais, peut-être se trouvait-il là-bas en personne... ?

Elle n'avait osé respirer qu'une fois la passerelle d'embarquement détachée de l'avion. Pourtant Marc ne se serait jamais servi de son insigne pour grimper à bord dans l'unique but d'une confrontation. Elle n'était quand même pas une criminelle, juste une femme avec qui il avait passé la nuit.

Justement, c'était cette nuit de folie qui la perturbait autant.

Jamais auparavant elle n'avait vécu une nuit pareille. Jusqu'à présent, elle se croyait prudente et responsable, deux qualités qui normalement la garantissaient contre les aventures d'un soir. Piper, quant à elle, la trouvait trop fière et parano, ce qui n'était pas très flatteur, mais revenait au même. Jamais, *jamais* Karen ne s'était comportée de façon aussi inconsidérée. Quoi que Marc ait voulu, elle l'avait laissé faire, et il avait eu beaucoup d'exigences. Laissé faire ? Bon sang, elle avait activement participé à leurs étreintes, et avait eu plus d'orgasmes qu'elle n'aurait pu en compter ! Elle s'était conduite comme une chienne en chaleur.

Comme elle avait été stupide ! Si elle avait eu plus d'expérience dans le domaine sexuel, elle l'aurait sans doute vu venir de loin. La vérité, c'est qu'elle lui était tombée toute cuite dans le bec, de la façon la plus humiliante. Elle avait été séduite par un orfèvre en la matière. Il n'avait pas commis un seul faux pas.

À la télévision, une femme pimpante était en train de transformer un mur uni en chef-d'œuvre. Renfrognée, Karen éteignit le poste. Comment se concentrer sur l'émission alors qu'elle ressassait autant d'idées noires ?

Elle s'en voulait à mort, et ne pouvait se raccrocher à rien pour ménager sa dignité. Elle avait été totalement consentante, prétendre le contraire aurait été d'une absolue mauvaise foi. D'un autre côté, il fallait avouer que Marc était doué.

Renversant la tête contre le canapé, elle se mit à fixer le plafond blanc. Chez Marc, les hauts plafonds étaient ornés de moulures compliquées, et il y avait des ventilateurs partout...

D'un geste brutal, elle donna un coup de poing sur le coussin. Bon sang, elle ne voulait pas penser à lui !

Mais comment était-ce possible, quand son ventre brûlait toujours d'un désir incandescent ? Si une de ses amies à l'hôpital s'était vantée d'avoir fait l'amour autant de fois en une seule nuit – et avec un seul homme ! –, jamais Karen ne l'aurait crue.

Avec le recul, elle analysait la technique diabolique dont il s'était servi pour la conduire tout droit dans son lit. Elle n'avait rien vu venir. Par des moyens aussi subtils que raffinés, il avait construit une bulle d'intimité autour d'eux. Oh, il connaissait parfaitement son affaire !

Leur relation n'avait été qu'une longue entreprise de séduction, depuis les premiers instants.

Tout d'abord, il s'était montré plein de sollicitude, soucieux de son bien-être, et l'avait constamment touchée sous prétexte de courtoisie. Elle se rappelait sa main glissant sur son bras, ou se posant dans son dos, sur sa taille. Il avait gagné sa confiance, l'avait amenée à accepter ces attouchements répétés, sans qu'elle suspecte le moins du monde ce qu'il avait en tête. Puis il l'avait savamment excitée, au point qu'elle avait perdu tout sens commun.

Et hier... Oh, hier ! Elle se remémorait la façon qu'il avait eue de poser sa main sur sa nuque pendant qu'elle pleurait, un geste possessif, sensuel, qu'elle aurait dû identifier du premier coup si elle n'avait été si bouleversée. Et puis, elle s'était déjà habituée à sentir ses mains sur elle, cela lui avait paru normal.

Il avait même réussi, avec une parfaite logique, à la convaincre de quitter ses vêtements afin de se détendre en sa compagnie. Le collant déchiré était un hasard, mais il en avait tout de suite profité. Son collant, puis ses chaussures... tout s'était enchaîné naturellement.

Ensuite, il avait continué de l'amadouer en lui faisant boire du vin. Pourtant elle n'avait même pas l'excuse de l'ivresse : elle était restée parfaitement lucide. Il y avait veillé en lui donnant à manger, pour qu'elle ne puisse se trouver aucune justification par la suite. Elle était lucide, mais le vin l'avait décontractée, ainsi que son attention, ses gestes, le contact de leurs pieds quand ils avaient dansé...

Qu'y avait-il de plus romantique qu'un slow sur un air de saxophone, par un soir pluvieux à La Nouvelle-Orléans ? À ce moment, elle était déjà ensorcelée, sous le charme, en proie à un désir inextinguible. Elle se souvint comment ses hanches avaient frôlé son sexe pendant qu'ils évoluaient lentement sur la terrasse. Cela non plus n'était pas dû au hasard. Il avait joué avec elle, l'avait amenée à rechercher d'elle-même son contact, comme si cela coulait de source.

Il avait tout orchestré de main de maître, en douceur, jusqu'à ce qu'elle meure d'envie de faire l'amour avec lui. Il n'avait commis aucune erreur : il n'avait pas tripoté ses seins, ni fourré sa main entre ses cuisses, des gestes qui l'auraient choquée et l'auraient fait réagir immédiatement. Quand il avait posé ses mains sur ses fesses, elle avait déjà baissé la garde, dépassé le point de non-retour. Il avait négligé tous les préliminaires usuels, excepté ces baisers merveilleux, et lorsqu'il avait été prêt, il avait simplement soulevé sa jupe pour la prendre. Sauf que la journée entière n'avait été qu'une longue suite de préliminaires, qu'elle était aussi prête que lui, et avait joui avec une rapidité humiliante.

Ce souvenir lui fit monter le rouge au front. Elle se mit à respirer plus vite. Bon sang, une seule nuit passée avec lui l'avait transformée en nymphomane ! Et elle le désirait toujours.

Marc connaissait le sexe et les femmes à un degré qui aurait dû être interdit par la loi. Il était si sûr de lui qu'il avait enfilé un préservatif avant même de l'inviter à danser. Elle aurait dû lui en être reconnaissante, car elle n'avait pas songé un seul instant à se protéger, et pourtant elle était infirmière ! Elle n'avait pensé ni à la maladie ni à la grossesse, seulement à l'acte charnel que tout son corps réclamait.

En tout cas, Marc avait détruit l'un de ses préjugés. Elle avait toujours pensé que les gens qui affirmaient s'être laissé emporter par la passion exagéraient pour excuser leur stupidité et leur irresponsabilité. À présent, elle faisait son entrée en fanfare dans le club des stupides et des irresponsables.

Ah, elle pouvait se vanter d'être prudente et raisonnable ! Marc Chastain n'avait eu qu'à poser les mains sur elle pour lui faire oublier jusqu'à la signification de ces deux mots !

Son comportement avait été si aberrant de bout en bout ! Elle avait quitté la tombe de son père pour se vautrer dans le lit d'un inconnu. D'accord, sans l'aide de Marc, elle n'aurait jamais supporté l'épreuve de ces derniers jours, néanmoins il demeurait un étranger pour elle. Elle ne savait rien de lui, à part qu'il était flic, qu'il aurait réussi à dégeler une statue, et qu'il l'avait culbutée à lui en faire perdre la tête.

Cette pensée délibérément crue ne l'aida pas du tout. Au contraire, elle eut soudain envie de pleurer.

Même si elle avait deviné dès le départ ses intentions, elle aurait éprouvé aujourd'hui la même honte, la même consternation, les mêmes remords qui l'avaient fait détaler comme un lapin. Car le pire, c'est qu'il n'était même pas attiré par elle ! Sitôt qu'elle était entrée dans son bureau, elle avait perçu son hostilité. Elle savait maintenant qu'elle ne se trompait pas à ce propos.

Mais alors, pourquoi s'était-il lancé dans cette entreprise de séduction ?

L'horrible réponse qui lui était venue à l'esprit l'avait conduite à fuir à toutes jambes.

Peut-être voulait-il seulement une nuit d'amour ? Peut-être avait-il simplement sauté sur l'occasion qui se présentait ? Oui, peut-être. Mais elle n'y croyait pas. Tout d'abord, parce qu'il n'avait rien laissé au hasard. Il avait soigneusement organisé son coup et était parvenu à ses fins avec une facilité déconcertante. Ses actes trahissaient une détermination effrayante.

Plus logiquement, puisqu'il éprouvait de l'antipathie pour elle, sa campagne de séduction n'avait eu qu'un seul but : se servir d'elle, puis la jeter comme un vulgaire Kleenex.

L'un des internes de l'hôpital lui avait dit quelque chose dans le genre, après qu'elle eut refusé pour la troisième fois de sortir avec lui :

— Un de ces quatre, un petit malin arrivera à t'arracher ta culotte ! Et quand il t'enverra balader, tu comprendras que tu n'es pas mieux que les autres !

Marc Chastain avait été ce petit malin.

À présent, Karen envisageait une éventualité encore pire. Et si au bout du compte il n'avait agi que par *pitié* ?

Elle grogna, se couvrit les yeux de la main. Super. Vraiment super ! Elle était la plus pitoyable des créatures.

Détournant la tête, elle regarda le répondeur. Elle n'était pas obligée d'écouter le message, elle pouvait l'effacer d'emblée. Elle n'aurait pas à entendre cette voix veloutée...

— Et merde ! Merde, merde, merde !

Elle avait juré tout haut. Mais cela ne lui procura aucun soulagement. Elle devait regarder en face la vérité. De toute façon, elle ne pouvait s'empêcher de penser à lui. Elle avait fait bien pire que de coucher avec lui : en l'espace de trois jours, elle avait trouvé le moyen de tomber amoureuse.

Chaque fois qu'elle l'avait vu, son cœur avait bondi dans sa poitrine. Elle s'était dit que c'était parce qu'il se montrait si bon avec elle, ou bien que c'était à cause de cette voix magique, délicieusement masculine, qui la fascinait tant. Elle s'était dit beaucoup de choses, mais la vérité, c'est que tout son être avait éprouvé la plus primitive des émotions lors de leur première rencontre. Comme si elle le reconnaissait. Qu'on appelle cela de la chimie, de la biologie, du vaudou même, peu importe ! elle avait été attirée par lui comme par un aimant.

Comment aurait-elle pu ne pas tomber amoureuse ? Il l'avait nourrie, réchauffée, protégée de son corps ; des égards simples qu'un homme de Cro-Magnon aurait pu avoir pour la Cro-Magnonne de son choix quand il avait envie de l'emmener sous sa peau d'ours. Et le truc fonctionnait aussi bien au XXe siècle qu'il y a des milliers d'années !

Il lui était impossible de déterminer l'instant précis où ses sentiments assez flous s'étaient mués en une émotion plus sérieuse, mais elle ne pouvait nier ce qui lui arrivait. C'était une sensation farouche, très réelle, terrifiante et douloureuse.

Si Marc n'avait eu en tête qu'une relation éphémère, il n'aurait pas dû se montrer si galant, songea-t-elle, furieuse, les larmes aux yeux. Et si par hasard il avait agi de façon délibérée, pour la rendre amoureuse alors qu'il avait pour elle de l'antipathie, elle n'en souffrirait que davantage.

Que faire ? Elle n'avait pas l'habitude de ce genre de situation. Elle n'avait jamais aimé auparavant.

Elle aurait dû rester à La Nouvelle-Orléans, l'affronter. Cette attitude aurait été la plus intelligente, la plus digne. Ils se seraient expliqués comme deux adultes, francs et honnêtes.

À présent, il était trop tard.

Le voyant lumineux sur le répondeur la rendait folle. Pestant, les yeux brûlants de larmes, elle se releva pour aller presser le bouton.

Il y avait tout d'abord un message d'un quelconque vendeur qui voulait lui faire acheter des produits ménagers, puis un message de Piper qui disait :

— Mon Dieu, Karen, je suis navrée à propos de ton père. Pourquoi ne m'as-tu pas appelée ?

Le troisième message émanait d'un démarcheur qui vendait des fenêtres en aluminium. Et enfin, la voix tant redoutée s'éleva, vibrante de fureur :

— Bon Dieu, Karen ! Qu'est-ce qui t'a pris de détaler comme ça ? Tu m'appelles dès que tu rentres chez toi, bordel ! Ou je te jure bien que...

Elle n'entendit pas le reste de la menace, car il avait violemment raccroché. Une faiblesse lui scia les jambes, elle agrippa le rebord de la table pour ne pas tomber. Sur le message, la voix de Marc n'avait rien de velouté. Il était manifestement hors de lui et cette violence la prenait au dépourvu. Elle ne s'était pas attendue à de la colère, simplement à de l'étonnement : « Allô, tu vas bien ? Tu n'étais pas obligée de te sauver, tu sais... », quelque chose dans le genre.

Elle ne l'avait pas entendu jurer auparavant, sauf en français. Il était si bien élevé. Évidemment, cela devait lui arriver de temps en temps. Il était flic et, sous la façade courtoise, il y avait une dureté qu'en temps normal elle aurait fuie. Mais elle avait eu besoin de Marc, et de ce sentiment de sécurité qu'il lui procurait, non pas à cause du pistolet qu'il trimbalait toujours, mais à cause de son assurance, de sa force de caractère. Oui, c'était un dur, et elle ne doutait pas qu'à l'occasion il s'avère particulièrement redoutable.

Avec elle, pourtant, il s'était montré très doux, même si, en lui faisant l'amour, il avait prononcé ces mots qu'on dit parfois sous l'emprise de la passion... Yeux clos, elle tenta de se remémorer ce qu'il avait dit et fait. Le désir s'insinua de nouveau en elle, insidieux, et elle serra les jambes avec un frisson.

Comme elle l'avait fait la première fois qu'elle avait entendu sa voix sur le répondeur, elle rembobina la bande et la réécouta. Le ton acéré la fit tressaillir et, soudain, une honte différente l'envahit.

Elle l'avait fui comme s'il l'avait violée, elle l'avait insulté par son attitude. Après son départ précipité, il avait sûrement essayé de la rattraper, ne serait-ce que pour s'assurer que tout allait bien. Et elle n'avait même pas eu la politesse de répondre à son appel, à l'aéroport. Pas étonnant qu'il soit furieux. Elle-même se détestait.

D'accord, elle sortait d'une période pénible, l'année qui venait de s'écouler avait été horrible, mais ce n'était pas une excuse.

Sans réfléchir, elle saisit le combiné, composa très vite le numéro avant de se faire rattraper par la peur.

— Vous êtes chez Marc Chastain. Laissez votre message...

Un répondeur. Un maudit répondeur ! Karen serra les dents. Il méritait qu'elle lui présente ses excuses de vive voix, mais il se passerait peut-être des jours avant qu'elle ne parvienne à le joindre à son bureau.

Elle prit son courage à deux mains :

— C'est Karen. Je suis rentrée. Je suis désolée d'être partie comme une voleuse ce matin. C'était puéril de ma part et je... je n'ai aucune excuse. Je pensais que... Oh, aucune importance. Je me suis conduite comme une idiote, et je te demande pardon.

Il n'y avait rien d'autre à dire. Mordillant sa lèvre inférieure, elle raccrocha. Un froid glacé se répandit en elle. Il allait peut-être rappeler pour la traiter d'idiote, mais il y avait gros à parier qu'elle n'entendrait plus jamais parler de lui.

Suivant une impulsion, elle prit la minicassette du répondeur et la fourra dans un tiroir. Même s'il fulminait sur le message, elle possédait maintenant un enregistrement de sa voix. Elle pourrait l'écouter de temps à autre, pour se rappeler à quel point elle s'était ridiculisée.

Elle inséra une nouvelle cassette dans le répondeur, puis demeura immobile, indécise. Elle pouvait attendre bêtement que le téléphone sonne, ou bien terminer sa lessive, ou faire du ménage, puis essayer de dormir. Elle travaillait ce soir et n'avait presque pas dormi la nuit précédente. La plupart du temps, Marc était sur elle et en elle.

Yeux clos, elle s'abandonna encore une fois à ses souvenirs. Elle regrettait beaucoup de choses à propos de ce qui s'était passé, mais pendant quelques heures, elle s'était noyée dans une extase physique incroyable. Marc lui avait donné plus de plaisir qu'elle se croyait capable d'en ressentir. Comment regretter cela ?

Et elle était amoureuse. Elle qui se croyait immunisée contre tout amour, sauf celui de sa mère, venait de découvrir qu'elle était aussi vulnérable que n'importe qui. En dépit de tout, elle avait aimé son père et trouvait une certaine sérénité à l'admettre aujourd'hui. Elle l'avait aimé, et souffrait à l'idée de cette vie gâchée, de cet amour qu'il avait refusé. Elle lui ressemblait plus qu'elle ne le croyait, de par ses réactions, sa tendance à se renfermer sur elle-même. Tout comme sa mère, elle l'avait aimé malgré ses trahisons.

Ce qui signifiait sans doute qu'elle aimerait Marc durant le reste de sa vie.

Marc était toujours d'humeur exécrable lorsqu'il entra dans son bureau, en fin d'après-midi. Il avait chaud, était en sueur, fatigué, et si furieux qu'il avait envie de déchirer n'importe quoi.

Karen s'était enfuie loin de lui.

Il s'attendait bien qu'elle soit un peu nerveuse ce matin, peut-être même embarrassée. Sachant qu'il disposait de peu de temps, il avait brûlé les étapes. Il n'y avait pas un centimètre carré de sa peau qu'il n'avait touché ou embrassé, comme pour la marquer d'un sceau indélébile. Il l'avait laissée endormie dans le lit pour aller prendre sa douche, avec l'intention de la réveiller par ses baisers quand il reviendrait, de la câliner, de la taquiner, et d'amener un sourire sur son petit visage trop sérieux. Puis il lui aurait fait l'amour encore une fois.

Mais elle ne dormait pas du tout. Et lorsqu'il était revenu dans la chambre, elle était partie.

Elle avait dû courir à toutes jambes jusqu'à l'hôtel, sinon jamais elle n'aurait pu lui échapper. Quand il était arrivé là-bas, elle avait déjà réglé sa note par téléphone, et il n'avait pas pu couvrir toutes les issues. Elle lui avait glissé entre les doigts. Un groom s'était souvenu lui avoir cherché un taxi pour rejoindre l'aéroport.

Il l'avait fait appeler là-bas, mais sans obtenir de réponse. À ce moment-là, il était si furieux qu'elle avait eu de la chance de pouvoir s'en tirer à si bon compte ! Alors il avait téléphoné chez elle et vociféré sur son répondeur. Ce n'était sans doute pas très malin, mais cette fuite éperdue l'avait mis hors de lui.

La fraîcheur relative qui régnait dans son bureau lui fit du bien, et il poussa un soupir de soulagement. Il ôta sa veste, et roula des épaules afin de décoller sa chemise humide de sa peau. D'un geste impatient, il se passa la main dans les cheveux et sur la nuque. Il avait du travail.

Il avait un petit garçon de cinq ans à la morgue, soi-disant mort d'une chute dans un escalier. Un accident, avait dit la mère. Mais les jambes de l'enfant étaient couvertes de petites marques circulaires à moitié cicatrisées, qu'elle avait tenté de faire passer pour des piqûres de moustiques, et aussi d'hématomes jaunâtres – des bleus anciens, résultat d'une chute de bicyclette, avait dit la mère.

La femme était morte de peur. Il l'avait trouvée assise à la table de la cuisine, comme si elle était trop terrifiée pour bouger. À un moment, elle avait tourné la tête quand son mari avait dit quelque chose, et Marc avait cru apercevoir une marque sombre sur son cou, juste au ras du col. Il avait remarqué des signes immanquables pour un flic : la chemise boutonnée jusqu'au col, les manches longues même par ce temps étouffant, un pantalon au lieu d'un short...

Marc ne perdait plus de temps à se demander pourquoi une femme restait auprès d'un mari violent, ou pourquoi elle s'obstinait à garder le silence, même quand son enfant l'avait payé de sa vie. Plus rien ne le surprenait dans son métier. Mais il savait qu'il devait se montrer prudent dans cette affaire, car le mari était avocat et guetterait la moindre erreur de procédure. Le fait que le métier de cette ordure consiste à défendre des criminels renforçait encore la détermination de Marc : il aurait sa peau.

Le légiste découvrirait sans doute d'autres traces de violence sur le corps, telles que d'anciennes fractures. Il établirait si les cicatrices sur les jambes provenaient de piqûres de moustiques ou de brûlures de cigarettes. Et son rapport fournirait des motifs valables pour inculper le père. Marc espérait seulement qu'il pourrait obtenir un mandat d'arrestation avant que ce salopard, dans un instant de panique, ne tue aussi sa femme susceptible de témoigner contre lui.

Il s'assit à son bureau, écouta son répondeur tout en feuilletant la pile de papiers qui s'étaient accumulés en son absence : des mémos, des rapports qu'il avait demandés, la routine...

Il avait de nombreux informateurs en ville, des indics qui préféraient vendre leurs amis plutôt que d'entrer dans le collimateur de Marc. Souvent, il n'apprenait que des broutilles, mais parfois un détail venait s'intégrer dans un tableau précis, et une affaire se résolvait.

Il n'espérait aucun appel de Karen, après le message qu'il lui avait laissé. À ce stade, c'était sans doute mieux. Quand il aurait complètement recouvré son calme, il lui téléphonerait et s'expliquerait avec elle.

Son message le prit donc au dépourvu. Il se figea, s'adossa à la chaise, la mine renfrognée. Elle s'exprimait d'un ton mesuré :

— … Je pensais que… Oh, aucune importance. Je me suis conduite comme une idiote, et je te demande pardon.

Qu'avait-elle pensé ? Elle pensait trop, c'était bien là le problème ! Il percevait l'inquiétude qui se cachait sous ces mots. Elle ne savait pas se détendre et s'amuser, elle se croyait obligée d'endosser toutes les responsabilités.

— Merde !

Il gonfla ses joues, chassa l'air de sa bouche. Il aurait dû deviner qu'elle se réveillerait consternée par un comportement qu'elle jugeait irresponsable. Il avait fait tellement attention à ne pas se trahir, avant de réussir à l'attirer dans son lit, qu'elle ne s'était pas imaginé une seule seconde qu'il avait l'intention de la revoir. L'abandonner au lit pour aller se doucher avait été une erreur monumentale qu'il n'était pas près d'oublier.

Entre eux, l'alchimie sexuelle avait été immédiate, et si forte ! Il avait été d'autant plus fasciné qu'il avait tout de suite deviné qu'elle n'avait pas beaucoup d'expérience. Elle n'était ni ignorante ni vierge, mais… simplement elle n'était pas habituée à faire l'amour. Elle devait sans doute museler sa sexualité comme elle muselait ses émotions.

Mais, la nuit dernière, elle avait abandonné tout contrôle et s'était transformée en une femme passionnée et délicieuse, la plus sensuelle qu'il ait jamais connue.

Lui, pourtant expérimenté, n'avait jamais vécu une nuit aussi intense. Il en conservait un souvenir ébloui, alors qu'elle devait y penser comme à la pire séance de débauche.

Il tendit la main vers le téléphone pour l'appeler, puis suspendit son geste. Il était encore en colère et, après avoir eu affaire à ce père meurtrier, il ne se sentait pas au mieux pour dominer ses émotions. Il devait parler à Karen le plus vite possible, sinon elle renforcerait sa résistance contre lui. Pourtant, mieux valait privilégier la prudence.

Il s'obligea donc à poursuivre la lecture des divers documents qui jonchaient son bureau.

Il marqua un temps d'arrêt en tombant sur un rapport de la police de l'État du Mississippi, qui avait retrouvé le corps d'un homme juste en bordure de frontière avec la Louisiane. La victime, un homme de race blanche, âgé de cinquante-six ans, nommé Rick Medina, avait reçu deux balles de 22 en plein cœur. Son argent et ses cartes de crédit avaient été volés.

Des tas de gens se faisaient descendre avec un calibre 22. C'était la plus courante des armes à feu. Seul l'instinct poussa Marc à sélectionner la fiche au milieu de toute cette paperasse. Ce n'était peut-être qu'une coïncidence, mais la victime était sensiblement du même âge que le père de Karen, et le Mississippi n'était pas si éloigné de La Nouvelle-Orléans.

Pour le moment, il était chargé de l'enquête sur la mort suspecte du petit garçon. Il n'avait pas le temps de se renseigner sur un lien aussi ténu avec l'affaire Dexter Whitlaw. Toutefois, il ne pouvait l'ignorer...

Il trouva Shannon près du distributeur de boissons fraîches, en train de flirter avec une des secrétaires.

— Hé, Antonio !

Shannon se redressa.

— À plus tard, dit-il à la secrétaire en lui touchant discrètement le bras.

Puis il s'avança vers Marc.

— Quoi de neuf ?

Marc lui tendit le rapport de police.

— Je suis sur l'affaire Gable, et...

— Ah oui, le môme. Son connard de père l'a buté, c'est ça ?

— Ouais, mais je dois suivre la procédure à la lettre, sinon il trouvera le moyen de s'en tirer. Tu as le temps de vérifier un truc pour moi ?

— Bien sûr.

Shannon parcourut rapidement le rapport avant de demander :

— Tu sais quelque chose sur ce Rick Medina ?

— Non, ce n'est qu'une vague intuition. Essaie de trouver un lien entre Dexter Whitlaw et Rick Medina. Ils sont approximativement du même âge, peut-être ont-ils fait l'armée ensemble ? S'ils se connaissaient, le fait qu'ils aient été tués tous deux par des balles de 22, à peu près au même moment, serait une coïncidence vraiment trop extraordinaire...

12

Le patient de la chambre 11-A avait survécu à un accident de voiture et à l'opération consécutive, perdant un rein dans le processus. Le chirurgien l'avait jugé en état assez satisfaisant pour être transféré du service de soins intensifs en chirurgie. Le patient était lucide, il s'alimentait de nourriture solide, bien que légère, son unique rein sécrétait normalement de l'urine. Toutefois sa température augmentait, et ce soir il avait refusé de dîner.

Le chirurgien de garde était introuvable, et il ne répondait pas au biper. Karen réitéra son appel, sans cesser de surveiller de près le patient, M. Gibbons, dont elle jugeait l'état inquiétant. S'il démarrait une infection postopératoire, mieux valait la juguler au plus vite.

Finalement, en désespoir de cause, elle finit par appeler le chirurgien qui avait procédé à l'intervention.

C'était bon de se retrouver à l'hôpital, dans ce monde familier où flottaient des odeurs chimiques et où retentissaient les bips des moniteurs. Le badge portant son nom était épinglé à sa blouse à manches courtes, dont les poches étaient pleines de divers objets et médicaments susceptibles de lui servir à tout instant. Son stéthoscope pendait autour de son cou, et ses chaussures à semelle de caoutchouc crissaient sur le carrelage. Tous ces détails quotidiens la rassuraient.

Contre toute attente, elle avait réussi à dormir plusieurs heures avant d'aller au travail. Elle ne savait pas s'il fallait s'en réjouir, ou déplorer le fait que Marc n'ait pas rappelé. De toute évidence, il avait décidé de l'oublier – ce qui, à la réflexion, était sans doute le plus raisonnable. Ils avaient passé la nuit ensemble, elle s'était ridiculisée, mais tout était fini. Il habitait en Louisiane, elle dans l'Ohio. Peut-être un jour, quand elle serait d'humeur nostalgique, raconterait-elle à Piper cette nuit torride passé à La Nouvelle-Orléans avec un flic. Piper serait certainement très soulagée. À son avis, la vie amoureuse de Karen était une calamité.

Le chirurgien qui avait opéré M. Gibbons rappela juste au moment où la jeune femme s'apprêtait à prendre une pause. Comme prévu, il était de mauvaise humeur.

— M. Gibbons a une température de 39 °C, lui annonça-t-elle. À minuit, elle n'était que de 38,5 °C.

— Merde. Bon, faites un prélèvement sanguin pour savoir ce qui se passe. Dites au labo que je veux les résultats pour les visites de demain matin.

Il bâilla, lui donna encore quelques instructions, avant de demander :

— Mais où diable est Dailey ?

— Le Dr Dailey ne répond pas à son biper.

— Eh bien, trouvez-le, bon sang, au lieu de me déranger sans cesse !

Il raccrocha sans plus attendre, et Karen haussa les épaules. Elle avait obtenu ce qu'elle voulait, et d'ailleurs elle était encline à l'indulgence quand elle réveillait quelqu'un à 3 heures du matin. Elle aurait volontiers fait appel au Dr Dailey, le médecin de garde, si le retrouver n'avait relevé de l'exploit. Elle se prit à rêver d'un biper qui, au lieu d'émettre un son, aurait envoyé une décharge électrique à celui qui le portait. Les infirmières auraient pu se guider aux cris pour retrouver les médecins de garde dans le dédale des couloirs…

La salle de repos des infirmières était toujours encombrée de journaux et de magazines. Quatre chaises pliantes étaient disposées autour d'une table ronde. Il y avait aussi un canapé avachi recouvert d'un skaï orange hideux. Un poste de télé à l'écran minuscule était posé contre le mur, mais il n'y avait pas d'image car le tube était cassé depuis longtemps. Les infirmières s'amusaient beaucoup à tenter de deviner l'action des feuilletons en écoutant les dialogues et les bruitages.

Karen prit un soda light dans le réfrigérateur, et se laissa tomber dans Valencia, sobriquet affectueux donné au canapé. Avec un soupir de soulagement, elle étendit ses jambes et étira ses tendons d'Achille, regrettant de ne pas disposer d'une bassine d'eau fraîche pour reposer ses pieds. Elle aurait aimé enlever ses chaussures, mais savait qu'il ne valait mieux pas. Ils auraient immédiatement gonflé et elle aurait alors eu beaucoup de mal à se rechausser.

Des journaux jonchaient le sol. Karen se pencha pour en saisir un et voir si un événement intéressant s'était produit en son absence. Avec un peu de chance, la bande dessinée *Dilbert* n'aurait pas été arrachée des pages loisirs. C'était peu probable cependant, étant donné que ces dessins humoristiques finissaient invariablement épinglés sur le tableau de service de l'hôpital, avec les noms des employés gribouillés dessus. L'administration ne trouvait pas cela drôle du tout.

Karen feuilleta le journal, passant rapidement sur les gros titres. La photo d'une maison incendiée attira son attention, car le toit calciné lui semblait vaguement familier. Puis elle sursauta. Mais c'était *sa* maison !

Choquée, elle fixa les ruines noircies sur le cliché. Enfin, c'était son ancienne maison, pour être plus précis. Elle y avait quand même vécu pendant quinze ans. Oh, ces pauvres Hoerske ! Ils venaient de se marier et étaient si contents de posséder enfin un endroit à eux ! Apparemment, ils avaient perdu tous leurs biens dans l'incendie. D'après le journal, le sinistre avait démarré dans la cuisine.

Aussi touchée que si elle avait perdu un vieil ami, Karen repoussa le journal. Lorsqu'un incendie ravageait une demeure, on ne regrettait pas tant la perte de la propriété que celle de certains souvenirs et certains rêves. Nathan et Lindsey Hoerske étaient sympathiques, elle avait été heureuse de leur vendre la maison. Ils semblaient très amoureux et sereins, comme s'ils avaient enfin trouvé leur cocon. On les imaginait facilement avec deux enfants, dans des pièces encombrées de jouets et résonnant de cris joyeux.

À présent, ils allaient devoir tout recommencer…

Piper fit son apparition dans le service de chirurgie à 6 h 30. Apercevant Karen, elle posa les mains sur ses hanches arrondies.

— Pourquoi ne m'as-tu pas appelée ? demanda-t-elle d'un ton accusateur.

— Je n'ai pas eu le temps.

Impulsivement, Karen posa la pancarte de soins qu'elle était en train d'annoter pour serrer Piper dans ses bras, histoire de se faire pardonner.

— La compagnie d'aviation m'a trouvé une place dans un vol qui décollait une heure plus tard. Je n'ai eu que le temps d'attraper ma valise, d'appeler Judy et de courir.

— Bon, c'est une excuse valable, j'imagine, grommela Piper en la serrant à son tour. Désolée, chérie, tu as dû passer de pénibles moments, même si tu n'étais pas très proche de ton père. Que s'est-il passé ?

— Il a été assassiné. Par balle.

Piper poussa une exclamation assourdie, et les deux autres infirmières non loin tournèrent la tête dans leur direction, une expression de vive curiosité sur les traits. Karen déglutit avec difficulté.

— Cela s'est produit dans la rue, il n'y a aucun témoin, expliqua-t-elle.

Piper émit un léger sifflement.

— Eh bien, quelle histoire ! Tu aurais dû prendre quelques jours de plus.

— Non, travailler facilite les choses, au contraire.

Elle avait toujours fonctionné ainsi : le boulot lui occupait l'esprit et lui permettait de faire face aux situations les plus rudes.

— Tu veux séjourner chez moi quelques jours ? proposa aussitôt Piper.

Karen leva les yeux au plafond en riant :

— Tu travailles de jour, et moi de nuit ! Quel serait l'intérêt ?

— Oui, bon, tu as raison.

Piper était une grande femme bien charpentée, au visage infiniment rieur et sympathique surmonté d'une courte crinière de boucles noires et crépues. Rien qu'en la regardant, les patients se sentaient mieux. Sa bonne humeur était réellement contagieuse. Quant à sa vie amoureuse, contrairement à celle de Karen, elle était plus active que le volcan Mauna Loa.

— À moins que tu ne recommences à travailler de jour, tu vas être toute seule, fit remarquer Piper.

Karen se mit à fredonner un air de sitcom connu, et les deux autres infirmières reprirent en chœur :

— *I'll be there for youuuu !*[1]

Piper saisit une agrafeuse et la brandit vers les insolentes.

— Vous, je vais vous punaiser à vos chaises !

Judy Camliffe pénétra dans la salle de sa démarche rapide.

— Salut, tout le monde ! Karen, ça va ?

Quelques jours plus tôt, cette sollicitude, même de la part de Piper, aurait mis Karen mal à l'aise. Pourtant, aujourd'hui, elle ne ressentait pas le besoin de se protéger. Marc avait déjà abattu ses défenses avec une facilité déconcertante. Et en dépit de toutes ces années

1. « Tu pourras toujours compter sur moi… » Chanson générique de la série américaine *Friends.(N.d.T.)*

passées à ériger un mur de colère contre son père, elle savait désormais que ce ressentiment prouvait qu'elle l'avait aimé.

Elle adressa un sourire à ses amies.

— Je ne sais pas exactement si je vais bien ou mal mais, dans tous les cas de figure, travailler est la meilleure solution.

Judy hocha la tête avant de se tourner vers une pile de pancartes de soin.

— OK, qu'avons-nous sur le gaz, aujourd'hui ?

Karen l'informa de la fièvre inquiétante de M. Gibbons, qui avait encore augmenté. Le labo n'avait toujours pas communiqué les résultats des examens, et le Dr Pierini devait commencer sa tournée de visites d'ici une demi-heure.

— Je vais les énerver un peu, déclara Judy en s'emparant du téléphone. Oh ! J'ai découvert pourquoi Ashley était malade.

— Tu as dit qu'elle avait une gastro.

— Oui, mais je sais quelle en est la cause. (Judy s'adressa à son interlocuteur téléphonique :) Bonjour, c'est Judy du service de chirurgie. Vous avez les résultats de M. Gibbons ? D'accord...

À ses collègues, elle ajouta :

— La première fois qu'elle a été malade, elle a cru qu'il s'agissait d'une intoxication alimentaire, et elle a fait tout un foin à la cafétéria. Mais comme personne d'autre n'avait eu de problème, ils l'ont envoyée promener. Cette fois, elle a identifié la cause : le pop-corn.

— Le pop-corn ? répéta Piper, interloquée.

— Elle est au régime, et elle a acheté du pop-corn sans sucre pour grignoter au cinéma. Quatre heures plus tard, les coliques ont commencé. Aujourd'hui, elle a été faire des courses et a racheté du pop-corn. C'est tout ce qu'elle a mangé, et les douleurs ont repris de plus belle.

— La pauvre ! s'exclama Karen.

— D'un autre côté, elle a dû perdre pas mal de poids ! fit observer Piper, pragmatique avant tout.

Les autres se mirent à rire.

— Oui, acquiesça Judy, mais elle prétend que ça ne vaut pas le coup. (De nouveau, elle parla dans le téléphone.) Écoutez, vous ne pouvez pas presser un peu le mouvement ? La température du patient monte en flèche. C'est peut-être un staphylo. Bon, d'accord, merci. Je rappellerai.

Elle raccrocha et dit à Karen :

— Ils m'ont promis les résultats d'ici un quart d'heure.

— D'ordinaire, chaque fois qu'ils promettent quelque chose, ils mettent le double de temps.

Karen tourna les yeux vers le couloir où le fuyant Dr Dailey venait d'apparaître. Il consultait une pancarte de soin d'un air renfrogné, comme s'il s'était tué au travail toute la nuit.

— De quelle marque est ce pop-corn ? demanda-t-elle. J'envisage d'en offrir au Dr Dailey.

Les autres infirmières sourirent, car elles partageaient le point de vue de Karen sur le Dr Dailey, à savoir qu'il était vraiment insupportable !

Karen vérifia le répondeur dès qu'elle rentra chez elle. Le petit voyant rouge ne clignotait pas. Évidemment, Marc savait qu'elle travaillait de nuit.

Avec un soupir, elle s'enferma à clé, puis alla prendre une douche. D'ailleurs, Marc n'avait aucune raison d'appeler, à moins qu'il n'ait envie de passer ses nerfs sur quelqu'un. Leur histoire était finie avant même d'avoir réellement commencé. Il n'avait jamais parlé de poursuivre leur relation. À présent, elle devait cesser de penser à lui.

Pourtant elle avait du mal à accepter de ne plus le revoir. Il avait changé la vision qu'elle avait d'elle-même. Sous la douche, elle se rendit compte qu'elle était intensément consciente de son propre corps. Elle se sentait… sensuelle. Femme. Ses seins se dressaient sous la caresse de l'eau, tandis qu'elle se remémorait la bouche de Marc sur leurs pointes, le contact de ses mains sur ses hanches, ses fesses, ses épaules, quand il l'avait soulevée, tournée dans diverses positions, afin d'augmenter leur plaisir.

Un désir brûlant naquit au creux de son ventre, et elle eut presque l'impression de pouvoir le sentir en elle.

Elle poussa un profond soupir. Toute femme aurait dû connaître au moins une fois dans sa vie un amant tel que lui. Sauf qu'elle ne voulait pas en rester là. Elle le voulait pour elle, toutes les nuits de son existence.

Mais que faire ? C'était l'enfer d'être sans cesse harcelée par les doutes. Elle ne connaissait pas ses motivations, ni ses sentiments à son égard, rien du tout, excepté les émotions qu'elle avait éprouvées durant cette nuit. Et elle avait si peu d'expérience que cela ne représentait pas une base solide pour prendre des décisions importantes.

Son expérience ! Son expérience dans le domaine des relations amoureuses était nulle. Elle n'avait jamais aimé avant Marc.

Progressivement, l'eau tiédit, avant de couler d'un coup franchement froide. Karen poussa un petit cri de surprise et jaillit hors de la douche. Depuis combien de temps était-elle là à rêvasser ? En tout cas, elle avait épuisé la réserve d'eau chaude. Vivement, elle coupa l'eau, puis s'enveloppa dans une serviette et se sécha, avant d'enfiler un peignoir.

La douche froide involontaire avait dissipé sa somnolence, ce qui était parfait. Elle supportait mieux sa cadence de travail si elle parvenait à rester éveillée plusieurs heures après son retour à la maison. Elle allait écouter le journal du matin, lire son courrier, payer les factures, la routine, quoi. Et pour le plaisir, elle allait vernir ses ongles de pieds en rouge écarlate, plutôt qu'avec le rose discret qu'elle utilisait d'ordinaire.

Carl Clancy n'était pas pressé. Cette fois, il ne s'était pas contenté de vérifier l'adresse dans l'annuaire. Bon sang, comment aurait-il pu savoir que la fille Whitlaw venait de vendre sa maison, et que la nouvelle édition de l'annuaire ne sortirait qu'en décembre ? Mais, bon, il savait où elle habitait maintenant, et il avait même découvert qu'elle était infirmière à l'hôpital du coin.

La question était : se trouvait-elle chez elle en ce moment ? Les hôpitaux fonctionnaient vingt-quatre heures sur vingt-quatre, et il ne pouvait se renseigner sur ses horaires de travail sans attirer l'attention sur lui. Les gens avaient tendance à se rappeler quand quelqu'un demandait des informations spécifiques sur une personne en particulier.

Il consulta sa montre. 8 h 30. Si elle prenait le premier tour de garde, elle était en ce moment même à l'hôpital. Si elle prenait le deuxième, elle n'était pas encore levée. Et si elle prenait le troisième, elle était en train de se coucher.

Il téléphona à l'hôpital, demanda à parler à Karen Whitlaw. La mégère qui lui répondit déclara d'une voix froide que les infirmières n'étaient pas autorisées à recevoir des appels privés sur leur lieu de travail, sauf en cas d'urgence. Quelle blague ! Chaque service avait son propre numéro, et les infirmières passaient et recevaient des appels personnels tout le temps. Mais plutôt que de faire une remarque, il s'excusa et raccrocha.

Ensuite, il appela chez Karen. Après le cafouillage de la mauvaise maison, il s'était assuré auprès de la compagnie des télécommunications que son numéro n'avait pas changé. Si elle voulait dormir, elle avait peut-être coupé la sonnerie, mais avec un peu de chance, elle ne l'avait pas fait.

La sonnerie retentit à son oreille.

Karen sursauta en entendant le téléphone sonner. Son cœur bondit dans sa poitrine, elle avança la main vers le combiné, puis se rappela que Marc savait qu'elle travaillait de nuit. Il ne l'aurait pas appelée maintenant. À moins que...

Son hésitation dura assez longtemps pour que le répondeur se déclenche. Presque aussitôt, on raccrocha, et l'enregistrement s'arrêta. Ce n'était pas Marc, il aurait laissé un message.

La déception l'envahit, cruelle, mais elle se força à réagir. Elle n'allait pas passer sa vie au pied du téléphone à attendre un hypothétique coup de fil. S'il n'avait toujours pas appelé demain, elle lui téléphonerait. En fuyant comme elle l'avait fait, elle s'était elle-même mise dans cette incertitude terrible qui la rongeait. C'était sa faute, aussi ne devait-elle pas avoir peur de faire le premier pas.

L'époque moderne avait ses revers. Les choses étaient quand même beaucoup plus simples quand l'homme faisait sa cour à la dame de son cœur et lui déclarait ouvertement ses intentions. La dame agréait ou non son chevalier servant, et tout était réglé, net, carré. Depuis, les féministes avaient fait des miracles pour obtenir l'ouverture de certains métiers aux femmes et l'égalité des salaires, mais en ce qui concernait les rapports humains, les vieilles coutumes avaient du bon.

Karen inspecta ses orteils. Le vernis rouge vif mettait vraiment en valeur les pieds d'une femme. Quand on affichait de telles couleurs, on n'hésitait pas à appeler un homme pour résoudre une situation délicate...

Oui, c'était décidé : ce soir, elle appellerait Marc.

Carl Clancy soupira. Bon, elle n'avait pas décroché le téléphone. Soit elle était partie, soit elle dormait. S'il avait eu du temps devant lui, il aurait pu obtenir tous les renseignements qui lui manquaient, mais Hayes tenait absolument à ce que l'appartement soit fouillé le plus vite possible.

En lui-même, Clancy espérait que la fille était au travail. Car si elle se trouvait chez elle, il serait obligé de la tuer.

13

— Vous êtes Antonio Shannon ?

Shannon releva la tête de son bureau pour dévisager le grand type massif qui se tenait devant lui.

— Oui, c'est moi. Que puis-je pour vous ?

— Je m'appelle McPherson.

L'homme sortit de sa veste un étui de cuir qu'il ouvrit dans un claquement. Shannon étudia longuement l'insigne. Celui-ci avait l'air tout à fait officiel, mais pourquoi un agent du FBI serait-il venu le trouver ?

— Tout d'abord, poursuivit McPherson, je ne suis pas ici en mission. C'est une démarche purement personnelle. Un de mes amis a été tué dans le Mississippi, et vous avez demandé une enquête sur son compte. Il s'appelait Rick Medina. Avez-vous des soupçons sur celui qui a fait le coup ?

Shannon se frotta la mâchoire. Il ne s'attendait certes pas à recevoir la visite d'un type du FBI en réponse à sa demande d'enquête. Cela signifiait que celle-ci avait aussitôt déclenché une sonnerie d'alarme chez les instances supérieures. Quoi qu'en dise McPherson, il était peut-être en mission officielle.

Nous ne savons rien à propos de ce meurtre, répondit-il. En fait, nous cherchions un détail qui aurait pu nous aider sur une autre affaire. Je crois que vous devriez plutôt vous entretenir avec l'inspecteur Chastain, conclut-il en se levant...

Marc était au téléphone avec le légiste. L'autopsie du gamin était prévue dans une heure. À cette pensée, et au souvenir du petit corps aux membres grêles, il serra les poings de colère. Pour une fois, il aurait aimé ne pas se conformer à la loi, avoir l'intense plaisir de tuer le père de l'enfant de ses propres mains, lentement, tout comme ce sadique avait torturé son enfant.

Il venait de raccrocher quand Shannon fit son entrée dans le bureau, suivi d'un type corpulent qui avait l'air dans une forme remarquable pour quelqu'un de son âge.

— Voici M. McPherson, du FBI, déclara Shannon.

Marc échangea une poignée de main avec le visiteur.

— Ça, ça reste à démontrer, laissa-t-il tomber.

Shannon lui jeta un coup d'œil étonné. McPherson afficha l'ébauche d'un sourire.

— J'ai un insigne pour le prouver, rétorqua-t-il.

Marc haussa les épaules.

— Je m'en doute, mais si j'appelle le bureau local du FBI, que vont-ils me raconter à votre sujet ?

Si ce type appartenait au FBI, c'était bien le premier que voyait Marc à ne pas avoir cette allure impeccable que tous les autres agents adoptaient, les vieux encore plus que les jeunes. Oh, les différences étaient subtiles : la coupe de cheveux, pas assez courte ; la cravate, d'un style trop personnalisé ; et surtout ces chaussures de cuir noir, des Gucci, qui semblaient un peu luxueuses pour être à la portée d'un fédéral.

McPherson sourit franchement.

— J'aimerais vous dire : « OK, appelez-les ! », mais je pense que vous le feriez. Comment avez-vous deviné ? Les chaussures ?

— Entre autres choses. Les chaussures, ça confirmait le reste.

— Ça valait le coup d'essayer. La plupart des gens, même les flics, ne remarquent pas les chaussures.

Shannon fixait avec stupeur lesdites chaussures.

— Je ne vois pas ce qu'elles ont de particulier, dit-il enfin.

— Ce sont des Gucci, expliqua Chastain.

Comme Shannon semblait ne pas être plus avancé, il précisa :

— Elles sont très chères. Les agents du FBI n'ont en général pas les moyens de s'offrir ce genre de pompes.

Il reporta son attention sur le visiteur.

— Alors, qui êtes-vous, et pourquoi essayez-vous de vous faire passer pour un agent du FBI ?

Il n'ajouta pas qu'en agissant ainsi l'homme avait enfreint la loi. Ce dernier le savait pertinemment.

— Je m'appelle vraiment McPherson.

— Dans ce cas, vous ne m'en voudrez pas de vérifier ?

L'autre soupira :

— Fiston, vous êtes toujours aussi méfiant ? Voyez-vous un inconvénient à ce que je m'asseye ? Je crois que tout cela va prendre plus de temps que prévu.

— Je vous en prie, prenez un siège, dit Marc d'un ton ironique.

McPherson s'installa, et Marc invita son équipier à en faire autant.

— Mais ferme d'abord la porte, lui intima-t-il.

Shannon obtempéra avant de s'asseoir de côté par rapport à McPherson. Il avait l'œil. Il n'avait peut-être pas reconnu les Gucci, mais il avait repéré l'arme que portait le visiteur, sous sa veste.

— OK, je ne suis pas du FBI, admit celui-ci avec un certain amusement. Toutefois je travaille pour le gouvernement fédéral, et ce que j'ai dit à l'inspecteur Shannon est vrai. Il a demandé des renseignements sur le meurtre de Rick Medina, ce qui m'a porté à croire qu'il était peut-être au courant de certains détails de l'affaire que les flics m'auraient cachés. Rick était un de mes amis. Je ne suis pas ici en mission, mais pour mon compte personnel. Si vous avez des informations, j'apprécierais beaucoup que vous me les communiquiez.

Marc saisit un stylo et le retourna entre ses doigts tout en réfléchissant à ce que McPherson venait de dire. Si celui-ci se permettait de se faire passer pour un agent du FBI – ce qui était un délit –, s'il l'admettait ouvertement devant un flic, c'est qu'il travaillait effectivement pour le gouvernement fédéral. Sans doute appartenait-il à l'Agence nationale de sécurité, ou à la CIA.

— Quelle agence ? demanda-t-il sans quitter des yeux son stylo.

McPherson ravala un juron et protesta :

— Vous savez, ce n'est généralement pas un sujet sur lequel je m'étends dans les conversations !

— Je m'en doute. Satellites ou cornichons ?

— Eh, de quoi tu parles ? s'étonna Shannon dans un sursaut.

Ce fut McPherson qui répondit :

— Il me soupçonne soit de travailler pour la Sécurité nationale, qui utilise surtout des satellites et ce genre de technologies, soit de travailler pour la CIA, qu'on surnomme affectueusement « l'usine à cornichons ». Il est plutôt bien renseigné pour un flic de province.

Marc attendit. Il n'avait rien à dire à propos du meurtre de Medina, et il pensait que McPherson ne mentait pas en disant que celui-ci était son ami. Mais quelque chose le turlupinait, comme s'il était sur le point de découvrir la pièce manquante d'un puzzle.

— Medina appartenait-il à votre agence ? demanda-t-il.

— Dans un sens. Il travaillait ponctuellement pour nous, toutefois il n'était pas en mission quand il a été tué.

— Vous ne me le diriez pas, de toute façon.

C'était donc la CIA, réfléchit Marc. Sinon, McPherson n'aurait pas spécifié que Medina ne travaillait pas pour eux au moment de sa mort, puisqu'il avait été descendu à l'intérieur des frontières.

— Évidemment que je ne vous le dirais pas, néanmoins c'est la vérité. Nous sommes dans le flou total au sujet de cette affaire. Rick n'était pas seulement un ami, c'était un très bon ami. Il semble absurde qu'un petit voyou ait réussi à le buter pour lui voler son fric, et qu'il se soit échappé sans même prendre la voiture.

Oui, c'était absurde. Manifestement, Medina était un très bon agent. Marc se remémora ce qu'il avait appris du dossier militaire de Dexter Whitlaw : il avait été sniper au Viêt Nam, et lui aussi avait certainement été au top de sa profession.

Rivant son regard à celui de McPherson, il demanda lentement :

— Connaissiez-vous également Dexter Whitlaw ?

McPherson se raidit, ses yeux perdirent leur éclat, son expression devint indéchiffrable.

— Je le connais. Êtes-vous en train de me dire que vous le suspectez d'avoir tué Medina ?

— Non. Il a été tué sur St. Ann le même jour que Medina. Whitlaw a été buté par une balle de 22. Est-ce qu'ils se connaissaient, tous les deux ?

— Ouais. Nous étions tous au Viêt Nam à la même époque.

McPherson fixait à présent un point sur le sol. Il murmura :

— Alors, Dex est mort, lui aussi. Rick et Dex, tous les deux... le même jour, avec une arme de même calibre.

— Cela fait vraiment beaucoup de coïncidences. Ils se connaissaient, ils sont morts le même jour, pas très loin l'un de l'autre, tués par une arme similaire. Étaient-ils, disons, dans la même branche au Viêt Nam ? Et qui aurait eu intérêt à les faire disparaître ?

— C'est une question intéressante, admit McPherson en mordillant sa lèvre inférieure. J'aimerais connaître la réponse. Sachez en tout cas qu'ils travaillaient bien dans le même domaine, et qu'ils étaient tous deux excellents dans leur partie.

— M. Whitlaw vivait dans la rue, mais ce n'était pas un clochard. Il était en bonne santé, bien nourri, ne buvait pas, ne se droguait pas. Il avait donc une source de revenus que je n'ai pas été capable de déterminer.

Pensez-vous que M. Medina soit venu à La Nouvelle-Orléans pour le rencontrer et, si oui, dans quel but ?

— Personne ne sait ce que Rick faisait ici. C'était une affaire personnelle, selon lui.

— Par conséquent, nous ne sommes pas plus avancés. Nous pouvons comparer les balles, voir s'ils ont été tués avec la même arme, mais à moins que vous ne sachiez quelque chose que vous ne nous dites pas, nous sommes toujours au point mort.

— J'aimerais vraiment en savoir plus, dit McPherson avec un lourd soupir. Parce que cette affaire pue, vraiment. Mais du diable si je sais pourquoi.

Le bruit était léger, à peine plus audible qu'un froissement. Karen s'immobilisa et inclina la tête, attendant qu'il se répète. Elle était dans la chambre, en train d'arracher les feuilles jaunies de son ficus placé devant la fenêtre.

Tiens, ça recommençait... ! Un murmure, comme du tissu qu'on aurait froissé...

Il y avait quelqu'un dans l'appartement.

Un frisson de pure terreur la transperça, lui glaçant le cœur. Elle n'esquissa pas un geste, incapable de bouger.

La porte de la chambre était ouverte. Karen se tenait sur le côté et ne pouvait rien voir, mais si jamais quelqu'un entrait, il la remarquerait tout de suite et elle serait prise au piège. Sa seule issue était cette porte. L'appartement se situait au deuxième étage, elle ne pouvait même pas sortir par la fenêtre. La chute aurait été mortelle.

Il s'approchait de la chambre. Elle ne pouvait le voir, mais distinguait maintenant son ombre sur le sol. Sa poitrine se contracta, l'obligeant à respirer à petites bouffées saccadées. Elle était paralysée, incapable de crier.

Il n'entra pas. Après un moment d'immobilité, il se dirigea vers la cuisine, cette fois en prenant moins de précautions, comme s'il pensait qu'il n'avait pas à s'inquiéter d'être dérangé.

Les oreilles de Karen bourdonnaient. Autour d'elle, la pièce parut tanguer légèrement. Elle s'obligea à prendre une profonde inspiration, en silence. Que fabriquait-il ici ? Et pourquoi faisait-il autant de bruit maintenant ?

Elle fixa son lit bien fait, et comprit enfin : il croyait l'appartement vide. Les rideaux étaient ouverts, puisqu'elle ne s'était pas encore couchée, aussi la chambre était noyée de lumière. La télévision ne marchait pas, elle l'avait regardée un moment, mais les émissions du matin ne l'intéressaient pas, aussi avait-elle éteint le poste. Elle n'avait fait aucun bruit alors qu'elle était occupée à arracher les feuilles du ficus. Pour l'intrus qui venait de pénétrer dans l'appartement, celui-ci semblait parfaitement désert.

Elle l'entendit ouvrir et refermer méthodiquement chaque tiroir de la cuisine, fouiller le réfrigérateur. Bon sang, il avait *faim* ? Elle devait sortir de chez elle, tous les spécialistes le conseillaient : il ne fallait jamais prendre sur le fait un cambrioleur, juste sortir si on le pouvait et appeler la police une fois qu'on était en sécurité.

Le coin-repas de la cuisine donnait directement sur le séjour. S'il s'y trouvait, il la verrait se diriger vers la porte. Et s'il avait une arme à feu ? Il pourrait lui tirer dessus...

Tout à coup, elle se sentit calme, ou du moins, plus calme. Qu'il soit armé ou pas, elle avait intérêt à essayer de fuir. Lentement, elle s'approcha de la porte de la chambre, ses pieds nus glissant sur la moquette.

Comme elle atteignait le battant, elle perçut un bruit de pas se rapprochant du coin-repas. Elle se figea aussitôt, le souffle court, secouée d'un autre frisson de terreur. Si jamais il revenait dans le séjour...

Mais un meuble fut tiré sur le carrelage, et elle comprit qu'il se trouvait toujours dans la cuisine. Elle fronça les sourcils. On aurait dit qu'il retournait les chaises les unes après les autres.

Ce n'était certainement pas un comportement normal pour un cambrioleur. Il aurait dû chercher des biens de valeur, emporter la télévision, la petite chaîne hi-fi, puis s'en aller. Mais il n'était même pas entré dans la chambre pour dénicher d'éventuels bijoux.

Elle avança d'un pas et, le nez au ras du chambranle, risqua un œil vers la cuisine. Elle aperçut les pieds d'une chaise qui pointaient vers le plafond. Oui, il était vraiment en train de retourner les chaises !

Il cherchait quelque chose... quelque chose de très précis.

Appelle la police ! ordonna une petite voix dans son cerveau.

Son regard se porta vers le téléphone posé sur la table de chevet. L'appartement était si tranquille... On n'entendait que les déplacements de l'homme, et le ronron du réfrigérateur. Si elle composait le 911, il risquait de l'entendre, même si elle chuchotait. Et si elle ne pipait mot, lui enverrait-on quand même quelqu'un ? Les standardistes du 911 réussissaient-ils à localiser chaque appel de détresse ?

Soudain, sa frayeur la déserta, remplacée par d'autres émotions tout aussi violentes. Ce salopard fouillait son appartement ! Il violait son intimité ! Elle se sentit furieuse. Il inspectait ses affaires, dérangeait l'atmosphère tranquille qu'elle s'était efforcée de conférer à son nouveau logis. Cet appartement était son seul refuge à présent. Son ancienne maison, qu'elle considérait toujours comme son foyer, avait brûlé. Elle devait agir !

Karen recula, s'éloigna de la porte, doucement, et, se déplaçant en silence comme le lui avait appris son père, elle se dirigea vers le téléphone posé sur la table de nuit. Prenant soin de ne pas tourner le dos à la porte, elle décrocha le combiné qu'elle fourra aussitôt sous l'oreiller afin d'étouffer la tonalité. Puis elle composa le 911, frémissant chaque fois qu'un bouton cliquetait sous son doigt.

Une arme. Elle avait besoin d'une arme. Mais elle ne possédait pas de pistolet, et tous les couteaux se trouvaient dans la cuisine. Lorsqu'il aurait fini de fouiller les autres pièces, il entrerait dans la chambre, verrait le cordon qui dépassait de l'oreiller, et devinerait que quelqu'un se cachait là. Elle perdrait l'avantage de la surprise, son seul atout. Elle devait donc trouver une solution avant.

Il n'y avait rien dans la chambre dont elle pût se servir pour se défendre, mis à part son sac à main qui traînait à côté d'une chaise, dans un angle. Encore un détail qui pouvait trahir sa présence.

Rapidement, elle dressa l'inventaire des objets dont elle disposait dans la salle de bains attenante. Les rasoirs jetables ne le feraient certainement pas déguerpir en hurlant. Elle avait du parfum, de la laque... De la laque, oui ! Elle serait obligée de s'approcher de lui, mais de toute façon, cela aurait été pareil avec un couteau.

La porte de la salle de bains était entrebâillée. Karen s'en approcha en prenant soin de n'effleurer aucun objet. Son cœur battait si fort qu'elle percevait les pulsations jusque dans l'extrémité de ses doigts, mais elle se sentait plus calme maintenant, plus lucide.

Au dernier moment, elle se souvint que les charnières de la porte grinçaient. Elle ne devait pas toucher le battant.

La moquette semblait coller à ses pieds. Quelques pas seulement la séparaient de la salle de bains, mais elle eut l'impression d'avoir des kilomètres à parcourir. Si l'homme s'avançait dans le séjour, il la verrait par la porte ouverte de la chambre. Combien de temps serait-il occupé dans la cuisine ? Combien d'endroits pouvait-il fouiller là-bas ? Il avait déjà inspecté les placards, les tiroirs, le réfrigérateur, le dessous des chaises et de la table. Il ne lui restait plus que la petite armoire à droite de la porte. C'est là qu'il irait selon toute logique.

Mon Dieu, faites qu'il soit logique ! pria-t-elle.

La porte de la salle de bains était seulement entrouverte. L'interstice paraissait juste assez grand pour qu'un enfant puisse s'y glisser. Néanmoins, elle avait perdu du poids ces derniers temps. Peut-être y parviendrait-elle... Peut-être.

Dans la cuisine, l'homme entreprit de remettre les chaises à l'endroit. C'était un cambrioleur très ordonné, qui ne semblait pas vouloir laisser de traces de son passage. Cela donnait à Karen quelques instants de répit.

Elle respira plusieurs fois de suite, tâchant d'imaginer un plan. La laque se trouvait à gauche de l'armoire à glace. La serviette pendait sur son support, à droite. Elle pouvait saisir la serviette de la main droite, la laque de la gauche, se servir de la serviette pour étouffer le bruit du capuchon quand elle l'ouvrirait. Bon sang, si elle avait été moins ordonnée, elle n'aurait pas rebouché le flacon de laque après s'en être servie !

Elle expira tout l'air de ses poumons pour se rendre plus mince, rentra le ventre. Puis, appuyant fortement son dos contre le chambranle, elle se glissa dans la salle de bains.

Ses seins frôlèrent le battant, et les charnières émirent un léger grincement.

Karen ne s'arrêta pas. Elle s'avança dans la petite pièce plongée dans la pénombre, saisit la serviette de la main droite et la laque de la gauche, comme prévu. Elle ne se cogna à aucun objet, se déplaça rapidement, en silence. Après avoir enveloppé le flacon de laque dans la serviette, elle ôta le capuchon. Ce geste provoqua un bruit étouffé, mais qui porta moins que le grincement des charnières.

Dans une volte-face, elle se planta devant la porte, de façon à ne pas être visible par l'interstice. Rapidement, elle jeta un coup d'œil par-dessus son épaule pour s'assurer que le miroir ne pouvait la trahir. Puis, tenant le flacon d'une main ferme, le doigt sur le bouton, elle attendit.

Ce n'était guère rassurant d'être coincée à l'intérieur d'un espace si confiné, mais à présent elle n'osait plus revenir dans la chambre. Elle savait que l'homme se déplaçait rapidement et en silence, car elle ne l'avait pas entendu pénétrer dans l'appartement. En ce moment même, il pouvait très bien se trouver de l'autre côté du battant, jouant au chat et à la souris, attendant qu'elle pointe le bout de son nez...

De nouveau, la peur s'empara d'elle.

Mais elle aussi savait être patiente. Ceux qui bougeaient en premier étaient toujours perdants, lui avait appris son père. Comment diable pouvait-elle se rappeler tous ces détails ? Elle n'était qu'une enfant à l'époque, et lui un étranger plutôt effrayant, même s'il était son père. Pourtant il lui avait parlé, lui avait enseigné l'art de faire le guet, et elle l'avait écouté. Aujourd'hui, ces conseils allaient peut-être lui sauver la vie...

Elle ne perçut aucun son en provenance du séjour. S'il n'avait pas entendu les charnières grincer, il aurait dû continuer à fouiller les lieux, sans se préoccuper du bruit qu'il faisait. Or, l'appartement était de nouveau silencieux.

Il l'avait entendue.

Elle estima la distance qui la séparait de la porte. S'il la poussait violemment, il la heurterait de plein fouet, lui faisant perdre l'équilibre, et elle manquerait sa cible.

En silence, elle recula d'un bon pas et brandit la bombe.

Elle possédait un léger avantage sur lui, puisqu'elle savait qu'il était là. Lui soupçonnait sa présence, mais n'en était pas sûr. À moins qu'il n'ait remarqué son sac. Ou le combiné caché sous l'oreiller. Oh, mon Dieu !

Les paroles de Dexter lui revinrent à l'esprit : *Imagine ce que tu vas faire. Tiens-toi prête à agir sans prévenir. N'hésite surtout pas, ou tu es morte*.

Karen ne voulait pas mourir.

Le battant se rabattit brusquement vers l'intérieur. Aussitôt elle tendit le bras et envoya une giclée de laque à la tête de la silhouette qui se profilait dans l'embrasure.

— Ahhhh !!!

L'homme tituba en portant les mains à ses yeux. L'une de ces mains tenait un pistolet.

Karen se jeta en avant et le bouscula, le repoussant de toutes ses forces pour l'envoyer s'étaler en travers du lit. Rapide, il attrapa son peignoir et l'entraîna dans sa chute. Elle cria, espérant que le son suraigu atteindrait le téléphone sous l'oreiller et l'opérateur du 911, s'il était toujours en ligne. L'homme roula sur lui-même, la plaqua contre le matelas. Elle vit son visage déformé par une grimace, ses yeux rouges et larmoyants et, sans réfléchir, lui envoya une deuxième bouffée de laque en pleine figure.

Elle rata les yeux, mais atteignit le nez. L'homme se mit à tousser, à suffoquer. Elle appuya de nouveau sur le bouton, tout en lui décochant de violents coups de pied, et le frappa au visage de son poing droit. Du pied, elle accrocha la lampe de chevet qui se renversa et se brisa par terre.

— Salope ! rugit-il en la frappant à son tour.

Il l'atteignit à la pommette. Le choc fit rebondir la tête de la jeune femme contre le matelas. Sa vision se brouilla. Elle ne ressentit aucune douleur, seulement la force de l'impact. Alors elle le frappa à l'aide de la bombe, en plein sur le nez. La peau éclata, et le sang se mit à pisser sur elle et sur le lit. Elle réussit à plier les jambes et, d'une ruade, le repoussa violemment. L'un de ses pieds l'atteignit à l'estomac, l'autre au bas-ventre. Dans un cri, il bascula en arrière.

Aussitôt, Karen roula par terre et atterrit à quatre pattes. Comme elle s'élançait vers la porte, un bruit sec retentit dans son dos. L'homme avait tiré. Mais, aveuglé par le sang, il n'avait pu viser correctement et la balle alla se loger dans le mur, juste au-dessus de la tête de Karen, faisant voler des débris de plâtre.

Tandis qu'elle se précipitait vers la porte, toujours à quatre pattes, la moquette lui brûla les genoux. Haletante, étourdie, elle réussit à se remettre debout au moment où une autre détonation retentissait.

Elle ouvrit la porte principale comme il sortait de la chambre en titubant. D'un revers de manche, il essuya le sang qui lui coulait dans les yeux, puis leva son arme. Karen jaillit par la porte et roula dans le couloir. La balle se figea dans le bois du battant. Elle se remit sur pied et courut vers l'escalier, pour tomber face à face avec deux policiers qui gravissaient les marches, leurs pistolets en main.

Prise de vertige, elle s'effondra par terre. La porte d'un autre appartement situé sur son palier s'ouvrit, et une tête curieuse se profila dans l'encadrement.

— Allez-vous-en ! cria-t-elle dans un souffle.

Percevant sa voix, le cambrioleur apparut sur le seuil, tenant à deux mains le pistolet qu'il braquait sur elle. Les policiers tirèrent en même temps, si bien que les deux détonations se confondirent en une seule. Les balles atteignirent le cambrioleur à la poitrine et l'envoyèrent ricocher contre le chambranle. L'espace d'un instant, une expression d'étonnement se peignit sur ses traits. Il baissa les yeux sur la tache rouge vif qui s'élargissait sur son torse.

— Lâchez votre arme ! hurla l'un des policiers.

Le cambrioleur se mit à rire, ce qui provoqua un étrange gargouillis dans sa gorge.

— Allez vous faire foutre ! répliqua-t-il en braquant son pistolet dans la direction de Karen.

Il pressa la détente au moment même où les policiers faisaient feu de nouveau.

14

McPherson composa un numéro sur son téléphone cellulaire sécurisé.

— Cette affaire devient de plus en plus bizarre, annonça-t-il à son interlocuteur. Dexter Whitlaw a été tué à La Nouvelle-Orléans le même jour que Rick, avec une arme de même calibre. Le flic qui s'occupe de l'affaire ici est un malin. Il m'a démasqué dès que j'ai posé le pied dans son bureau. C'est lui qui a demandé des informations sur Rick. Il a un sacré instinct, ce type !

— Qui est Dexter Whitlaw ? demanda la voix à l'autre bout du fil. Je ne le connais pas.

— Un ancien marine qui a fait le Viêt Nam. Il était tireur embusqué là-bas, et un des meilleurs. Vicelard, patient. On s'est connus à Saigon, et lui et Rick étaient... peut-être pas des amis, mais enfin, ils se respectaient, tu vois.

— Alors, lui et papa se sont rencontrés à La Nouvelle-Orléans ?

— On dirait. Mais j'ignore pourquoi. Et apparemment, il y a quelqu'un que cette rencontre rendait plutôt nerveux.

— C'est donc quelqu'un qui les connaissait tous les deux, fit la voix dénuée d'émotion.

— Je dirais même que ce quelqu'un les a connus au Viêt Nam. Pour ce que j'en sais, Dex a disparu de la circulation après son retour de là-bas. Il a pété les plombs. L'inspecteur dit qu'il vivait dans la rue, mais il avait de toute évidence une source de revenus car il était en forme et bien nourri.

— Sa famille devait lui envoyer du fric. Je vais me renseigner sur ses proches. Est-ce que Vinay a débusqué sa taupe ?

— Non, et crois-moi, il est plutôt fumasse.

— Je l'appellerai sur une ligne sécurisée. À propos de cet inspecteur qui t'a senti venir... Est-ce qu'il faut régler le problème ?

— Seulement si tu envisages de le recruter, ce qui ne serait peut-être pas une mauvaise idée, d'ailleurs. Il a regardé mes pompes et m'a aussitôt classé dans les agents de la Sécurité nationale ou de la CIA. Il est vraiment malin.

— Tes putains de Gucci, hein ? fit l'autre avec un soupir.

— Je n'allais tout de même pas acheter des mocassins pour l'occasion !

Silence.

— L'enterrement a lieu demain à 2 heures. Tu y seras ? demanda McPherson.

— À moins que tu n'aies besoin de moi pour autre chose.

Avec John, on ne savait jamais. Il était telle une araignée, à tirer plusieurs fils invisibles en même temps.

— Ce serait intéressant de voir qui traîne dans le coin.

Ce qui signifiait repérer ceux qui assisteraient à la cérémonie dans l'espoir d'identifier John Medina. De nombreuses personnes, et également quelques gouvernements, auraient donné beaucoup d'argent contre une simple photographie de lui. On ne pouvait exclure la possibilité que Rick ait été descendu dans l'unique but de faire sortir John de l'anonymat. Mais de toute façon, une photo de lui prise durant l'enterrement ne vaudrait rien. McPherson connaissait John depuis toujours, pourtant il ne le reconnaîtrait sans doute pas s'il le croisait dans la rue.

Marc regarda sa montre : 9 h 45. Le petit corps pathétique allongé sur la table d'autopsie racontait une courte vie de terreur et de souffrances. Marc avait appelé les différents hôpitaux de la région, et il avait dressé une liste interminable de visites aux urgences. Le petit James Gable avait déjà eu une dizaine d'« accidents » cette année, assez graves pour avoir exigé des soins médicaux. Les Gable avaient évité d'attirer l'attention sur eux en changeant d'hôpital chaque fois.

Et la famille proche ? Des parents avaient-ils remarqué quelque chose ? Les grands-parents ne s'étaient-ils pas rendu compte que leur petit-fils était lentement assassiné, et que sa mère se renfermait de plus en plus sur elle-même ? Bien sûr que si. Ce que Marc ne parvenait pas à comprendre, c'est qu'ils aient laissé faire, en espérant que la situation s'améliore. Quelle erreur. Et quelle bêtise...

Maintenant, il était trop tard pour sauver ce gosse, et Marc avait l'intuition que Mme Gable était elle aussi en danger.

De nouveau, il consulta sa montre. Il avait du travail par-dessus la tête, pourtant il *devait* appeler Karen. L'envie le prenait à la gorge, lui mettait les nerfs à vif. Bien sûr, il voulait éclaircir la situation entre eux, mais il y avait plus que cela. Il se sentait mal à l'aise, inquiet.

Il ne lui avait pas parlé depuis vingt-quatre heures et, tout à coup, il décida que c'était vingt-quatre heures de trop. Il voulait savoir si elle allait bien, lui dire ce qu'il ressentait, et d'une manière ou d'une autre la faire revenir à La Nouvelle-Orléans. C'était peut-être parce que la CIA était venue renifler dans le coin, après la demande de renseignements sur Medina. Tous les détails bizarres qu'il avait relevés sur le meurtre de Dexter Whitlaw – la propreté et la précision de l'action, le fait qu'un silencieux avait sans doute été utilisé, l'arme onéreuse que détenait Whitlaw – prenaient une autre dimension quand on les rapprochait du second meurtre, celui d'un homme qui avait comme par hasard travaillé pour la CIA. L'affaire se corsait singulièrement.

Il s'efforça de concentrer son attention sur le déroulement de l'autopsie, mais la tension qui l'habitait ne s'évacuait pas. Dès qu'il aurait fini, il appellerait Karen. Il aurait dû le faire depuis longtemps. Et tant pis s'il n'était pas aussi serein qu'il l'aurait voulu. Il avait commis deux erreurs magistrales ; la première était de l'avoir laissée seule dans la chambre, la seconde de ne pas avoir téléphoné jusqu'à lui parler en personne...

Sa radio crachouilla. Le Dr Pargannas releva la tête et fronça les sourcils d'un air mécontent. Marc écouta l'opératrice qui lui signalait un meurtre présumé, à une adresse familière...

— Merde ! Ce fumier a tué sa femme !

Il cracha ces mots tout en sortant de la salle d'autopsie.

La défaite lui laissait un goût amer dans la bouche. Il avait redouté ce moment. Il s'était retrouvé coincé entre, d'une part, le besoin de suivre scrupuleusement la procédure, afin que cette ordure ne puisse mettre le doigt sur le détail infime qui ferait invalider l'inculpation, et d'autre part, le manque de temps. D'ici deux heures, il aurait obtenu son mandat d'arrestation, et M. Gable se serait retrouvé sous les verrous. Mais pour Mme Gable, c'étaient deux heures de trop...

La large avenue bordée d'arbres était encombrée de voitures de police lorsqu'il l'atteignit. La chaleur et l'humidité se refermèrent sur lui telle une chape de plomb tandis qu'il remontait l'allée. Il pénétra dans l'élégant vestibule, malade de rage et d'impuissance.

— Où est-elle ? demanda-t-il à l'un des officiers présents.

— À l'étage, répondit son collègue en soupirant.

Il grimpa les marches du grand escalier et, guidé par les mouvements des autres flics, parvint jusqu'à une chambre. Celle-ci était immense, et décorée comme une suite de reine. Du ciel de lit tombaient les amples pans d'une tenture blanche. Des miroirs encadrés et des peintures originales ornaient les murs. Deux canapés formaient un salon à l'élégance austère. Dans de hauts vases d'albâtre, des iris se dressaient, dont les couleurs s'harmonisaient aux teintes de la pièce, dans les blancs et ors, avec des touches de pêche et de bleu.

Mais une nouvelle couleur venait détruire cette délicate association : le rouge.

Il y en avait beaucoup. Des éclaboussures rouges, des flaques rouges, du rouge qui virait au rouille à mesure que le sang séchait.

Mme Gable était assise sur l'un des canapés, l'arrière du crâne explosé. Elle était restée bien droite sur les coussins, comme si maintenant enfin elle pouvait se reposer. Ses yeux étaient ouverts. La mort n'apportait pas la sérénité, elle n'était que du vide. Tout cessait d'exister : les couchers de soleil, les espoirs, les peurs.

Mme Gable portait un déshabillé de soie blanche, court et sexy. Marc s'agenouilla devant elle, repéra tout de suite l'hématome à la base du cou qu'il avait entrevu la veille, ainsi que d'autres marques. Il y avait une meurtrissure violette sous le sein gauche, semblable à un suçon. Il y avait gros à parier que M. Gable avait eu un rapport sexuel avec sa femme peu de temps avant la mort de celle-ci. Ce salaud avait sans doute voulu lui montrer une feinte tendresse pour l'empêcher de parler de la mort de leur petit garçon.

Ou peut-être avait-elle tout prémédité ?

Marc tourna la tête vers le corps de M. Gable, ou ce qu'il en restait. Il gisait sur le seuil de la salle de bains. Elle avait dû attendre qu'il aille prendre une douche, puis elle était entrée dans la petite pièce et avait vidé un pistolet sur lui. Apparemment, elle avait dû recharger l'arme et continuer de tirer jusqu'à ce que le chargeur soit de nouveau vide. Il y avait des morceaux de chair et de matière cérébrale un peu partout. Elle avait visé des endroits précis. Puis elle était retourné dans la suite, s'était assise sur le canapé, avait rechargé l'arme, avant de se tirer une balle dans la bouche.

Mme Gable avait fait justice au meurtrier de son fils. Peut-être s'était-elle donné la mort ensuite parce qu'elle ne voulait pas affronter un procès, ou parce qu'elle ne pouvait supporter la vie sans son fils. Ou encore pour expier sa passivité vis-à-vis de son assassin de mari.

Marc se releva, la mine sombre. Maintenant, il ne lui restait plus qu'à remplir la paperasse.

Karen était recroquevillée sur un lit du service des urgences. Elle ne savait pas ce qu'elle faisait là, mais était trop choquée pour protester. Elle ne pouvait rentrer chez elle, la police avait apposé des scellés sur la porte de l'appartement, pour les besoins de l'enquête. Et puis, elle ne voulait pas y retourner. Jamais plus elle ne pourrait dormir là-bas, même une fois que le sang de cet homme aurait été nettoyé...

Les infirmiers avaient insisté pour qu'elle soit mise sous surveillance médicale. À son avis, pourtant, aucune de ses blessures ne nécessitait une hospitalisation. Son visage était meurtri, elle avait de légères brûlures aux genoux, une petite coupure au pied qui ne requérait pas de points de suture, et ses côtes lui faisaient mal, conséquence probable de sa lutte avec l'intrus. Aucune balle ne l'avait atteinte, même si la dernière l'avait frôlée, assez pour que des éclats de bois l'atteignent aux yeux, mais un peu de sérum phy avait réglé le problème.

Globalement, elle allait bien, si l'on considérait le fait qu'un homme avait voulu la tuer.

Car il n'y avait aucun doute quant aux intentions de son agresseur. Dès qu'il avait décelé sa présence dans l'appartement, loin de fuir comme l'aurait fait n'importe quel cambrioleur classique, il s'était lancé à sa recherche, pistolet au poing.

Pourquoi ?

L'un des policiers avait posé la question, et elle se la posait elle-même. Il n'était pas rare qu'un cambriolage dégénère. Elle n'habitait pas l'appartement depuis longtemps, et peut-être l'homme avait-il cru que quelqu'un d'autre vivait là. Mais il n'avait pas fouillé les lieux à la recherche de biens de valeur, il avait tout examiné avec méthode, avant de tout remettre en place. Puis il avait tenté de la tuer.

Le dicton disait : « Jamais deux sans trois. » Dexter avait été abattu. Son ancienne maison avait brûlé. Et maintenant on essayait de l'éliminer. Si le vieil adage était vrai, elle allait avoir une existence bien tranquille, désormais.

Pourtant elle se cramponnait à la couverture qui la protégeait, secouée de frissons incoercibles, taraudée par un funeste pressentiment. Qu'allait-il se passer encore ?

Un peu plus tôt, son appartement grouillait de flics en civil et en uniforme, d'infirmiers du Samu et d'employés du labo, puisque toute affaire comportant des coups de feu déclenchait automatiquement une enquête. Dans la rue, des journalistes et des curieux s'étaient rassemblés. Toutes les chaînes de télé locales étaient représentées.

— Madame Whitlaw ?

L'un des inspecteurs venait de tirer le rideau de l'alcôve.

— Oui, entrez, dit-elle d'une voix faible.

Il s'avança vers le lit. C'était un homme d'âge moyen, au visage ruisselant de sueur. Pourquoi diable transpirait-il ? Il faisait froid ici, l'air conditionné devait être poussé au maximum.

Il s'assit sur l'unique chaise disposée près du lit, pendant que Karen tirait la couverture sur elle en frissonnant.

Il la considéra de cet air détaché et inquisiteur qu'arborent souvent les flics, comme s'il ne croyait pas un mot de ce qu'on lui avait dit auparavant. Marc avait eu cette expression, lui aussi. Elle avait envie de le voir. Elle ne s'était jamais autant sentie en sécurité que dans ses bras, et elle n'avait jamais eu autant besoin de sécurité qu'aujourd'hui.

— Je suis l'inspecteur Suter, déclara-t-il. Vous sentez-vous en état de répondre à quelques questions ?

Ils avaient noté une courte déposition de sa part lorsqu'elle se trouvait encore à l'appartement. Il n'y avait aucun doute quant à la façon dont l'intrus était mort, aussi l'avait-on interrogée en tant que témoin, et non en tant que suspecte. Puis les infirmiers avaient tenu à la transporter à l'hôpital pour la mettre en observation, et on l'avait laissée partir.

— Je me sens bien, répondit-elle de façon automatique.

Il l'enveloppa d'un regard sceptique, sans toutefois argumenter, et ouvrit un petit calepin.

— Bon, dans votre précédente déposition, vous avez dit que vous vous trouviez dans la chambre quand vous avez entendu l'homme entrer dans l'appartement…

— Non, il se trouvait déjà à l'intérieur. Je ne l'ai pas entendu entrer. Je l'ai entendu quand il s'est arrêté près de la porte de la chambre pour y jeter un coup d'œil.

Elle se souvenait parfaitement des propos qu'elle avait tenus un peu plus tôt, et elle n'avait jamais dit qu'elle avait entendu le cambrioleur entrer.

L'inspecteur Suter jeta un coup d'œil aux notes de son carnet, sans proférer le moindre commentaire. Peut-être l'avait-il testée pour voir si les détails se recoupaient.

— Mais lui ne vous a pas vue ?

— Non. Il n'est pas entré dans la chambre. J'étais sur la droite, près de la fenêtre. La porte s'ouvre vers la droite, aussi ne m'a-t-il pas vue.

— Qu'a-t-il fait alors ?

— Il a commencé à faire du bruit, sans doute parce qu'il pensait que l'appartement était vide. Il est allé dans la cuisine et il a commencé à… à fouiller.

— À fouiller ?

— Oui, apparemment. Il a regardé dans les placards, je l'ai entendu ouvrir les tiroirs et les portes. Il a même regardé dans le frigo.

— Dans quel but ?

— Je n'en sais rien, avoua-t-elle en levant les mains dans un geste d'ignorance.

— Bon. Qu'a-t-il fait ensuite ?

— Il a retourné les chaises de la cuisine pour regarder en dessous.

Suter inscrivit quelques mots dans son calepin.

— Qu'avez-vous fait ?

— Je... je savais que je ne pourrais pas sortir de l'appartement sans être vue. Alors j'ai été jusqu'au téléphone sur la pointe des pieds, et j'ai placé le combiné sous l'oreiller pour étouffer le bruit de la tonalité. Ensuite j'ai composé le 911.

— Une idée judicieuse, approuva-t-il. La patrouille se trouvait à quelques rues de là. Ils ne savaient pas au juste où se situait l'appartement, mais ils avaient l'adresse.

— Ils n'ont pas eu de mal à nous trouver. Avec les coups de feu...

Suter se racla la gorge.

— Hum... oui. Que s'est-il passé ensuite ?

— Je me suis glissée dans la salle de bains, pour prendre mon flacon de laque.

Il esquissa un sourire qui, enfin, le rendit un tantinet humain, et commenta :

— Malin. Ce truc est infernal quand on en reçoit dans les yeux.

— Je sais. Je n'avais pas d'autre arme à ma disposition...

Elle déglutit, s'efforçant d'occulter le souvenir de sa terreur quand elle avait dû affronter le cambrioleur.

— La porte de la salle de bains a grincé, et il l'a entendue. Je m'en suis doutée car les bruits dans la cuisine se sont arrêtés. Alors je suis restée derrière la porte, la bombe à la main. Il a poussé le battant et j'ai vaporisé la laque dans sa figure. Il avait le pistolet à la main, précisa-t-elle d'un ton lugubre.

— Vous connaissiez cet homme ?

Elle secoua la tête.

— Vous ne l'avez jamais aperçu rôdant dans les parages ?

— Non.

— Racontez-moi ce qui s'est passé après.

— Je l'ai poussé, mais il a saisi mon peignoir et nous sommes tous deux tombés sur le lit. Je lui ai encore envoyé une bouffée de laque et il m'a frappée...

Inconsciemment, elle porta les doigts à sa pommette meurtrie, avant de poursuivre :

— Je lui ai donné un coup sur le nez avec la bombe, puis je lui ai envoyé un coup de pied. Je suis tombée par terre et j'ai marché à quatre pattes vers la porte. C'est là qu'il a commencé à tirer.

Elle se tut, revivant la scène comme un cauchemar, lointain et proche à la fois.

L'inspecteur Suter restait silencieux, mais elle savait qu'il attendait la suite de l'histoire, ce qui s'était passé après l'arrivée des policiers. Elle se frotta le front, alla droit au but :

— J'ai réussi à sortir de l'appartement... au moment où les deux agents montaient l'escalier. J'ai failli les bousculer. L'homme est sorti de l'appartement, il m'a visée de son arme, et ils ont fait feu. Il n'est pas tombé tout de suite, il a... ri, avant de tirer de nouveau, et cette fois, ils l'ont descendu.

— Quelqu'un a-t-il dit quelque chose ?

— Un des agents lui a crié de jeter son arme. C'est à cet instant qu'il a ri, et il a dit...

Elle s'interrompit encore, curieusement gênée. D'ordinaire, elle n'était pas aussi bégueule, mais là, elle avait du mal à prononcer ces mots devant cet homme qui aurait pu être son père.

— Il a dit : « Allez vous faire foutre », avant de tirer une dernière fois sur moi.

Suter hocha la tête tout en relisant ses notes, comme si ce qu'elle venait de raconter corroborait ce qu'il savait déjà. Il referma son calepin, le glissa dans la poche intérieure de sa veste.

— Ce sera tout pour le moment. Où puis-je vous joindre en cas de besoin ?

— Je n'en sais rien, dit-elle en le regardant fixement. Mon appartement est condamné.

— Vous n'avez pas de famille dans le coin ?

— Non.

— Des amis qui pourraient vous recueillir ?

— Oui, mais je... Peut-être chez Piper Lloyd. Elle est infirmière à l'hôpital où je travaille.

Elle lui donna le numéro de téléphone de Piper et précisa :

— Même si je ne vais pas chez elle, Piper saura où me joindre. Ou bien vous pourrez me contacter à l'hôpital. Je travaille de nuit.

— J'imagine que vous n'irez pas ce soir, fit-il remarquer en l'observant.

— Bien sûr que si !

Elle allait parfaitement bien. Pourquoi tout le monde se comportait-il comme si elle souffrait d'un traumatisme majeur ?

Il soupira en se grattant la nuque.

— Madame Whitlaw, bien que cela ne me regarde pas, je crois que vous devriez prendre quelques jours de congé. Vous avez très bien réagi face à cet homme, vous avez gardé votre sang-froid, vous avez composé le 911 et vous vous êtes défendue avec les moyens du bord. Mais, croyez-moi, vous allez en ressentir les conséquences d'ici quelques heures. Regardez-vous ! Vous tremblez sous cette couverture alors qu'il règne ici une température tout à fait normale. Vous êtes infirmière, cela ne vous rappelle rien ?

Karen se sentit idiote tout à coup. Elle était en état de choc. Son esprit lui fournit aussitôt le diagnostic. Après la montée d'adrénaline qui lui avait permis d'affronter le cambrioleur, sa pression artérielle avait chuté. Elle aurait dû reconnaître tous ces symptômes ! Cela faisait deux fois qu'elle oubliait les signaux d'alerte que lui envoyait son corps.

— D'accord, vous avez raison, je n'irai sans doute pas travailler ce soir, admit-elle en se redressant. De toute façon, j'ai besoin de ma blouse. Comment puis-je récupérer mes affaires à l'appartement ?

— Dressez une liste de tout ce dont vous avez besoin, et j'enverrai une collègue faire une valise pour vous.

— Quand pourrai-je rentrer chez moi ?

— D'ici quelques jours. Je vais tâcher d'accélérer les choses.

— Je ne pourrai plus vivre là-bas...

Il soupira, ébaucha un geste comme s'il voulait lui tapoter le genou, mais se ravisa.

— Je vous comprends, dit-il seulement.

Un bruit de pas précipités attira l'attention de Karen. L'instant d'après, Piper faisait irruption dans l'alcôve.

— Karen ! Mon Dieu, est-ce que ça va ? Une infirmière des urgences a appelé le service de chirurgie pour nous prévenir que tu étais là. Tu as été agressée ?

— Pas exactement.

L'inspecteur Suter se leva péniblement.

— Je vous appellerai, madame Whitlaw. Et vous récupérerez vos affaires.

— Merci.

Déjà, Piper redevenait une infirmière et poussait Karen d'une main ferme pour l'obliger à s'allonger sur le matelas.

Hayes n'avait pas eu de nouvelles de Clancy, qui pourtant n'attendait jamais longtemps avant de faire son rapport. Son inquiétude grandissait de minute en minute. Finalement, il contacta son informateur à Columbus.

— Il s'est passé quelque chose d'intéressant aujourd'hui ?

— Euh, ouais. Les gentils ont buté un méchant cambrioleur dans l'appartement d'une dame. Elle était chez elle, elle l'a pris en flagrant délit, s'est battue avec lui et a réussi à foutre le camp. Paraît que ce type était un pro. L'arme qu'il portait avait un faux numéro de série.

— Est-ce qu'on a trouvé autre chose sur lui ?

— Non, rien, mais il y avait une voiture de location dans le parking et, dans la boîte à gants, on a retrouvé son portefeuille avec son permis de conduire et ses cartes de crédit.

Hayes raccrocha et fit pianoter ses doigts sur le bureau. Clancy était mort. Comment diable était-ce possible ? C'était l'un de ses meilleurs agents.

De plus, on n'avait rien trouvé sur lui, ce qui signifiait qu'il n'avait pas découvert le carnet. Dans un certain sens, on pouvait le déplorer. Les flics auraient maintenant l'objet en leur possession, et le subtiliser dans les locaux de la police aurait été un jeu d'enfant...

Cette Karen Whitlaw commençait à l'ennuyer. Cela faisait deux fois que les choses tournaient mal. La première fois, il s'agissait d'une erreur, mais à présent il se demandait pourquoi elle avait déménagé. Pour se cacher ? Que lui avait dit son père, au juste ?

Hayes aurait préféré mettre la main sur le carnet sans avoir à tuer la fille. Mais selon toute vraisemblance, elle était désormais la seule susceptible de savoir où se trouvait ce fichu carnet. Et s'il ne parvenait pas à le voler, il serait obligé de se débarrasser d'elle.

15

— Tu comprends le problème, Raymond ? fit le sénateur Lake.

Le grand homme aux cheveux gris acquiesça d'un hochement de tête. Ils se trouvaient dans le salon de la demeure du sénateur à Washington, et s'attardaient autour d'un café matinal. Raymond avait quitté Minneapolis la veille au soir et avait atterri à Washington un peu avant minuit.

Il était déjà 10 h 30. Le soleil brillait dehors.

— Dès le départ, je n'ai pas aimé que Hayes confie l'affaire à Medina, déclara-t-il lentement. Maintenant, on dirait bien qu'il a menti afin de m'obliger à faire les choses selon son gré. Je ne vois franchement pas pourquoi Frank Vinay prétendrait ne rien savoir de la mort de Medina s'il est en réalité au courant, ni pourquoi il nierait que Medina avait une famille si c'est bien le cas. Je ne lui demandais pas des informations top secret, et après tout, je suis président du Comité de renseignement du Sénat.

— Hayes doit mener son propre jeu, répondit Raymond en fronçant les sourcils.

Il avait l'air d'un boxeur qui avait fait un round de trop, mais sous son apparence avachie se cachait un esprit agile.

— C'est aussi ce que je me suis dit. Peut-être rassemble-t-il des munitions pour me faire chanter ? Il aurait pu piquer l'idée à Whitlaw.

Le seul point positif de ce scénario, c'est que les sbires de Hayes n'avaient pas mis la main sur le carnet. Si Hayes l'avait eu en sa possession, il aurait disposé d'un énorme moyen de pression.

— Vous savez ce que je pense des détails laissés au hasard, dit Raymond en secouant la tête. Ils sont fort dangereux. On n'emploie pas des gens en qui on n'a pas confiance. Vous dites que les hommes de main de Hayes ne vous connaissent pas ?

— Oui. Il a juré qu'ils n'étaient au courant de rien à mon sujet, qu'ils pensaient que Hayes était à l'initiative de tout cela. Mais s'il a déjà menti une fois, comment le croire ?

— Demandez-lui les noms de ces personnes. Je m'en occuperai personnellement.

Raymond avait toujours pris les choses en main. Le sénateur Lake se souvenait que, enfant, il avait souvent entendu l'homme de confiance de son père dire à ce dernier : « Je m'en occupe. » Son père souriait en hochant la tête, et tout était réglé. C'était rassurant aujourd'hui d'entendre Raymond prononcer ces mêmes mots.

— Vous avez l'adresse de Hayes ?

— Oui, bien sûr.

Le sénateur avait mis un point d'honneur à la découvrir. Toutefois, il ne l'avait pas inscrite dans son carnet d'adresses, et n'avait pas demandé à sa secrétaire de l'enregistrer dans son ordinateur. Tout ce qui concernait Hayes devait être mémorisé dans sa tête. Bien qu'il ait pris les précautions qui s'imposaient, il savait qu'aucun système informatique n'était inviolable.

Il communiqua à Raymond le numéro et la rue, et Raymond répéta à mi-voix pour ne pas oublier.

— J'y vais tout de suite, déclara-t-il.

Et le sénateur sut que tout allait rentrer dans l'ordre.

— Tu es sûre que ça va ? s'inquiéta Piper pour la dixième fois au moins.

Elle et Karen traversaient le parking en direction de la voiture de Piper. Il existait un parking couvert beaucoup plus près de l'hôpital, mais celui-ci était réservé aux médecins et aux membres du personnel administratif. Les infirmières et autres sous-fifres devaient se garer sur le deuxième parking, situé à une centaine de mètres.

Karen plissa les yeux, éblouie par la luminosité, et regretta de ne pas avoir pris ses lunettes de soleil.

— Mais oui, ça va, répondit-elle.

Piper avait insisté pour l'héberger chez elle. Plusieurs de ses amies et collègues étaient passées aux urgences afin de prendre de ses nouvelles. On avait appliqué de la glace sur ses contusions, la coupure de son pied avait été désinfectée et pansée, et on l'avait obligée à rester étendue plusieurs heures, un laps de temps suffisant pour qu'elle se retrouve couverte de menus présents et de boîtes de chocolats. Karen n'était plus en état de choc, elle se sentait juste vidée, complètement épuisée.

Piper lui avait confisqué sa valise afin de ménager ses côtes sensibles. L'inspecteur Suter lui avait rapidement fait parvenir ses affaires, au grand soulagement de Karen. À présent, elle portait des vêtements confortables, un jean, un T-shirt et des baskets.

— Il fait trop chaud pour cuisiner, déclara Piper. Nous allons prendre des plats préparés sur le chemin de la maison. De quoi as-tu envie ? Mexicain, ou mexicain ?

— Je n'en sais rien, je crois que je préfère du mexicain.

— Bonne idée ! Tu préfères des tacos ou des...

Une voiture bifurqua dans le parking et remonta l'allée dans leur direction. Karen cessa d'écouter le bavardage de Piper pour observer le véhicule. Un homme, sans doute un employé de la maintenance, était au volant. Il n'y avait rien de particulier à propos de cette voiture, une Pontiac beige, mis à part qu'elle roulait bien trop vite.

La jeune femme poussa Piper de côté pour s'éloigner de la chaussée.

Si elle n'avait été agressée le jour même, Karen aurait sans doute détourné son attention du véhicule. Mais elle avait les nerfs à fleur de peau. Elle ne se sentait pas en sécurité. Aussi continua-t-elle de regarder la voiture, qui accélérait.

Le chauffeur portait des lunettes de soleil. Elle le vit nettement à travers le pare-brise et eut l'impression qu'il avait les yeux fixés sur elle.

Piper cessa d'énumérer les restaurants mexicains qu'elle connaissait pour s'écrier :

— Oh ! il va trop vite...

Karen sentit ses poils se hérisser le long de ses bras. Elle se figea. La voiture s'approchait. Dans un rugissement de moteur, elle leur fonça dessus.

Karen pivota et, d'un coup d'épaule, envoya Piper entre deux voitures en stationnement. Il y eut un bruit de tôle froissée au moment où les deux femmes roulaient sur le bitume, la valise coincée entre elles. La voiture la plus proche fit un bond en arrière sous l'impact et glissa de côté. L'avant heurta le pare-chocs de la voiture voisine, alors que le pneu arrière s'immobilisait à quelques centimètres de la tête de Piper.

Dans le parking, des crissements de pneus s'élevèrent. Quelqu'un cria et des pas précipités retentirent. Puis Karen perçut un autre crissement de pneus, plus proche, accompagné d'un rugissement de moteur, qui bien vite décrut tandis que le chauffard s'éloignait à toute allure.

Étourdie, la jeune femme se redressa. Ses muscles endoloris protestaient du traitement qu'elle venait de leur infliger. Elle s'était écorché les mains dans sa chute, et son genou droit la brûlait.

Piper se redressa également, la main sur la tête. Elle s'appuya contre un pneu et regarda son amie.

— Ça va ? demandèrent-elles en même temps.

Elles se dévisagèrent un moment avant de répondre ensemble :

— Oui.

— Ce type a failli nous écraser ! s'exclama Piper.

Une autre infirmière accourut.

— Est-ce que ça va, vous deux ? Ce fumier ne s'est même pas arrêté !

Elle s'envola presque par-dessus le capot et s'agenouilla auprès des deux jeunes femmes, avant de sortir divers objets de la poche de sa blouse. Sur son badge était inscrit son prénom : *Angela*. Le petit koala en peluche aux pattes en Velcro accroché à son stéthoscope indiquait qu'elle travaillait en pédiatrie.

La plupart des infirmières qui faisaient partie du premier tour de garde étaient déjà parties. Piper avait pris du retard parce qu'elle était passée chercher Karen aux urgences. Il y avait néanmoins des gens sur le parking, qui faisaient maintenant cercle autour d'elles.

— Allez chercher des civières aux urgences ! cria Angela d'une voix autoritaire.

— Non, non ! Ça va très bien ! clamèrent Karen et Piper à l'unisson.

— Ne soyez pas idiotes. Vous avez besoin d'être examinées. Parfois, les gens sont si choqués qu'ils ne se rendent pas compte qu'ils sont blessés.

Angela aurait fait un parfait général, sans doute parce qu'elle avait affaire à des enfants toute la journée.

— Tiens, prends ça, lui dit une autre infirmière en déchirant l'enveloppe plastique d'une compresse imprégnée de désinfectant.

— Tu en as d'autres ? s'enquit Angela tout en nettoyant les paumes à vif de Karen.

— Non, juste une. Ah, j'ai un rouleau de gaze dans la poche.

L'infirmière grimpa sur le capot pour atteindre Karen et Piper qui étaient toujours assises entre les deux voitures formant un V. Elle s'agenouilla près de Piper et appliqua la gaze sur son front légèrement entaillé.

— Il faut appeler la police ! décréta-t-elle avec résolution. Non content de vous avoir presque écrasées, ce chauffard a commis un délit de fuite. Et les propriétaires des deux voitures vont avoir besoin d'un rapport pour l'assurance.

— J'ai un téléphone portable, proposa quelqu'un. Je vais appeler.

En l'espace de quelques minutes, le parking se remplit d'employés des urgences, de médecins et d'infirmières. On apporta deux civières, en dépit des protestations conjointes de Karen et Piper.

Comme celle-ci tentait de se relever, elle s'effondra sur le sol avec un cri de surprise.

— Oh, j'ai dû me fouler la cheville ! dit-elle, piteuse. J'ai peut-être besoin d'une civière, après tout.

Une voiture de police se gara dans le parking et tout le monde y alla de sa petite histoire.

— Bon sang, il n'avait même pas de plaque d'immatriculation ! s'exclama un employé.

Personne n'avait reconnu le conducteur, mais l'hôpital était vaste, et il était impossible que tout le monde se connaisse. Comme il n'y avait pas de vigile sur le parking, n'importe qui pouvait s'y garer, même s'il ne travaillait pas dans l'établissement. Les employés étaient censés apposer un autocollant sur leur pare-brise, mais puisque personne ne vérifiait jamais, ils étaient parfaitement inutiles.

— Je me trouvais juste là, expliqua Angela. Et j'ai eu la nette impression que ce type voulait leur rouler dessus.

Aussitôt, plusieurs personnes présentes évoquèrent les diverses substances chimiques que le conducteur avait dû avaler. Mais Karen savait que ces gens faisaient fausse route. Lorsqu'elle fut un peu remise de son émotion, elle alla trouver l'un des officiers de police et déclara tranquillement :

— J'aimerais que l'inspecteur Suter soit mis au courant de ce qui vient de se passer.

Comme il lui adressait un regard narquois, elle ajouta :

— C'est la deuxième fois aujourd'hui qu'on essaie de me tuer.

Le flic reprit aussitôt son sérieux.

— Vous croyez que ce chauffard a agi délibérément ?

— Je ne le crois pas, je le sais. Il nous a foncé droit dessus.

Elle réussit à conserver une voix calme mais, intérieurement, elle tremblait de rage. Le conducteur se fichait que Piper soit blessée, voire tuée. Apparemment, tous ceux qui entouraient Karen étaient en danger.

Elle n'aurait su dire quand, précisément, elle était arrivée à la conclusion que quelqu'un cherchait à attenter à sa vie. C'était peut-être quand elle avait volé dans les airs entre les deux voitures, en entendant le bruit de tôle enfoncée. En tout cas, elle n'était pas idiote, ni parano. Si improbable que cela puisse paraître, quelqu'un essayait vraiment de la supprimer.

L'inspecteur Suter tapota pensivement son calepin contre son genou. Face à lui, Karen se taisait, ayant dit ce qu'elle avait à dire. Elle avait parlé du meurtre de son père et de l'incendie de son ancienne maison. Ajouté aux deux incidents de la journée, cela donnait quand même à réfléchir.

Piper avait passé une radio de la cheville qui avait mis en évidence une fêlure de l'os. Elle n'avait pas besoin d'un plâtre, seulement d'un bon bandage, et avait reçu l'ordre de rester chez elle une semaine. Les écorchures de Karen avaient été nettoyées et pansées, et elle était libre de partir. La question était : où ?

— Madame Whitlaw, dit enfin l'inspecteur Suter en choisissant ses mots avec soin, vous avez eu une journée éprouvante. Et n'importe qui, à votre place, s'imaginerait victime d'une conspiration. Je suis désolé pour votre père mais, d'après ce que vous m'avez dit, il vivait dans la rue où, hélas, ce genre de crime n'est que trop fréquent. Quant à l'incendie... je ne vois pas le rapport avec le reste.

— J'ai regardé dans l'annuaire. La nouvelle édition ne sortira pas avant décembre. Mon ancienne adresse figure toujours à côté de mon nom.

— Certes, mais...

Karen se pencha brusquement en avant.

— Quelqu'un savait que j'étais encore à l'hôpital cet après-midi et que je rentrerais avec Piper. Sinon, pourquoi nous aurait-il attendues dans le parking ? Je travaille de nuit normalement, je n'aurais pas dû me trouver là. *Vous* saviez que je comptais partir en compagnie de Piper. Qui d'autre était au courant ?

Le visage de l'inspecteur se durcit.

— Je vois où vous voulez en venir, dit-il lentement. Et je suis heureux que vous ne m'accusiez de rien.

Elle ne lui faisait pas entièrement confiance, toutefois elle se garda bien de le dire. Suter était sans doute un flic intègre, et c'est parce qu'elle le croyait qu'elle avait demandé à le voir. Mais au point où elle en était, elle se méfiait de tout le monde.

— Vos allées et venues n'étaient pas un secret, admit-il. Plusieurs personnes m'ont demandé de vos nouvelles, et je leur ai répondu que vous alliez bien, et que vous iriez chez une de vos collègues lorsque cette dernière aurait fini de travailler. Concernant ce dernier point, il est possible que quelqu'un ait appelé l'hôpital pour vérifier.

— Personne ne se serait permis de donner mes projets pour la soirée.

Suter se rembrunit davantage.

— Madame Whitlaw, en regardant les choses sous cet aspect, je vous accorde qu'il semble se passer quelque chose d'inhabituel. Mais pourquoi essaierait-on de vous tuer ? Devez-vous de l'argent à quelqu'un ? Avez-vous été témoin d'un événement ? Détenez-vous un secret quelconque ?

Karen secoua la tête en réponse à toutes ces questions.

— J'ignore qui aurait intérêt à me tuer, mais tout indique que c'est effectivement ce qui se passe. Ce type qui a essayé de m'écraser se fichait totalement que Piper soit blessée. Mes amis sont en danger, inspecteur. Je ne peux pas rester en compagnie de quelqu'un sans craindre qu'il périsse dans un incendie ou qu'il soit atteint par une balle en passant devant moi au mauvais moment. Alors que dois-je faire ?

— Je n'en sais rien. Je ne peux pas vous aider. Je ne peux même pas mener une enquête, car rien ne le justifie. Si nous croisons quelqu'un au volant d'une Pontiac beige sans plaque d'immatriculation, avec le capot enfoncé, nous pourrons l'arrêter pour délit de fuite, mais c'est tout. Il n'est pas question de tentative de meurtre. Vous devriez prendre un congé et aller quelque part où vous vous sentez en sécurité. Et cette fois, je vous conseille de ne révéler à personne où vous allez.

Un congé ? Karen soupira. Elle ne pouvait quitter son emploi à moins d'avoir de sérieuses raisons. L'administration la laisserait partir, mais y aurait-il du travail pour elle à son retour ? Rien n'était moins certain. Ce serait également un congé sans solde, et toutes ses économies y passeraient. Bien sûr, elle avait de l'argent à la banque, une assez grosse somme qui provenait de l'assurance décès de sa mère et de la vente de la maison. Mais elle ne pouvait pas abandonner son travail !

— Réfléchissez-y, conclut l'inspecteur Suter.

Cette fois, Karen traversa seule le parking pour aller chercher la voiture de Piper, qu'elle devait ensuite retrouver au service des urgences. La nuit était presque tombée et, en dépit des lampadaires, il faisait sombre. Elle aurait bien demandé à un employé ou à une infirmière de l'accompagner mais, après ce qui s'était passé, elle ne voulait pas mettre en péril la vie d'autrui.

Elle avait l'impression d'évoluer dans un épisode de *La Quatrième Dimension*. Le danger rôdait autour d'elle, et elle ignorait quelle forme il prendrait pour frapper, et surtout pourquoi on l'avait choisie pour cible.

Partir. C'est ce que l'inspecteur Suter lui avait conseillé. Se cacher. Mais si elle ignorait de quoi il fallait se cacher, comment savoir quand tout danger serait écarté ?

Tout était lié, d'une manière ou d'une autre, de l'assassinat de son père aux attaques dont elle avait été victime. Mais elle était trop fatiguée pour réfléchir clairement. Elle avait très peu dormi ces deux derniers jours et avait subi des chocs coup sur coup. Quand elle serait un peu reposée, elle aurait sans doute une vision plus globale des choses.

Ce qu'elle savait en revanche, c'est qu'il lui était impossible de rester avec Piper. Pourtant cette dernière se déplaçait maintenant avec des béquilles et avait besoin d'aide. Mais pas question de lui faire courir un quelconque danger, d'autant plus que Karen était trop épuisée pour rester sur le qui-vive durant toute la nuit.

D'un autre côté, Piper ne pouvait pas non plus rentrer chez elle. Le chauffard savait qu'elle avait eu l'intention d'héberger Karen. Ayant raté son coup, il essaierait très logiquement de l'avoir chez Piper. Il était peut-être déjà là-bas, à les attendre.

Cette pensée sinistre lui donna la chair de poule. Elle s'imagina, pénétrant dans la maison plongée dans l'obscurité, pour tomber sur un inconnu brandissant un pistolet…

Non, un motel, voilà la solution idéale. Elles loueraient une chambre, juste pour cette nuit. Piper n'était pas idiote. Elle comprendrait bien qu'il n'était pas raisonnable de rentrer. Et demain… Eh bien, demain, il faudrait trouver autre chose. Piper au moins pourrait se réfugier chez sa sœur.

Et soudain, Karen sut ce qu'elle allait faire. Si elle devait se cacher, elle irait dans le seul endroit où elle voulait vraiment aller. Elle retournerait à La Nouvelle-Orléans. Chez Marc.

Tout ce qu'elle avait à faire était de rester en vie dans l'intervalle.

Marc raccrocha en fronçant les sourcils. Karen n'était toujours pas chez elle. Il l'avait appelée deux fois déjà, en vain. Il voulait lui dire qu'elle comptait à ses yeux, qu'il ne considérait pas leur histoire comme une passade, ce dont elle devait être persuadée à cause de sa conduite imbécile. D'ordinaire, il ne se montrait pas si maladroit en amour, mais là...

Il se passa la main sur le visage. Amour. Le mot était lâché. Auparavant, il pensait à ses relations féminines comme à des liaisons. Il n'avait jamais été amoureux avant. Certes, il avait éprouvé des sentiments sincères pour certaines de ses conquêtes, mais rien qui ressemble à la fascination qu'exerçait Karen sur lui. Il l'aimait, et cela le terrifiait. Il avait l'impression de marcher sur une corde raide, de balancer sans cesse entre la crainte de l'effrayer et celle de se montrer trop distant avec elle.

Et puis flûte ! À partir de maintenant, il laisserait parler son instinct, c'est-à-dire qu'il n'hésiterait pas à dévoiler ses sentiments. Il adorait lui faire l'amour, mais il voulait plus, un lien légal, une bague à son doigt que tout le monde pourrait voir.

Mais où diable était-elle ?

S'il connaissait Karen comme il le croyait, elle avait dû aller travailler la veille, malgré sa fatigue. Il n'avait pas appelé plus tôt de crainte de la réveiller, mais maintenant, elle aurait dû être debout. La nuit était tombée, le Quartier français grouillait déjà de touristes.

Il lui vint alors à l'idée que la jeune femme ne connaissait pas son numéro de téléphone personnel et qu'elle ne pourrait l'obtenir par les Renseignements parce qu'il était sur liste rouge. De nouveau, il composa son numéro, laissa un troisième message qu'il conclut par ces mots :

— Rappelle-moi, chérie. Quelle que soit l'heure à laquelle tu rentres.

En revanche, Karen avait son numéro au boulot. Au cas où elle aurait cherché à le joindre au poste de police, il appela son répondeur et écouta les messages. Il y en avait deux, le premier d'un indic qui tentait de lui refourguer des informations qu'il connaissait depuis deux jours, et le second… de Karen !

Son cœur bondit dans sa poitrine quand il entendit le son de sa voix :

— C'est Karen. Quelqu'un essaie de me tuer. Je prends l'avion 16-21 et je serai à La Nouvelle-Orléans à 10 h 30 demain matin…

Il sentit ses poils se hérisser sur ses bras et sa nuque. Jurant entre ses dents, il attendit quelques secondes, dans l'espoir qu'elle donnerait un numéro où la joindre immédiatement, mais le bip retentit, suivi d'un lourd silence.

Bon sang !

Il se mit à arpenter le séjour à pas lents, tout en réfléchissant. Cette sombre histoire devait être liée à son père, tout comme le meurtre de Medina. Mais de quelle façon ? Et pourquoi ? Les balles qui avaient tué Rick Medina avaient été comparées à celle trouvée dans le crâne de Whitlaw. Elles ne provenaient pas de la même arme, mais cela ne signifiait pas que les meurtres n'avaient aucune connexion entre eux. Tout comme ce qui arrivait à Karen. Après des années d'expérience, son instinct de flic lui disait que la jeune femme était menacée pour les mêmes raisons qui avaient coûté la vie à son père. Le problème, c'est qu'il n'avait pas le moindre indice. Il ignorait tout de celui ou de ceux qui tiraient les ficelles.

Égrenant un autre chapelet de jurons, il saisit le téléphone. Il avait des instructions à donner à Shannon.

Le seul siège disponible à bord de l'avion se trouvait près du hublot, sur la dernière rangée. Karen fixa un long moment la grande tache bleue que formait le lac Pontchartrain, et le Mississippi qui serpentait, telle une corde brunâtre, avec entre les deux La Nouvelle-Orléans. Tout avait commencé ici, avec Dexter. Même si Marc ne s'intéressait pas à elle, il accepterait de l'aider, parce qu'il était un excellent flic et que Dexter avait été assassiné sur son territoire.

Elle ne lui avait toujours pas parlé. Quand elle avait appelé d'une cabine publique, la veille au soir, elle avait eu une fois de plus le répondeur.

Se réfugier chez Marc n'était peut-être pas une bonne idée, mais qui d'autre aurait pu l'aider ? Et puis, elle se sentirait plus en sécurité à La Nouvelle-Orléans qu'à Columbus. Elle avait dû donner son vrai nom pour acheter le billet, car on demandait désormais aux passagers de montrer une photo d'identité au moment d'embarquer. Si son mystérieux ennemi avait l'habileté, les contacts et l'argent nécessaires, il serait en mesure de la pister. Mais une fois là-bas, elle avait l'intention de prendre une chambre de motel sous une fausse identité, et de tout payer en liquide.

La Nouvelle-Orléans était une grande ville touristique qui recevait la visite de milliers d'étrangers chaque semaine. Avec tous ces hôtels et motels, elle pourrait facilement se cacher.

À présent qu'elle avait un peu dormi et était capable de réfléchir, il lui vint à l'esprit qu'elle aurait pu tout autant se terrer dans un motel de Columbus. Mais cela aurait été plus dangereux, car là-bas, des gens la connaissaient. Questionnés, ils auraient pu dire : « Karen ? Oh, je l'ai aperçue il y a quelques jours dans le supermarché de la rue Machin... »

Et puis, elle n'avait pas envie de rester à Columbus. Elle voulait retrouver La Nouvelle-Orléans, son atmosphère désinvolte, joyeuse, débridée.

Et voilà que l'avion s'apprêtait à atterrir. Marc serait-il à l'aéroport ? Si oui, quel accueil lui réserverait-il ?

Mais peut-être n'aurait-il pas le temps de venir. Il était occupé, très occupé même.

L'avion se posa sur la piste, rebondit légèrement, avant de s'immobiliser. On déploya la passerelle. Aussitôt les passagers, ignorant le voyant qui leur enjoignait de garder leurs ceintures de sécurité bouclées, se levèrent et envahirent l'allée centrale pour saisir leurs bagages dans les compartiments situés au-dessus de leurs têtes.

Karen demeura assise. De toute façon, étant sur la dernière rangée, elle serait parmi les derniers à sortir.

Peu à peu, l'appareil se vida. La jeune femme se leva enfin et étira ses muscles engourdis. Elle avait mal partout. Ce matin-là, elle et Piper avaient mutuellement refait leurs pansements, puis elles s'étaient dit au revoir, riant et pleurant en même temps. Au début, Piper avait protesté quand Karen lui avait affirmé que quelqu'un cherchait à la tuer. Puis bien vite, l'inquiétude avait remplacé son scepticisme. Finalement, elle avait convenu que fuir Columbus était la meilleure solution pour son amie.

Piper avait vu juste à propos d'un autre détail : voyant que Karen avait les mains bandées, plusieurs personnes proposèrent de lui porter son sac.

Sa garde-robe se limitait aux effets que lui avait sélectionnés la femme policier, mais heureusement les tenues correspondaient au climat de La Nouvelle-Orléans. Sa valise contenait quelques blouses, deux jeans, une légère robe à fleurs qui lui tombait à mi-mollets, trois T-shirts de coton, des chaussettes, des slips, une paire de baskets et de sandales.

Dès qu'elle sortit du terminal, Marc lui tomba littéralement dessus. Une main puissante s'abattit sur sa nuque, l'obligeant à s'arrêter.

— Bon sang, vas-tu me dire enfin ce qui se passe ? lança-t-il avec une violence à peine contenue.

16

Il était toujours en colère, remarqua Karen. Non, il était furieux ! Ses yeux étincelaient, ses lèvres se pinçaient. Mais elle était si soulagée de le voir qu'elle ferma les yeux un bref instant et poussa un profond soupir.

— Salut ! dit-elle gauchement.

Puis elle se retrouva dans ses bras. Il l'enlaça avec douceur, comme s'il avait peur de lui faire mal. Elle sentit son cœur cogner contre sa joue, le souffle de sa respiration sur ses cheveux, la bosse dure que formait son pistolet contre sa taille, et elle fut si merveilleusement bien tout à coup qu'elle faillit crier de dépit lorsqu'il la relâcha. Elle n'avait jamais été aussi proche de quelqu'un auparavant, n'avait jamais éprouvé cette sensation délicieuse qui lui disait qu'elle était enfin rentrée chez elle.

— Tu es dans un état ! s'exclama-t-il.

Cette remarque brutale était si éloignée de sa courtoisie habituelle que Karen comprit qu'il était vraiment perturbé. Il faut dire qu'il n'avait pas tort : elle boitillait, ses mains étaient bandées, elle arborait un hématome violacé sur la joue, et était sûrement très pâle à cause du manque de sommeil et du surmenage.

— J'ai vécu une journée trépidante, hier, répliqua-t-elle.

— Tu as d'autres blessures que je ne vois pas ?

— J'ai mal aux côtes, mais rien de cassé.

Il marmonna un juron entre ses dents.

— Allons-nous-en. Tu as des bagages ?

— Une valise.

— Tu as besoin d'un fauteuil roulant ?

— Mon Dieu, non ! Mon genou est un peu raide, mais je peux parfaitement marcher.

Il l'accompagna jusqu'au tapis roulant qui délivrait les bagages, tout en la soutenant de son bras. Karen sentit son genou s'assouplir et, bientôt, elle cessa de claudiquer.

— Pour quelqu'un de bien renseigné, combien de temps faudrait-il pour découvrir que j'ai pris cet avion ? demanda-t-elle soudain.

— Si cette personne est vraiment bien renseignée, elle pourrait t'attendre ici en ce moment même.

Karen stoppa net, le cœur battant.

— Va-t'en ! Éloigne-toi de moi ! s'écria-t-elle. Si tu m'approches, tu es en danger, toi aussi.

— Pas question. Tu restes avec moi, même si je dois te porter sur mon épaule.

Il récupéra sa valise, lui saisit le bras, puis l'entraîna vers l'escalator en ajoutant :

— J'ai pris mes précautions. Je ne suis pas venu seul.

Elle décida de ne pas le pousser plus loin. Manifestement, il n'avait pas eu le temps de se calmer en deux jours. Il avait l'air d'un prédateur, son regard dur scrutait la foule, comme s'il cherchait quelqu'un sur qui défouler sa hargne.

Rapidement, ils atteignirent sa voiture garée le long du trottoir. Juste derrière, Karen repéra un autre véhicule. Un jeune Noir, les yeux cachés derrière des lunettes de soleil, était installé au volant.

Tandis qu'il fourrait la valise dans le coffre, Marc se tourna vers son collègue :

— Tu as vu quelque chose ?

— Rien d'inhabituel. Tout baigne.

À son tour, Marc chaussa des lunettes de soleil qui accentuèrent encore la dureté de son visage.

— Bien, approuva-t-il. Karen, je te présente Antonio Shannon. Antonio, Karen Whitlaw.

— Ravie de faire votre connaissance, dit Karen. Êtes-vous également policier ?

— Oui, m'dame, acquiesça Shannon avec un sourire.

Elle nota que, à l'instar de son compagnon, il portait une veste malgré la chaleur.

Marc ouvrit la portière côté passager et invita la jeune femme à s'asseoir. En sentant sa main effleurer le creux de ses reins, elle frissonna, heureuse de retrouver cette sensation familière.

— Je vais m'assurer que personne ne vous suit, dit Shannon à Marc.

— Merci. J'ai laissé un message à McPherson, mais j'ai fait dérouter tous les appels vers toi, pour qu'il n'y ait pas de lien direct avec mon adresse ou mon numéro de téléphone.

— Pigé, fit Shannon. Vas-y, emmène-la. Je m'occupe du reste.

Marc se pencha pour claquer amicalement l'épaule de son collègue, avant de s'installer au volant. Comme la voiture démarrait, il jeta un coup d'œil dans le rétroviseur et constata que Shannon le suivait à distance respectable.

Karen se racla la gorge.

— L'inspecteur Shannon est ton coéquipier ?

— À La Nouvelle-Orléans, les flics ne bossent pas en équipes. Mais il a travaillé avec moi sur l'affaire de ton père, et nous continuons à collaborer. Je lui fais confiance.

— Qui est McPherson ?

— Quelqu'un qui pourrait bien nous fournir de plus amples renseignements. Et maintenant...

Il s'interrompit quelques secondes, et elle sentit cette violence qu'il contenait à grand-peine bouillonner en lui.

— ... Raconte-moi ce qui s'est passé hier.

Elle s'exécuta, aussi calmement que possible, en s'efforçant de n'occulter aucun détail. Elle lui parla également de l'incendie de son ancien domicile.

Durant une minute, il digéra en silence ces informations.

— Tu connais le nom du salaud qui est entré chez toi ?

— Carl Clancy. L'inspecteur Suter voulait savoir si je le connaissais.

— C'est lui qui t'a fait ça ? demanda-t-il en désignant l'hématome sur sa joue.

— Oui. Les mains et le genou sont des souvenirs de l'autre type, le chauffard qui a failli me renverser. Mes mains sont juste égratignées, mais Piper m'a posé d'énormes pansements pour que les gens me proposent de porter ma valise. Mes côtes me font encore mal quand je la soulève.

De nouveau, il pesta, la mâchoire contractée. Karen garda les yeux fixés sur le pare-brise. Si Marc jurait comme un charretier, c'est qu'il était vraiment sur le point d'exploser.

— Je sais que ça a l'air tiré par les cheveux, reprit-elle. J'ai peut-être paniqué pour rien. Mais deux fois dans la même journée, ce serait une sacrée coïncidence, non ? Quand on pense qu'en plus mon père a été assassiné et que mon ancienne maison a été ravagée par un incendie, il y a quand même une accumulation d'indices. Est-ce que tu me trouves paranoïaque ?

— Pas du tout. Et à propos de ton père, il y a du neuf.

Voyant qu'il regardait fréquemment dans son rétroviseur, elle jeta un coup d'œil par-dessus son épaule.

— Que se passe-t-il ? Quelqu'un nous suit ?

— Non, juste Antonio.

— Dis-moi ce qu'il y a de neuf.

— Un autre corps, découvert dans l'État du Mississippi. Le défunt connaissait ton père. Ils ont vraisemblablement été tués au même endroit. Le deuxième cadavre est resté dans une voiture en plein soleil, et le légiste n'a pu déterminer l'heure exacte du décès, mais ils ont sans doute été tués la même nuit.

— Comment s'appelait-il ?

— Rick Medina. Ton père l'a connu au Viêt Nam. Tu as entendu parler de lui ?

— Non.

— Il travaillait pour la CIA.

Karen sursauta.

— Papa n'appartenait pas à la CIA !

— Je sais, pourtant ils se connaissaient. Au début, je me suis dit que c'était peut-être Medina qui était visé, et que ton père s'était trouvé au mauvais endroit au mauvais moment. Mais maintenant...

Maintenant que Karen avait été à son tour agressée, il semblait que ce soit plutôt l'inverse.

La jeune femme se frotta le front.

— Pourquoi en aurait-on après moi ? murmura-t-elle. Je ne sais rien à propos de mon père.

— De toute évidence, quelqu'un est persuadé du contraire.

— Tu crois que cela a quelque chose à voir avec la CIA ?

— Ils ont l'air d'en savoir aussi peu que nous. Medina travaillait occasionnellement pour eux, mais dernièrement, il n'était pas en mission. Personne ne sait pourquoi il se trouvait dans le coin.

— Une autre voie sans issue...

— Ou un indice, au contraire. Celui qui a transporté le corps de Medina souhaitait sans doute qu'on ne relie pas les deux affaires. Le meurtre de Medina a été déguisé en vol. Mais personne n'a touché à la voiture, qui valait beaucoup d'argent. On dirait qu'ils se sont débrouillés pour que l'identification du corps ne pose aucun problème.

— Dans quel but ?

— Parce qu'ils avaient en vue qu'une personne précise sache qu'il était mort. Mais qui, et pourquoi ?

— Pourquoi dis-tu « ils » ?

— Je ne pense pas qu'un seul type aurait pu perpétrer deux meurtres de façon aussi propre et nette, sans témoins.

Karen se mordilla la lèvre. À qui avaient-ils affaire ? Une armée d'assassins ? Des gens qu'elle serait incapable d'identifier, qui pouvaient la croiser à n'importe quel moment, peut-être en uniforme de police, et la tuer dès qu'elle ouvrirait une porte ?

Là, c'était vraiment de la paranoïa, mais où devait-elle s'arrêter ?

Elle s'étira, se rendit compte qu'ils arrivaient en ville.

— Si cela ne te dérange pas, dépose-moi dans un petit motel tranquille, pas trop loin d'un supermarché, dit-elle. Je veux tout payer en liquide, et si je signe le registre sous un faux nom, j'espère être en sécurité.

— Je t'emmène chez moi.

Elle sentit son estomac se contracter sous l'effet de la peur et du désir conjugués.

— Je ne peux pas ! protesta-t-elle. S'ils me trouvent, tu seras en danger, toi aussi.

— S'ils te trouvent, tu seras bien plus en sûreté avec moi que seule dans une chambre de motel.

C'était l'instinct qui l'avait envoyée tout droit à La Nouvelle-Orléans, un besoin irraisonné de le revoir. Mais à présent, elle se rendait compte qu'elle ne supporterait pas qu'il lui arrive malheur par sa faute.

— Je ne peux pas prendre ce risque, déclara-t-elle. Quand ils sauront que j'ai échoué à La Nouvelle-Orléans, ils viendront tout droit chez toi.

— Pourquoi ? Contrairement à ce que tu penses, personne en dehors de nous deux ne sait que nous avons passé toute une nuit à nous rouler dans la luxure.

Il l'avait dit d'une voix si douce, si caressante... S'il avait l'intention de la choquer, c'était gagné ! Et s'il avait voulu lui remémorer l'intimité qu'ils avaient partagée, c'était tout aussi réussi. Elle sentit son visage s'empourprer.

S'efforçant d'ignorer sa remarque, elle poursuivit :

— C'est toi qui as enquêté sur le meurtre de papa. En toute logique, ils vont te surveiller...

— J'en serais presque heureux, coupa-t-il d'un ton égal. Je suis armé, et plutôt de mauvais poil.

Oh oui, il n'y avait pas de doute à ce sujet !

Marc sortit de la voie rapide et prit la direction de Canal Street, avant de bifurquer sur St. Louis. Le portail bascula lentement et, cette fois, Karen réussit à ne pas courber la tête quand la voiture pénétra dans le garage.

— Combien de temps vas-tu t'obstiner à faire comme si rien ne s'était passé ? demanda-t-il en lui ouvrant la portière.

Elle se mordit la lèvre, le regarda récupérer la valise dans le coffre, puis grimper l'escalier. Finalement elle l'imita.

— Je ne fais pas comme si de rien n'était, objecta-t-elle. Tu as parfaitement le droit de m'en vouloir, et je te prie de me pardonner. J'ai agi comme une idiote en m'enfuyant. C'est juste que je ne suis pas habituée à... Enfin, je m'excuse, voilà.

— Tu n'es pas habituée à coucher avec un homme, acheva-t-il en laissant tomber sa valise dans le vestibule, avant de verrouiller la porte derrière eux. Maintenant, explique-moi pourquoi tu t'es enfuie.

— Eh bien... principalement par manque de courage. Je ne savais pas... Je n'arrivais pas à comprendre pourquoi tu avais fait ça.

Pour une fois, il parut totalement déstabilisé.

— Quoi ?

Mal à l'aise, elle chercha à se donner une contenance, et entreprit d'ôter les énormes pansements qui couvraient ses mains.

— La raison la moins perturbante que j'aie pu trouver, c'est que tu voulais juste t'envoyer en l'air, répondit-elle, les yeux rivés à ses mains. Et comme j'étais disponible...

Il prit ses mains entre les siennes, se mit à dérouler lui-même la gaze.

— Tu as raison, je voulais m'envoyer en l'air. Mais pas avec n'importe qui. Avec toi... Bon, maintenant dis-moi les autres raisons.

— J'avais deux autres hypothèses.

— Eh bien, procédons par ordre. Quelle est la première ?

— Que tu avais eu pitié de moi.

Lentement, il leva vers elle un visage incrédule.

— Tu crois vraiment ça ?

— Eh bien... tu t'étais montré si gentil, je... Je n'aurais pas supporté ces trois jours sans ton aide. Et quand je me suis effondrée à l'enterrement, tu m'as amenée chez toi pour ne pas me laisser seule à l'hôtel, et...

Il secoua la tête, comme s'il essayait de faire le tri dans ses idées, et l'interrompit :

— Karen, mon lit n'est pas une institution charitable. Ce serait pousser la sollicitude un peu loin, tu ne trouves pas ?

De nouveau, elle se mordit la lèvre et retomba dans le silence. Il venait de dénuder une de ses mains et la retourna pour inspecter la paume écorchée. Ses traits se crispèrent de façon fugace, puis il s'attaqua au deuxième pansement.

— Quelle est la dernière hypothèse ?

C'était la plus difficile à sortir, mais elle lui devait une explication. Elle s'efforça de masquer le tremblement de sa voix :

— Le jour de notre rencontre... j'ai bien vu que tu ne m'aimais pas. Je ne me suis pas trompée, n'est-ce pas ? Tu étais hostile à mon égard.

Il laissa passer quelques secondes, puis répondit :

— C'est vrai, tu ne t'es pas trompée.

Karen déglutit avec peine. Une douleur sourde au creux de la poitrine lui bloquait la respiration.

— Je l'ai ressenti, continua-t-elle avec effort. Alors, après, je me suis imaginé que tu voulais juste... me donner une leçon.

— Me servir de toi, puis te larguer ?

Il ne la regardait toujours pas, gardant la tête obstinément baissée, mais elle vit un muscle se contracter sur sa mâchoire.

— Quelque chose dans le genre, admit-elle en tâchant de barricader son cœur contre l'émotion qui le vrillait.

Il cessa de s'activer, et prit ses mains blessées dans les siennes.

— Au début, j'avais un a priori contre toi, c'est vrai. Ou disons plutôt que j'étais en colère. Je croyais que tu faisais partie de ces égoïstes qui préfèrent laisser un proche à la rue s'il leur pose trop de problèmes. Mais très vite, j'ai compris que je t'avais mal jugée. Il m'a suffi d'une heure, en fait. Tout d'abord, tu t'es presque évanouie dans mon bureau, et plus tard, quand tu as visionné la cassette chez le légiste... Tu as fait celle qui n'éprouvait aucune émotion, mais j'ai bien vu que tu étais bouleversée.

— Comment l'as-tu deviné ?

Elle était presque vexée. Depuis des années, elle s'entraînait à se dominer, et il avait lu en elle comme dans un livre !

— Tu serrais les poings. En réalité, tu es tendre comme de la guimauve, mon cœur. Tu es très émotive, contrairement à ce que tu veux laisser paraître. Tu essaies de prendre en charge tout et tout le monde.

Il lui jeta un coup d'œil en biais, et demanda :

— À propos, tu as eu mes messages ?

— Oui, bien sûr, répondit-elle, avant de répéter de mémoire : « Bon Dieu, Karen ! Qu'est-ce qui t'a pris de détaler comme ça ? Tu m'appelles dès que tu rentres chez toi, bordel ! »

À sa grande surprise, elle vit ses joues se colorer légèrement sous le hâle, et elle fut presque heureuse de le savoir embarrassé. Ainsi elle se sentait moins vulnérable. Il avait trop d'intuition. Face à lui, elle avait l'impression d'être nue.

— Désolé, marmonna-t-il. J'étais tellement hors de moi… En fait, j'ai laissé trois messages sur ton répondeur hier.

— Ah ? Avec tout ce qui s'est passé, je n'ai même pas pensé à l'interroger à distance. Que disais-tu ?

— Je te demandais de m'appeler. Puis j'ai eu ton message, et je me suis rongé les sangs jusqu'à ce que tu descendes enfin de ce maudit avion.

Il prit une profonde inspiration, et ajouta :

— Il faut que nous discutions, Karen.

— Mais c'est précisément ce que nous sommes en train de faire.

— Non, pas comme ça.

Soudain il l'attira dans ses bras et la souleva de terre. Surprise, elle passa un bras autour de son cou pour conserver l'équilibre.

— Eh, qu'est-ce que tu fais ? s'écria-t-elle comme il l'emportait vers la chambre et la déposait sur le lit.

— Je te fais juste passer un petit bilan de santé.

Il s'agenouilla auprès d'elle, ôta le deuxième pansement et examina sa paume. Puis il remonta sa jupe pour regarder son genou. Là aussi, la peau était écorchée et meurtrie, mais toutes ces blessures étaient bénignes.

Lui soulevant chaque pied tour à tour, il lui ôta ses sandales.

— Ainsi, en te basant sur une première impression, tu as occulté trois jours de cour intensive ? Enfin, intensive… J'ai fait de mon mieux, étant donné les circonstances.

— Oui, j'y ai repensé, et tout cela m'a paru si… organisé, planifié. Enfin, tu avais déjà mis un préservatif quand nous avons dansé ! conclut-elle en lui décochant un regard irrité.

— Et je te rappelle que je l'ai gardé tout le temps qu'a duré le slow, ce qui devrait te donner un indice quant à mon état d'excitation.

Il se redressa, enleva sa veste, puis entreprit de déboutonner sa chemise.

— J'essayais juste d'être attentionné, reprit-il. Je pensais que tu apprécierais ma prévoyance à ce stade de notre relation.

Karen le dévisagea, les yeux écarquillés, la bouche sèche tout à coup.

— Mais... qu'est-ce que tu fais ? bredouilla-t-elle.

C'était l'évidence même, et la question était stupide : il se déshabillait.

Elle n'avait pas demandé : « Quelle relation ? », car elle craignait d'avoir mal entendu et ne voulait pas s'aventurer trop loin avec ses questions. Elle aurait voulu lui dire qu'elle avait vraiment apprécié qu'il mette un préservatif, mais les mots ne sortaient pas non plus.

Elle se contentait de le regarder, le cœur battant la chamade, tandis que ses seins se dressaient sous son T-shirt. Avide, elle contempla ses épaules et sa poitrine musclées. Habillé, il avait l'air carré et mince. Nu, il était plus musculeux, avec un ventre plat parcouru d'une ligne de poils sombres. Elle pensa à suivre cette ligne de la langue, puis le prendre dans sa bouche. Tout son corps se raidirait, et il pousserait ce gémissement qu'elle avait appris à aimer. Elle le désirait... Seigneur, elle le voulait maintenant, et pour toujours !

Il laissa tomber sa chemise par terre, envoya valser chaussures et chaussettes.

— Je n'arrive pas à croire que le coup de la capote t'ait mise en colère, murmura-t-il en lui jetant un regard brûlant.

Elle tendit la main pour lui frôler le ventre, sentit sa peau tiède et douce sous ses doigts.

— Ce n'était pas la capote, c'était cette façon si délibérée d'agir, comme si tu avais tout prévu.

— Mais j'avais tout prévu ! Cela faisait trois jours que je m'ingéniais à t'amener dans mon lit. Je me suis dit que si je m'arrêtais pour enfiler un préservatif, cela te donnerait le temps de réfléchir et de changer d'avis. Voilà pourquoi j'ai mis cette fichue capote dès que j'en ai eu l'occasion !

— Et pourquoi tu l'as gardée tout ce temps ! le taquina-t-elle en souriant.

Ses doigts suivaient la ligne de poils.

— Enlève tes vêtements, lui intima-t-il d'une voix rauque, presque un chuchotement.

Elle sentit son cœur s'affoler. Elle se leva, commença à se dévêtir, en proie à un désir croissant. Alors que Marc achevait de se déshabiller, elle ôta son T-shirt, laissa glisser sa jupe le long de ses jambes. Il contempla ses seins tandis qu'elle dégrafait son soutien-gorge, le laissant tomber avec insouciance.

Avec attention, il étudia sa cage thoracique marbrée de meurtrissures. Il serra les poings, puis avança doucement la main pour frôler les traces.

— Tu es sûre que tu es en état ?

— Oui.

Elle appréciait d'autant plus cette prévenance qu'il était de toute évidence très excité. Impatiente, elle enleva son slip et s'assit sur le lit.

Aussitôt il l'allongea. Se positionnant entre ses jambes, il prit soin de garder le poids de son corps sur un coude, pour ne pas peser sur elle. Puis, de sa main libre, il caressa ses seins jusqu'à ce que ses tétons lui fassent mal de désir. De son côté, elle lui caressait la poitrine. Son membre dressé frôlait sa chair, mais il ne la pénétrait pas.

— Je n'ai pas de préservatif en ce moment, dit-il en l'embrassant.

— Je sais.

Sans réfléchir, elle noua les bras autour de son cou. Leurs regards s'accrochèrent, le sien étincelant et farouche, celui de Karen plus doux, à l'éclat mystérieux. Elle ne prit pas sa décision à la légère, elle savait avec précision ce qu'elle faisait.

— Je ne veux pas que tu en mettes un, murmura-t-elle en arquant les hanches vers lui.

Elle le voulait en elle, maintenant. Elle voulait sa semence, acceptait l'éventualité qu'il lui donne un enfant. Il ne l'avait pas encore touchée et déjà elle était sous l'emprise de la passion.

— Nous prenons un risque, chuchota-t-il, la bouche contre son cou.

— Je sais. S'il te plaît ! implora-t-elle.

Il entra en elle, d'un mouvement urgent. Elle poussa un cri, comme la satisfaction remplaçait le désespoir, et le plaisir la souffrance.

Il grogna, passa une main sur son front où perlait la sueur, humidifiant ses cheveux sombres.

— Aie pitié de moi ! murmura-t-il. Je n'ai pas fait ça depuis le lycée !

— Tu n'as pas fait l'amour depuis le lycée ? À d'autres ! haleta-t-elle, cramponnée à ses épaules pour mieux le recevoir.

Elle avait du mal à parler, tout son être se concentrait sur la spirale du désir qui l'emportait.

— Non, je veux dire, fait l'amour sans préservatif.

Soudain il plongea en elle, encore et encore, comme pris d'une subite frénésie.

— Je ne peux plus attendre ! gémit-il.

Karen n'en avait pas besoin. Elle enfonça les ongles dans sa peau et cria au moment où elle atteignait l'extase. Emporté lui aussi par le même tourbillon sensuel, il s'abandonna et répandit sa semence en elle.

Durant un instant, il demeura en équilibre au-dessus d'elle, tête baissée, les bras tremblants sous l'effort, mais refusant de s'abattre sur elle. Karen leva lentement le bras pour lui caresser l'épaule. Elle était si épuisée que ce simple geste lui coûta un effort surhumain, et elle laissa retomber sa main sur le lit. Finalement, il se libéra et s'écroula à son côté, yeux fermés, le souffle court.

Dans un état second, la jeune femme se nicha contre lui. Un soupir de béatitude lui échappa, qui ne trahissait pas seulement l'assouvissement de ses sens. Elle se sentait si heureuse que des larmes lui montèrent au yeux.

Marc émit un bruit rauque, comme s'il luttait pour reprendre pied. Karen se mit à rire doucement. Souriant, il lui fit face, glissa un bras sous sa nuque avant de passer l'autre sur ses hanches.

— Tu devrais rire plus souvent, dit-il en l'embrassant sur le bout du nez. Chaque fois que je vois tes yeux prendre cet éclat si sérieux, j'ai l'impression de recevoir une gifle.

— Il m'arrive de rire, protesta-t-elle d'un ton ensommeillé.

— Pas assez souvent... Et avant que ton imagination débridée ne forge encore l'un de tes scénarios débiles, sache que mes intentions sont très sérieuses vis-à-vis de toi. Est-ce clair ?

— Très clair.

Elle avait eu un mal fou à articuler ces deux mots tant l'émotion la submergeait.

— Si tu es enceinte, nous nous marierons, décréta-t-il d'un ton ferme. Je refuse d'avoir un enfant illégitime. Cela m'est égal si certaines femmes prétendent qu'elles n'ont pas besoin d'un homme pour élever leur enfant.

— Évidemment qu'on se mariera ! répliqua-t-elle, tout aussi virulente. Il y a peu de chances pour que je tombe enceinte aujourd'hui, mais si tu n'as pas l'intention de rester avec moi, nous ferions mieux d'envisager au plus vite une méthode de contraception fiable. Je ne veux pas d'une union brisée.

La désertion de son père avait gâché son enfance, elle ne voulait pas que son enfant subisse les mêmes tourments.

Il lui prit la main, la porta à ses lèvres en prenant soin de ne pas toucher ses paumes égratignées. Elle se blottit contre lui.

— Tout vient de papa, murmura-t-elle, changeant de sujet pour revenir à l'urgence du moment. Son meurtre est au centre de toute cette histoire. Sinon pourquoi serais-je visée ? Pourtant je ne connais rien à la vie qu'il menait. Je ne lui avais pas parlé depuis des années.

— Et ta mère ? A-t-elle eu des contacts avec lui ?

— Plus souvent que moi. Devenue grande, j'ai refusé de le voir quand il séjournait quelques jours à la maison, généralement parce qu'il avait besoin d'argent. Mais je sais qu'il lui téléphonait de temps en temps. Elle ne me parlait pas beaucoup de ses appels, parce qu'elle savait que je lui en voulais terriblement.

— A-t-il appelé depuis la mort de ta mère ?

— Non, et il n'a pas non plus laissé de message.

Un souvenir lui revint soudain en mémoire.

— Attends un peu... Elle est morte à la fin du mois de janvier. Quelques semaines plus tard, j'ai reçu un colis par la poste qui lui était adressé. J'étais encore sous le choc de son décès brutal, et en voyant ce paquet je me suis mise en colère parce qu'elle n'avait jamais cessé de l'aimer, et que pourtant il ignorait jusqu'à sa mort. J'ai même failli jeter le paquet à la poubelle.

Elle sentit le bras de Marc se raidir soudain sous sa nuque.

— Tu l'as ouvert ?

— Oui, mais je n'ai pas vraiment regardé ce qu'il contenait. Il y avait surtout des papiers. J'ai refermé le colis et je l'ai rangé avec les affaires de maman.

— Où sont-elles ? Dans ton appartement ?

— Non, je n'ai pas assez de place. J'ai loué un espace chez un garde-meuble... C'est cela, n'est-ce pas, Marc ? C'est à cause de ce qu'il y a dans cette boîte que mon père a été tué ?

— Peut-être. C'est un indice en tout cas, et Dieu sait que nous en manquons ! Je veux d'abord avoir des nouvelles de McPherson, et...

— Qui est McPherson ?

— Le type de la CIA.

— Tu vas lui parler de ce colis ?

— Bien sûr que non ! répondit-il sans la moindre hésitation.

— Donc tu ne lui fais pas confiance ?

— Je ne le connais pas. Je vais lui donner quelques informations, pour voir ce qu'il me dira en échange, mais je ne vais certainement pas lui révéler que tu es ici, chez moi, ni lui parler de ce colis, avant que nous ayons vérifié ce qu'il contient.

— Et en attendant, que faisons-nous ?

Il esquissa un sourire taquin.

— À ton avis ?

17

— Ceux que vous employez sont des crétins incompétents ! dit froidement le sénateur Lake, masquant la peur qui lui nouait le ventre. La fille a disparu, et vous n'avez toujours pas retrouvé le carnet ! Grâce à vous, elle peut s'en servir quand elle veut !

Hayes baissa ses lourdes paupières. Il ne protesta pas, ne chercha pas d'excuses. La vérité, c'est qu'il n'avait pas rempli sa mission. Bien qu'il ait engagé des gens habituellement dignes de confiance, tout avait été de travers. Clancy avait fait l'imbécile. La fille, non contente de lui échapper, avait réussi à prévenir les flics. Maintenant, Clancy était mort. Yamatani avait complètement raté son coup en essayant d'écraser Karen Whitlaw, sans compter que, maintenant, elle avait compris qu'il y avait anguille sous roche. Elle s'était planquée et Hayes n'était pas encore parvenu à la localiser. Il pouvait pousser plus loin les recherches, mais pas sans déclencher aussitôt des sonnettes d'alarme chez ses informateurs, et Hayes n'était pas prêt à se mouiller autant pour les beaux yeux du sénateur. La dernière chose à faire était d'attirer sur lui l'attention de certaines personnes.

— Qu'avez-vous l'intention de faire maintenant ? s'enquit Lake d'une voix glaciale. Je tiens à vous rappeler que plus vous mêlez des gens à cette affaire, plus une fuite est susceptible de se produire.

— Je n'emploie que des professionnels. Ils ne parlent pas.

— Pourtant ils n'ont apparemment rien de fiable ! J'aimerais que vous me communiquiez leurs noms. Je me trouve dans une position intenable, car ils connaissent mon nom alors que je ne sais rien d'eux !

— Ils ne savent rien à votre propos, assura Hayes d'un ton las. Je suis le dernier maillon de la chaîne en ce qui vous concerne.

— C'est vous qui le dites, et jusqu'à présent vous n'avez pas été très fiable, vous non plus. Vos informations au sujet de Medina étaient fausses.

Hayes garda les yeux baissés, mais son intérêt était éveillé.

— Que voulez-vous dire ?

— À propos de son fils. Medina n'a jamais eu d'enfant.

— Qui vous l'a dit ?

— Franklin Vinay, le directeur des opérations de la CIA. Il serait au courant, croyez-moi !

Hayes sentit un frisson lui parcourir l'échine. Tout à coup, son sang lui paraissait glacé dans ses veines.

— Vous avez questionné Vinay sur Medina ?

— Je voulais savoir si la CIA était au courant. Dans ma position, il est parfaitement normal d'avoir vent de certains événements et de vouloir me renseigner.

Sauf qu'il n'était absolument pas normal que le sénateur se renseigne sur le *fils* de Medina, dont l'existence et les activités étaient si soigneusement protégées que son nom ne figurait sur aucun dossier. Vinay avait certainement trouvé très bizarre que le sénateur l'interroge à ce propos, et bien entendu il avait nié que Medina eût un fils. Maintenant, il allait tenter de découvrir comment Lake avait entendu parler de ce fils...

Le sénateur venait de tracer une piste jusque devant sa porte !

L'affaire allait être découverte, ce n'était plus qu'une question de temps. Non seulement Lake avait parlé à

Franklin Vinay, mais de surcroît il avait attiré l'attention du fils. Hayes en savait assez sur ce personnage mystérieux pour comprendre que la partie était finie. Désormais, le mieux à faire était de sauver sa propre peau, d'effacer toutes les traces et de s'évanouir dans la nature.

— Je me chargerai en personne du carnet, assura-t-il.

C'était un mensonge éhonté. Il n'allait certes pas continuer de travailler pour ce crétin qui avait réussi à éveiller les soupçons du directeur des opérations de la CIA !

— D'accord, acquiesça Lake.

Après le départ de Hayes, le sénateur réfléchit un moment, en pianotant sur l'acajou du bureau. Il n'aimait guère ces entrevues avec Hayes, mais il préférait cela aux conversations téléphoniques, trop risquées à son goût. Néanmoins, le danger subsistait. Il s'assurait régulièrement qu'aucun micro n'avait été posé dans son bureau, mais qui sait si Hayes ne portait pas sur lui un magnétophone de poche ?

Aujourd'hui, il l'avait trouvé différent, surtout à la fin de l'entretien. Hayes le sous-estimait, il en avait conscience. De nombreuses personnes commettaient cette erreur. Et parfois, il les encourageait délibérément, pour mieux les manipuler.

Le sénateur ne se considérait pas comme un criminel, même si, au cours de sa vie, il avait à plusieurs reprises été obligé de prendre des décisions délicates. Il ne tenait pas particulièrement à faire du mal à Karen Whitlaw, mais le carnet contenait des informations essentielles qui ne devaient pas être divulguées. Et la fin justifiait les moyens. Si la fille devenait une menace, on devrait tout simplement s'en débarrasser.

Quant à Hayes...

Le sénateur plissa les paupières. Le chantage qu'avait tenté d'exercer Dexter Whitlaw lui avait ouvert les yeux. Il ne fallait laisser aucun détail au hasard, comme disait

Raymond. Hayes devenait dangereux. Il fallait régler le problème. Peut-être en le faisant passer pour un agent au service d'une nation hostile aux États-Unis ? Et s'arranger pour faire croire que Rick Medina était impliqué, lui aussi. Ou plutôt faire croire que Medina avait voulu neutraliser Hayes. Après tout, Medina était un vrai patriote. Oui, ce scénario était intéressant, et plus plausible.

Bien sûr, Hayes n'aurait pas le loisir de se disculper. Non, malheureusement, il devait mourir. Et tout rentrerait dans l'ordre.

Mais d'abord, il fallait le laisser régler son compte à Karen Whitlaw et retrouver le carnet. Ensuite il serait temps d'agir.

D'ordinaire, l'organisation de ce genre de « nettoyage » incombait à Hayes, mais là, il faudrait avoir recours à quelqu'un d'autre. Dieu merci, Raymond était là.

La maison de Frank Vinay n'avait rien de particulier en soi. Elle n'était ni plus imposante ni moins laide que la plupart des maisons de ce quartier résidentiel huppé. Sa voiture n'était pas tape-à-l'œil, il préférait conduire une familiale qui avait déjà de nombreux kilomètres au compteur. Ses voisins le prenaient pour l'un de ces bureaucrates anonymes, comme il en existe des milliers à Washington.

Pourtant, la maison avait subi quelques modifications qui la différenciaient des autres. Il y avait tout d'abord un bon système de sécurité, ainsi qu'un berger allemand qui répondait au nom de Kaiser. Chaque matin et chaque soir, on vérifiait que les lignes téléphoniques n'étaient pas sur tables d'écoute, et qu'aucun micro n'avait été dissimulé à l'intérieur. Une antenne parabolique pointée sur la demeure n'aurait capté qu'un bourdonnement monocorde, grâce au système de brouillage électronique.

Jess McPherson se sentait en sécurité chez Frank Vinay, bien plus grâce à Kaiser que grâce aux gadgets électroniques. Bien que les satellites et les ordinateurs soient des merveilles de technologie, il leur préférait les bonnes vieilles méthodes.

En pénétrant dans le bureau de Frank, il jeta un coup d'œil au chien, couché sur le tapis aux pieds de son maître. L'animal leva les yeux sur le nouveau venu et remua brièvement la queue, comme pour dire : « Salut, tout va bien ! »

Frank était en train de converser avec un troisième homme, assis face au bureau :

— Je n'ai trouvé aucune taupe dans mes services, John. Je suis vraiment inquiet... Salut, Jess ! Assieds-toi, et viens discuter avec nous.

McPherson choisit un fauteuil confortable et étira ses longues jambes.

— J'ai du neuf, annonça-t-il. J'ai reçu un appel de ce flic de La Nouvelle-Orléans. Je n'ai pas réussi à l'avoir en personne, mais j'ai eu son collègue, Shannon. Il paraît que l'inspecteur Chastain a reçu un coup de fil de l'Ohio, de la fille de Dexter Whitlaw. Ils se connaissent parce qu'elle a fait un saut à La Nouvelle-Orléans pour identifier le corps de son père. Bref, il se trouve qu'on a par deux fois essayé d'attenter à sa vie depuis qu'elle est retournée chez elle et, comme elle n'est pas idiote, elle s'est dit que cela avait un rapport avec le meurtre de son père. C'est pour cela qu'elle lui a téléphoné, pour savoir s'il avait du nouveau sur l'affaire.

Vinay fronça les sourcils :

— Hum... Cela signifie que la cible principale était bien Dexter Whitlaw, et non Rick. Que savons-nous de Whitlaw, depuis qu'il a quitté les marines ?

— Pas grand-chose, répondit Jess. Il a bourlingué dans tout le pays, après avoir passé quelque temps dans le Maryland.

— Aurait-il contacté Rick durant cette période, ou l'inverse ? Se sont-ils retrouvés dans le même coin en même temps ?

— Il va falloir entreprendre de sérieuses recherches pour le découvrir.

John Medina intervint :

— Tant que vous y êtes, vérifiez s'ils avaient des relations en commun.

Vinay arborait un air songeur. Rechercher d'éventuelles relations communes en remontant aussi loin dans le temps nécessiterait une enquête poussée.

— Je vais mettre quelqu'un là-dessus immédiatement, déclara-t-il.

John poursuivit :

— Je ne pense pas que la fille de Dexter sache de quoi il retourne au juste, sinon elle n'aurait pas appelé l'inspecteur pour lui poser des questions. Ce qui est sûr, c'est que *quelqu'un* croit qu'elle sait quelque chose. Ce serait intéressant de la faire suivre, pour voir qui rôde autour d'elle.

— Et intervenir en cas de grabuge ? s'enquit McPherson.

— Bien sûr, répliqua John sans la moindre hésitation.

Il était bien comme son père. John passait sa vie dans l'ombre, dans un monde où rien ni personne n'avait l'air de ce qu'il était en réalité. Dans cet univers gris et mouvant, John, à l'instar de Rick, avait gardé quelques certitudes absolues. Il était avant tout un fervent patriote. Il aimait son pays, lui avait voué son existence, et estimait de son devoir d'en protéger tous les citoyens.

— Nous allons changer de tactique et nous intéresser à la fille de Whitlaw, déclara Vinay. Depuis la mort de son père, elle est au cœur de toute cette affaire. John, combien de temps restes-tu aux États-Unis ?

— Je me suis dégagé une semaine, grand maximum.

— Mais officiellement, tu es en congé. Jess, à partir de maintenant, tu es toi aussi officiellement en congé. Ceci n'est pas une opération de la CIA, et je veux faire ça dans les règles.

— Dois-je passer un message à l'inspecteur Chastain ?

— Quel intérêt ? rétorqua Vinay. Nous sommes bien d'accord, c'est Mme Whitlaw qui nous intéresse, et puisqu'elle se trouve dans l'Ohio, je ne vois pas en quoi un flic de La Nouvelle-Orléans pourrait nous être utile.

— Pourtant, c'est lui qu'elle a appelé, objecta John. De toute évidence, elle a confiance en lui. Et si elle se cache, il sera peut-être le seul à pouvoir nous conduire jusqu'à elle. Vous êtes-vous renseignés sur son compte ?

— La crème des citoyens. Excellent rapport militaire dans les marines. Il est d'une vieille famille de La Nouvelle-Orléans, mais pas de fric. Il a passé un diplôme universitaire en criminologie, et a commencé à travailler dans la police comme simple agent, avant d'être promu au rang d'inspecteur. Il sera vite lieutenant, s'il sait mener sa barque. À moins qu'il n'entre chez les fédéraux.

— À mon avis, c'est un caïd, mais un type honnête, tout ce qu'un bon flic doit être, intervint McPherson. Alors, dois-je le rappeler ?

— Je vote pour, acquiesça John.

Vinay réfléchit, avant d'opiner du chef.

— D'accord, tiens-le au courant de ce que nous savons et de nos décisions, du moment que ces informations ne concernent pas la CIA.

Marc regardait Karen dormir. Elle était pelotonnée dans le lit, ses cheveux bruns répandus autour de sa tête, son visage encore délicatement rosi après l'amour.

Lorsqu'elle était descendue de l'avion ce matin-là, elle était livide, visiblement tendue – en partie, il le savait, parce qu'il n'avait pas réussi à cacher la colère insensée qui l'avait envahi à la vision de ses blessures.

Celle qu'il aimait était en danger. Tous ses instincts protecteurs s'éveillaient. S'il n'avait pas été obligé de s'occuper de l'affaire du petit James Gable, il aurait pris le premier avion pour Columbus afin d'avoir une bonne explication avec Karen, et il aurait été là pour la défendre. Si seulement il avait été présent quand ce monstre était entré dans son appartement pour essayer de la tuer !

Sans ce sang-froid étonnant dont elle avait fait preuve, Karen serait morte à l'heure actuelle. Heureusement, elle avait déjoué les plans du tueur, armée d'une simple bombe de laque.

Cette pensée lui donna une sueur froide. Quand elle lui avait dépeint la scène, elle avait presque paru s'excuser de ne pas posséder une arme plus efficace. Il demeurait sans voix devant son courage, mais en flic expérimenté, il savait qu'il avait été tout près de la perdre...

Il lui était arrivé de se disputer avec certaines femmes dont il s'était entiché, mais jamais il n'avait perdu le contrôle de lui-même comme il l'avait fait avec Karen. Il n'y avait rien de léger dans les sentiments qu'il éprouvait. Ses émotions étaient puissantes, primitives. Lui qui traitait toujours les femmes avec la plus grande courtoisie avait été déchiré entre plusieurs pulsions irraisonnées : laisser éclater sa fureur parce qu'elle avait fui et s'était mise en danger ; ou bien la jeter sur le lit et lui faire l'amour.

La peur l'avait taraudé, jusqu'au moment où elle s'était abandonnée dans ses bras. La peur de s'être trompé sur elle, la peur que son amour ne soit pas payé de retour.

À présent, il se demandait comment elle réagirait quand il proposerait, supplierait, exigerait qu'elle devienne sa femme...

Il n'avait pas mis de préservatif. Une bouffée de désir l'envahit à cette pensée et il sentit la sueur perler à son front. Il était déjà arrivé que ses partenaires prennent la pilule, ce qui rendait inutile le port du préservatif. Mais c'était la première fois qu'il n'y avait aucune protection contre une grossesse. Il voulait que Karen soit enceinte de lui, il voulait lui faire l'amour, encore et toujours, jusqu'à ce que leur enfant grossisse dans son ventre.

Il faisait chaud dans la chambre plongée dans une semi-pénombre. Les stores étaient baissés. Karen avait remonté le drap sur elle avant de s'endormir, et elle commençait à transpirer. Doucement, il rabattit le drap. C'était beaucoup mieux ainsi, il pouvait l'admirer tout entière. En toute objectivité, elle n'était pas la plus belle femme du monde, mais son cœur se fichait éperdument de ces imperfections. Elle était différente des autres, parce qu'elle était Karen. Il adorait son physique, elle l'excitait au plus haut point. Elle avait des formes minces, un corps tonique, souple. Ses seins étaient ronds et haut placés. Son ventre était plat et doux, ses hanches arrondies se prolongeaient par des jambes musclées et galbées. Elle n'avait rien de sophistiqué, mais bon sang, ce qu'elle était sexy !

De plus, il n'avait jamais rencontré une femme qui réagisse avec autant de fougue à ses caresses, et le plaisir qu'elle éprouvait augmentait encore le sien.

Elle était étendue sur le côté, un bras replié contre son sein. Doucement, il effleura du doigt un téton satiné et, fasciné, le vit se dresser, changer de couleur pour devenir presque rouge.

Karen cilla, et un sourire ensommeillé apparut sur ses lèvres.

— Désolé, je ne voulais pas te réveiller, chuchota-t-il.

Elle tendit la main et ses doigts se refermèrent sur son membre raide.

— Vraiment ? Je crois au contraire que c'était tout à fait délibéré ! le taquina-t-elle d'une voix rauque et sensuelle.

Lentement, elle fit aller et venir ses doigts le long de son sexe. Il se mit à rire et, gentiment, repoussa sa main de peur que les choses n'aillent trop vite.

Se pressant contre lui, elle demanda :

— Quand ce McPherson doit-il te contacter ?

— Je lui ai donné jusqu'à demain après-midi.

— Et nous allons passer tout ce temps au lit ? demanda-t-elle avec un étonnement feint.

— Sans doute.

— Tu ne dois pas aller travailler ?

Tout en parlant, elle suivit le tracé de ses lèvres du bout du doigt, puis descendit sur sa poitrine.

— J'ai pris quelques jours de congé. Je travaillais sur une affaire qui vient de se résoudre, et je n'avais rien d'urgent par ailleurs.

— Alors nous pouvons rester ici ?

Marc inspira profondément en sentant les doigts agiles descendre sur son ventre, puis plus bas.

— Oui.

Il faisait aller et venir ses mains dans le dos de la jeune femme, descendant chaque fois un peu plus dans le pli des fesses. Karen se mit à respirer plus vite.

— Que ferons-nous si ce type ne rappelle pas ?

— Nous mènerons notre propre enquête.

Il pressa ses fesses entre ses paumes, puis glissa un doigt en elle. Elle était chaude, étroite, veloutée, et sa chair frémissait de désir. Il aurait pu passer sa vie en elle.

Karen avait assez patienté. Ses yeux bruns étaient presque noirs quand, soudain, elle posa les mains contre sa poitrine pour le pousser sur le dos. Il éclata de rire comme elle s'installait à califourchon sur lui et se laissait glisser pour l'enfouir complètement en elle. Puis son rire se mua en gémissement. Oh oui ! il allait épouser cette femme, cela ne faisait pas le moindre doute !

Le biper se mit à sonner.

— Tu as dit que tu étais en congé ! gronda-t-elle d'un ton accusateur.

— C'est vrai. Ce doit être Antonio.

Il tendit la main, saisit son biper et vérifia le numéro inscrit sur l'écran.

— Bingo !

— Il peut bien attendre cinq minutes, décréta Karen avec autorité.

— Et pas toi ?

— Non !

— Tu viens de faire un cent mètres ou quoi ? s'étonna Shannon quand son collègue le rappela dix minutes plus tard.

— J'étais au rez-de-chaussée, mentit Marc.

— McPherson vient d'appeler. Ils cherchent à identifier des relations que Whitlaw et Medina auraient eues en commun. Ah, il a aussi dit qu'ils allaient surveiller Karen pour voir si quelqu'un la suivait, et pour la protéger le cas échéant. Je ne lui ai pas révélé qu'elle était en fait à La Nouvelle-Orléans.

— Parfait. Garde le secret encore un moment. Je changerai peut-être d'avis plus tard, mais pour l'heure, je préfère qu'il n'y ait que toi et moi à savoir.

Marc souhaitait réfléchir à la situation avant de permettre à la CIA de localiser Karen. Même si l'agence n'était impliquée que de loin, cela le mettait mal à l'aise. Il savait d'expérience que ces types-là frayaient avec des gens peu recommandables.

D'un autre côté, il serait pratique d'avoir le soutien de McPherson quand lui et Karen se rendraient chez le garde-meuble de Columbus.

Dans tous les cas de figure, la journée du lendemain promettait d'être intéressante.

18

Au beau milieu de la nuit, alors qu'il allait mettre son plan à exécution, Hayes se rendit compte qu'il ne pouvait pas disparaître purement et simplement de la circulation.

Il avait gardé des archives précises sur chaque entrevue qu'il avait eue avec le sénateur, sur ce qu'on lui avait demandé de faire, et les résultats obtenus. Ces informations l'incriminaient, mais elles incriminaient tout autant le sénateur qui avait bien plus à perdre. Et si lui, Hayes, avait conservé des archives, il était fort probable que Lake ait fait de même de son côté.

Il ne faisait pas l'ombre d'un doute que Vinay allait venir fouiner dans les parages. Par conséquent, il y avait deux façons de jouer le jeu. La plus intelligente consistait à se faire passer pour un employé du sénateur, par exemple à un poste de sécurité. On découvrirait vite qu'il avait lui-même travaillé pour la CIA une vingtaine d'années plus tôt. Interrogé, il dirait que, oui, il avait parlé au sénateur de la mort de Rick Medina, et également de son fils qui travaillait pour la CIA. Ce serait logique, puisqu'il avait eu la possibilité d'être au courant de ces faits. Et paf ! le mystère serait résolu, et l'enquête close.

C'était donc la solution intelligente.

La seconde solution, stupide et risquée, était de mettre la main sur les éventuelles archives du sénateur et de les détruire.

Plus facile à dire qu'à faire. Encore fallait-il que le sénateur ne conserve pas ces documents compromettants dans son bureau du Congrès. C'était peu probable, car ils risquaient d'être découverts par hasard. Alors ? Dans sa maison de Georgetown ? Possible. Mais la propriété du Minnesota semblait plus indiquée. Elle était plus vaste, comportait plus de cachettes, sans compter que le sénateur y avait grandi. Il connaissait les lieux comme sa poche.

Il y avait également la maison de vacances à Cape Cod, mais Lake n'y avait pas mis les pieds cet été.

Et si le sénateur avait remisé ses archives dans un coffre-fort – ce que Hayes avait fait lui-même –, les documents seraient irrécupérables. Il devrait découvrir la banque, le nom sous lequel le coffre était loué, s'emparer de la clé, imiter la signature de Lake. Or, en dépit de ses nombreux talents, Hayes n'était pas un faussaire de génie.

Et puis il y avait toujours l'éventualité que le sénateur n'ait pas donné son nom, mais celui de sa femme. Mme Lake était une personne douce et charmante qui ne posait pas de questions et adorait visiblement son époux. Elle aurait obéi sans discuter à n'importe laquelle de ses exigences...

Bref, les possibilités étaient sans fin. Une chose était sûre : les archives n'étaient pas enregistrées dans un ordinateur. Le sénateur ne savait même pas taper sur un clavier. Depuis sa naissance, il vivait dans l'aisance matérielle. S'il voulait envoyer un courrier, il n'avait qu'à le dicter à sa secrétaire. Hayes était soulagé de savoir cela. Selon lui, il n'y avait rien de moins confidentiel qu'un ordinateur. De notoriété publique, n'importe qui pouvait y avoir accès, n'importe quand. Combien de gens auraient continué à se servir de leur ordinateur pour gérer leurs comptes bancaires s'ils avaient su que ces données pouvaient être consultées de l'extérieur ?

Les comptes bancaires. Quelque chose le turlupinait à ce propos. Quelque chose à quoi il aurait dû penser il y a plusieurs jours déjà...

Soudain, il comprit. Il avait occulté un détail si évident qu'il se serait donné des gifles !

Jusqu'à présent, il n'avait songé qu'à se couvrir pour éviter que Vinay ne le relie à la mort de Medina. Mais maintenant, il était presque sûr de savoir où trouver le carnet de Dexter Whitlaw.

Il s'était torturé l'esprit à propos de ce satané carnet, se demandant ce qu'il contenait de si important aux yeux du sénateur. Mais s'il parvenait à mettre la main dessus, Lake serait à sa merci...

Hayes laissa échapper un ricanement. Il n'aimait pas ce politicard véreux, dénué de scrupules et grandiloquent. Et l'idée de le doubler le séduisait infiniment.

Si Whitlaw avait caché le carnet dans un endroit connu de lui seul, tout espoir était anéanti. Peut-être l'avait-il enterré quelque part... Dans ce cas, le sénateur était relativement à l'abri, car il y avait gros à parier que personne ne retrouverait l'objet avant plusieurs dizaines d'années.

En revanche, si Whitlaw avait envoyé le carnet à sa femme ou à sa fille...

La femme était morte en janvier dernier. Elle et sa fille vivaient ensemble, c'est donc la fille qui avait récupéré ses affaires personnelles. Puis, quelques mois plus tard, la fille avait emménagé dans un appartement. Elle disposait donc de moins de place. Et que faisait-on de ses biens dans un cas pareil ?

On les mettait chez le garde-meuble.

La population de Columbus se montait à six cent mille habitants. Une ville de cette taille comptait certainement des centaines de sociétés de ce genre, néanmoins il y avait un moyen très simple de réduire les recherches : les relevés bancaires. La fille devait payer la location de son espace de rangement par chèque, chaque mois. Si le nom de l'entreprise n'était pas spécifié sur les relevés, peut-être le notait-elle sur ses talons de chèques ? Ensuite, il n'aurait qu'à s'introduire dans les locaux de la société, repérer son nom parmi les dossiers des clients, et forcer l'unité de rangement. La plupart du temps, il s'agissait de hangars fermés à l'aide d'un simple cadenas qu'il suffisait de faire sauter avec une pince.

La fille se cachait. Son appartement serait donc vide. La police devait avoir apposé des scellés sur la porte, mais cela ne posait pas de problème. Tout ce que Hayes avait à faire, c'était trouver ses relevés bancaires.

Il émit un petit rire. Il était très content de lui-même. Demain matin, il téléphonerait au sénateur pour lui dire qu'il avait une piste concernant le carnet. Cela le calmerait. Puis il s'envolerait pour l'Ohio.

Jess McPherson était fatigué. Il était 4 h 30 du matin, ses yeux le piquaient. Les données continuaient de défiler sur l'écran de l'ordinateur, et il plissait les paupières pour faire le point. Il avait déjà ingurgité deux cafetières pleines et son estomac le brûlait encore plus que ses yeux. Il avait besoin de pisser, puis de dormir, dans cet ordre précis.

Comment John faisait-il pour tenir le coup ? Son énergie, sa concentration absolue fascinaient McPherson, qui n'était pourtant pas facile à impressionner. John était assis devant son ordinateur depuis plus longtemps que lui, il était si absorbé par sa tâche qu'il ne cillait même pas. Il avait parcouru des milliers de kilomètres en avion, avait traversé environ huit fuseaux horaires, et organisé l'enterrement de son père. Il souffrait certainement du décalage horaire et du stress, pourtant rien ne transparaissait sur son visage impassible.

En le regardant, personne n'aurait soupçonné qui il était. Ses cheveux bruns coupés court étaient bien peignés, sa chemise blanche parfaitement repassée, son pantalon également. Il portait une paire de lunettes à monture métallique pour mieux supporter ces heures de lecture. Et ses mains étaient même manucurées ! Il aurait pu être n'importe quel cadre, avocat ou banquier, le gars de l'appartement d'en face.

Et pourtant !

Ses longs doigts dansaient sur le clavier, preuve de son aisance totale avec l'informatique. McPherson était compétent dans ce domaine, mais John était un génie quand il s'agissait d'aller pêcher des informations. Il était également l'un des hommes les plus redoutables au monde.

McPherson aimait John comme son fils, sans vraiment le connaître. Personne ne savait ce qui se cachait derrière ce regard placide, cette attitude réfléchie... Non, ce n'était pas une simple attitude. John était vraiment réfléchi. Quand la plupart des gens ne voyaient que la surface des choses, John distinguait les profondeurs. Il savait d'instinct comment amener les autres à réagir comme il le voulait, comment provoquer certains événements. Il savait également tuer d'innombrables façons. Il s'était entraîné avec les Navy SEALs, avait passé les tests physiques les plus rigoureux et suivi les cours didactiques. As de l'informatique, il savait également piloter un avion, manœuvrer un bateau, réduire une fracture, et sans doute coudre une robe !

La CIA s'intéressait à environ cent cinquante nations étrangères. John Medina avait séjourné dans chacune d'elles.

Il s'était marié une fois, à l'âge de vingt ans. La jeune femme était morte. Le bruit courait qu'elle était en réalité un agent double au service de l'URSS, et que John l'avait tuée de ses propres mains, plutôt que de la laisser compromettre un agent américain en place au Kremlin.

McPherson n'avait jamais rencontré cette jeune femme, et il n'accordait aucun crédit à cette rumeur. Il existait d'autres moyens de neutraliser un espion, et John ne tuait qu'en cas de stricte nécessité...

La vision de McPherson se brouillait de plus en plus. Il s'adossa contre sa chaise, étira ses jambes et bâilla.

— Bon sang, qui aurait cru qu'ils auraient autant de relations en commun ? marmonna-t-il.

— Ils ont tous deux fait le Viêt Nam, murmura John, ses doigts voletant sur le clavier. Des centaines de milliers de soldats se trouvaient là-bas en même temps. Papa y a séjourné à plusieurs reprises, ce qui multiplie les possibilités.

— Bon Dieu, certains de ces types sont morts depuis plus de vingt ans ! Ne peut-on les éliminer de la liste ? Ce serait déjà ça de moins.

— Bien sûr.

John enfonça quelques touches, puis s'immobilisa, le doigt posé sur les lèvres. Il tapa une autre commande et l'imprimante posée à côté de McPherson se mit à cracher un document.

— Qu'est-ce que c'est ? demanda celui-ci en se penchant pour prendre la feuille qui venait de tomber dans le bac de plastique.

— La liste de ceux qui sont décédés.

— Pourquoi ?

— Parce que la réponse vient peut-être de là. Peut-être que papa et Whitlaw étaient juste les prochains sur la liste de quelqu'un.

John haussa les épaules, pour signifier qu'il s'agissait d'une hypothèse parmi d'autres, puis il ajouta :

— Plus la zone de recherche sera grande, mieux je serai en mesure de dégager un schéma global.

— Tu cherches les types qui sont morts récemment ?

— Je cherche n'importe quelle information. Si je tombe sur quelque chose d'intéressant, je ferai une étude comparative pour voir si quelqu'un, dans la liste des morts, connaissait aussi certaines personnes sur l'autre liste. Il y a forcément un lien.

L'imprimante s'arrêta. McPherson rassembla les feuillets et les tendit à John qui, tête inclinée, entreprit de passer en revue les noms et les dates de décès. Dix minutes plus tard, il se figea. Il demeura pensif quelques secondes. Enfin il se pencha en avant, afficha un autre fichier sur l'écran, et tapa un nom.

— Mmmm...

Tu as quelque chose ? s'enquit McPherson.

— Peut-être. C'est... intéressant. Je vais procéder à d'autres vérifications.

McPherson fit rouler sa chaise en direction de John afin de lire les données inscrites sur l'écran.

— Ah...

— Tu le connaissais ?

— Non, mais nous connaissons très bien son frère, n'est-ce pas ?

— Réveille-toi, chérie ! dit Marc en caressant l'épaule de Karen. Je t'ai apporté du café.

Elle battit des paupières.

— Quelle heure est-il ?

— Pas tard. 7 h 30.

— Alors pourquoi es-tu déjà debout ? Tu disais que tu n'étais pas obligé d'aller au boulot.

Elle s'assit dans le lit, bâilla, et saisit la tasse de café fumant qu'il lui tendait. Le drap glissa sur sa taille, et d'un geste automatique, Marc posa une main sur son sein nu.

Karen appuya la tête contre son épaule robuste, se prêtant de bonne grâce à la caresse tandis qu'elle buvait son café à petites gorgées.

— Je ne vais pas travailler, mais nous devons nous rendre à Columbus. J'ai appelé la compagnie d'aviation et réservé deux places à bord du vol de 10 h 30.

Elle resta silencieuse, un peu effrayée à la perspective de retourner dans la ville qu'elle avait fuie la veille. Pourtant, c'était nécessaire. Marc aurait pu faire le voyage seul, mais elle ne voulait pas être séparée de lui, et il semblait partager ce sentiment.

Il pencha la tête, l'embrassa lentement, tendrement. C'était incroyable comme elle se sentait détendue et en sécurité en sa présence. Le fait qu'il soit habillé et elle nue n'avait aucune importance. Ils venaient de passer dix-huit heures au lit, à faire l'amour, à somnoler, à refaire l'amour. Il ne l'avait autorisée à se lever qu'une fois pour aller aux toilettes. Quand elle avait eu faim, il lui avait apporté à manger au lit.

Ce maternage avait fonctionné à merveille. Elle se sentait beaucoup mieux, ses courbatures avaient presque disparu. Elle était reposée, heureuse. À tel point qu'elle éprouvait une pointe de culpabilité. Son père avait quand même été assassiné, et elle-même se trouvait dans une situation plutôt délicate, avec des tueurs à ses trousses.

Pourtant, la sensation légère qui lui gonflait la poitrine était bien du bonheur.

Après toutes ces questions qu'elle s'était posées, ces doutes qui l'avaient ravagée, ces peurs atroces, elle se sentait calme, sûre d'elle. Marc s'était engagé vis-à-vis d'elle, et elle lui faisait confiance. Très bientôt, ils se marieraient. C'était quelqu'un de responsable et de fiable, il le lui avait prouvé à maintes reprises depuis qu'elle le connaissait. Jusqu'à son dernier jour, il resterait auprès d'elle.

La caféine courait dans ses veines, activait son cerveau. Elle avait besoin d'une bonne douche et d'un shampooing. Elle aurait aimé reposer sa tasse de café et attirer Marc dans le lit, mais ils n'en avaient malheureusement pas le temps.

Pourtant, elle ne put s'empêcher de glisser une main en haut de ses cuisses.

— Tu perds ton temps, dit-il avec malice. Après la nuit que nous venons de passer, je suis dans l'incapacité totale de t'honorer.

— Tu en es sûr ?

Sa main trouva ce qu'elle cherchait, et elle se mit à le caresser.

— Pas à cent pour cent, mais presque, répondit-il en souriant.

— Quel est ton niveau de performance habituel ?

— Deux fois par jour, c'est épuisant. Une fois, ça va.

— *Tous* les jours ?

— Est-ce la cadence que tu vas m'imposer ?

— Qu'il neige ou qu'il vente.

— Bon, bon ! D'accord... Mais si je suis fatigué, tu devras faire le travail toute seule.

— S'il faut en passer par là...

Elle cessa de le taquiner, ôta sa main et déclara :

— Je ferais mieux de m'habiller. Tu veux prendre ta douche avec moi ?

— Le petit déjeuner est prêt. Mange d'abord, ensuite nous prendrons une douche ensemble.

Une fois le petit déjeuner avalé, il appela Shannon pour lui faire part de leurs projets.

— Je vais aussi mettre McPherson au courant, ajouta-t-il.

— Tu as une piste ?

— Karen s'est souvenue qu'elle a reçu un colis postal de son père. Nous allons voir ce qu'il y a à l'intérieur.

— Quand seras-tu de retour ?

— Dès ce soir, si nous pouvons attraper un vol. Je n'ai pas pris de billet de retour, car j'ignore combien de temps cela va nous prendre. En tout cas, nous serons là demain.

— D'accord. Je vais garder un œil sur ton domicile pendant ton absence, au cas où des gens louches tourneraient autour. Fais attention à toi, Marc.

— Ne t'inquiète pas. Je t'appellerai dès notre retour.

Ensuite, il composa le numéro que McPherson lui avait donné. Il avait décidé de suivre son instinct et de lui faire confiance. McPherson décrocha dès la deuxième sonnerie.

— C'est Chastain. Mlle Whitlaw est avec moi. Nous prenons l'avion pour Columbus ce matin pour chercher des papiers ayant appartenu à son père et qui se trouvent chez un garde-meuble. J'ai averti Shannon, il sait que je dois vous appeler.

McPherson émit un ricanement.

— Vous êtes du genre prudent, hein ?

— Suffisamment.

— C'est une qualité. Je vais vous envoyer quelqu'un là-bas pour vous filer le train.

— Dites-moi à quoi il ressemble, cela m'évitera d'être nerveux.

McPherson laissa passer quelques secondes. Marc devina qu'il couvrait le micro de sa main et s'adressait à une autre personne. Puis il reprit :

— Grand, environ trente-cinq ans, cheveux bruns, lunettes.

— OK.

— Il... hum, il portera une casquette de base-ball rouge et... hum, il vient de changer ses lunettes contre des lunettes de soleil.

L'homme qui allait les suivre se tenait donc devant McPherson en ce moment même. Soit il lui indiquait les accessoires qu'il comptait porter, soit McPherson était en train de lui donner des instructions. La première hypothèse était plus vraisemblable.

— Peut-il se rendre là-bas avant nous ?

— Aucun problème.

— Comment nous reconnaîtra-t-il ?

— Nous possédons des photos d'identité de vous deux.

— Eh bien, vous êtes rapide !

— Et malin comme un renard ! confirma McPherson.

— Avez-vous une piste ?

— Une éventualité intéressante, mais aucun moyen de la vérifier. J'espère que ce que vous allez trouver dans ce colis nous aidera.

Je l'espère aussi ! songea Marc avant de raccrocher.

19

Columbus, Ohio

Hayes étudia l'agencement de l'immeuble. C'était un bâtiment ancien, situé dans un quartier correct, qui ne comportait que trois étages. Il y avait sans doute entre deux et quatre appartements par palier. C'était le genre d'endroit où les résidents se connaissent tous et sont au courant de la vie de leurs voisins. Un mauvais point. D'un autre côté, la sécurité laissait à désirer. Il y avait un lampadaire à chaque angle du bâtiment, et la porte vitrée du petit hall était sûrement fermée la nuit. Mais le jour, tout le monde entrait et sortait librement. Il y avait peu d'allées et venues, suffisamment toutefois pour qu'il se montre prudent.

L'appartement était au deuxième étage, n° 2A, ce qui signifiait qu'il devait être le plus proche de l'escalier.

Hayes marqua une pause avant d'entrer dans le hall. Il jeta un regard dégagé autour de lui pour s'assurer que personne ne l'observait. Comme une voiture tournait dans le parking, il ouvrit tranquillement la porte et pénétra dans le hall pour ne pas attirer l'attention du conducteur.

Au fond de la salle, un ascenseur desservait les étages supérieurs. Les boîtes aux lettres se trouvaient sur le mur de droite, l'escalier à gauche. Hayes emprunta l'escalier.

Comme il l'avait prévu, l'appartement 2A se trouvait juste à côté de la cage d'escalier. Des bandes de plastique jaune posées par la police allaient de la rampe au mur d'en face, interdisant l'accès à l'appartement. Du scotch était également fixé en travers de la porte.

Baissant les yeux, il aperçut de larges taches brunes sur la moquette beige. Des trous cerclés d'échardes perçaient le battant de la porte. Il flottait une odeur de mort, de sang et d'urine, qui persisterait jusqu'à ce que le sol soit nettoyé.

Hayes tira une paire de gants en latex de sa poche et l'enfila. Passant sous la bande de plastique, il tenta d'ouvrir la porte. Comme prévu, elle était verrouillée. Normal, ce genre d'endroit attirait irrésistiblement les adolescents et les voisins animés d'une curiosité morbide. Les gens étaient si fouinards !

La porte ne représentait qu'un obstacle mineur. Il l'ouvrit en quinze secondes. Si jamais quelqu'un passait par là, on le prendrait pour un inspecteur de police. Après tout, il portait un costume et des gants de latex. Le costume le faisait cruellement souffrir par cette chaleur, personne ne se serait amusé à en porter un, sauf par obligation professionnelle. Cela lui conférait une allure plus officielle, et il n'aurait sans doute même pas besoin de présenter l'insigne qu'il avait apporté par mesure de précaution. Ce n'était pas une mauvaise imitation, si l'on considérait la rapidité avec laquelle il l'avait fait exécuter.

Le côté intérieur de la porte était lui aussi maculé de taches brunâtres. En dehors de ça, l'endroit était propre. Clancy avait toujours été méticuleux dans ses missions, et en l'occurrence personne n'aurait pu deviner que les lieux avaient été fouillés. Tout avait été remis en place. Clancy se targuait de deviner si un objet quelconque était caché dans un coussin rien qu'en examinant attentivement les coutures. Oui, ce type était vraiment un artiste dans son genre. Hayes l'avait déjà observé pendant qu'il fouillait une pièce.

Il referma la porte derrière lui, puis demeura immobile quelques secondes, cherchant à s'orienter. Il ne voulait rien déranger sans stricte nécessité, car les flics avaient certainement fait des photographies des lieux, et un petit malin pourrait remarquer par la suite le moindre changement.

Il se trouvait dans le séjour. L'étagère abritait une grande télévision avec un écran de soixante-dix centimètres, ainsi qu'une chaîne hi-fi. Contre le mur, près de la porte d'entrée, était installé un petit bureau sur lequel étaient posés un répondeur et un téléphone sans fil.

Le voyant du répondeur clignotait, et Hayes résista à l'envie d'écouter les messages : si un inspecteur notait que le voyant ne clignotait plus, il comprendrait que quelqu'un s'était introduit dans l'appartement.

Il ouvrit le tiroir du bureau, y trouva des crayons, des feuillets de papier blanc, des rouleaux de scotch, mais aucun relevé bancaire. Quelques magazines traînaient sur le plateau. Il les souleva, ne trouva rien en dessous. Soigneusement, il les remit en place.

Bon, rien ici. Certaines personnes s'acquittaient de leur paperasse sur la table de la cuisine. Hayes s'y rendit, vérifia le contenu des tiroirs qui se révélèrent vides. Idem pour le petit meuble de rangement situé juste à droite en entrant.

OK, il ne restait plus que la chambre. De nouveau, il s'étonna que tout soit impeccablement en ordre. Le lit était fait, il n'y avait pas de vaisselle qui traînait dans l'évier, aucun vêtement abandonné dans un coin. Pas étonnant que Clancy ait cru l'appartement désert.

Il y avait trois cartons fermés avec du scotch dans un angle, près de la fenêtre. La fille n'avait pas eu le temps de tout ranger après son déménagement. Avec un peu de chance, le carnet se trouverait dans l'un de ces cartons, et il ne serait même pas obligé d'aller chez le garde-meuble.

Le carton du haut comportait l'inscription : *Vêtements d'hiver*. Hayes s'en saisit et l'ouvrit. Il était effectivement plein de vêtements. Prenant soin de ne rien chiffonner, il souleva les affaires une à une pour s'assurer qu'aucun objet n'avait été glissé entre deux pulls. Rien. Que des vêtements d'hiver.

Sur le deuxième carton était écrit : *Papiers d'assurance, livres, photos*. Cela semblait plus prometteur. On avait rangé le contenu avec soin, les objets lourds tels les livres étaient placés au fond, recouverts par les photographies, puis venaient les papiers. Le dossier d'assurance se trouvait dans une enveloppe kraft, mais en le feuilletant, il ne trouva rien que… des papiers d'assurance. Les quelques photos étaient encadrées.

Ensuite, il inspecta les livres. Des romans, des essais, des traités de médecine. Aucun objet n'était caché à l'intérieur des pages.

Le troisième carton comportait la mention : *Décorations de Noël, papier cadeau, rubans*. Il grogna de dépit. Bon sang, il n'avait aucune envie de fouiller dans des décorations de Noël, mais il n'allait tout de même pas abandonner parce que les autres cartons contenaient exactement ce qui était mentionné dessus !

Il trouva des décorations de Noël. Du papier cadeau. Et des rubans.

Une femme aussi organisée méritait la mort.

Il ouvrit les tiroirs de la commode. Des sous-vêtements bien pliés, pyjamas, chemises de nuit, chaussettes. Rien.

Dans la penderie, il trouva quelques robes d'un côté, des pantalons de l'autre, et au milieu des blouses d'infirmière bien repassées et empesées. Un badge d'identification était fixé sur l'une des blouses, sans doute celle qu'elle comptait porter la prochaine fois qu'elle travaillerait. Un stéthoscope pendait à l'un des cintres. Baissant les yeux, il vit deux paires de chaussures blanches à semelles de caoutchouc épaisses.

Il y avait quelques boîtes de rangement sur l'étagère de la penderie. Hayes saisit la plus proche et lut sur le carton : *Relevés bancaires*.

Que Dieu bénisse cette petite fée du logis ! songea-t-il avec soulagement.

Sur le premier relevé, il examina la colonne des débits et lut : *Buckeye Stockit and Lockit*. À côté figurait la mention : *Hangar 152, juin*. Tout ce qu'il voulait savoir.

Il remit le relevé dans l'enveloppe, l'enveloppe dans la boîte, la boîte sur l'étagère. Maintenant, il ne lui restait plus qu'à trouver l'adresse du garde-meuble. Il la releva dans l'annuaire, ainsi que le numéro de téléphone. La société n'était sûrement pas très éloignée, car Mlle Whitlaw était trop organisée pour avoir choisi au hasard...

Raymond Hilley attendait dans sa voiture garée en face de l'immeuble dans lequel Hayes venait de pénétrer. Il avait coupé le moteur, s'était affaissé contre son siège. Bien qu'il ait réussi à trouver une place à l'ombre, il régnait dans l'habitacle une chaleur intense. Raymond baissa les vitres. Depuis le temps qu'il était au service de M. Walter, il était habitué à ces longues attentes, souvent dans des conditions bien pires.

M. Stephen n'arrivait pas à la cheville de son père, et il n'était que l'ombre de ce que son frère William aurait pu devenir. Mais Raymond l'adorait et aurait fait n'importe quoi pour lui. M. Stephen faisait de son mieux. Quoi qu'il advienne, il ne reculait jamais devant son devoir, et Raymond le respectait infiniment pour cette qualité. Il n'y avait qu'à voir comment il prenait soin de son père invalide, et le temps qu'il passait au chevet de ce dernier pour s'assurer de son confort.

Raymond avait le cœur brisé chaque fois qu'il voyait son ancien patron dans cet état pitoyable. L'homme dynamique et plein d'énergie s'était transformé en légume. Au moins, M. Stephen s'occupait bien de lui, il ne l'avait pas flanqué dans un hospice en attendant qu'il meure...

Suivre Hayes jusqu'à Columbus s'était avéré un jeu d'enfant. Raymond avait toujours pris soin de ne jamais se montrer lors des rares visites de Hayes dans la propriété du Minnesota. Il connaissait parfaitement son rôle au sein de la maisonnée Lake : il était l'Arme, le bras qui agit. Et une arme était bien plus efficace lorsque jouait l'effet de surprise.

Il avait tout simplement réservé une place dans le même vol que Hayes, s'était installé deux rangées derrière lui. Le sénateur Lake avait pris l'avion suivant, en se servant comme papier d'identité d'un faux permis de conduire que Raymond lui avait procuré. Il avait même fourni un déguisement au sénateur. Sur la photo agrafée au permis de conduire, on voyait un homme aux cheveux poivre et sel et à l'épaisse moustache grise. Raymond avait déniché un postiche de bonne qualité, ainsi qu'une bombe de teinture telle qu'en utilisent les maquilleurs à Hollywood, lorsqu'ils souhaitent argenter les tempes des acteurs. La teinture se dissolvait au premier shampooing, ce qui était très pratique.

Le nom qui figurait sur le permis de conduire avait été pris dans l'annuaire de Washington. Raymond avait même fait établir une carte de crédit à ce nom, afin que le sénateur puisse louer une voiture et une chambre d'hôtel sans le moindre problème. Bref, il avait fait son possible pour lui faciliter les choses, bien qu'il se soit demandé pourquoi son employeur tenait tant à venir. Raymond n'était tout de même pas un débutant !

Un pistolet était passé à sa ceinture. M. Stephen avait exigé de porter lui aussi une arme, « avec un silencieux », avait-il précisé. À contrecœur, Raymond lui avait donné un calibre 22.

Il avait pris toutes les précautions nécessaires. Un 22 était peu onéreux, on pouvait s'en procurer partout en dépit des lois régissant le port d'armes. Il serait impossible de découvrir qui avait acheté celui-ci.

La porte vitrée s'ouvrit, et Hayes sortit de l'immeuble. Raymond se renfonça dans son siège, afin que le véhicule paraisse vide si jamais Hayes regardait dans cette direction.

Il entendit le vrombissement d'un moteur, jeta un regard par-dessus le tableau de bord. Rapide, il démarra, et poussa un soupir de soulagement quand la climatisation se mit en marche. La voiture de Hayes sortait du parking. Raymond attendit quelques secondes, laissa passer un autre véhicule entre eux, puis suivit sa proie.

Hayes jeta un coup d'œil dans son rétroviseur. Il y avait deux voitures derrière lui. La seconde était celle qui était dans le parking quelques instants plus tôt. Il ne reconnaissait pas la première. Mais cela ne signifiait rien.

Il accéléra, tout en gardant un œil sur le rétroviseur. La seconde voiture n'essaya pas de doubler la première pour le rattraper. Non, il se trompait. Déformation professionnelle. Néanmoins, il ne perdrait rien à faire quelques détours avant de se rendre chez Buckeye Stockit and Lockit, juste pour s'assurer qu'il n'était pas suivi.

Raymond ouvrit son téléphone cellulaire et composa le numéro du portable du sénateur.

— Il a fouillé l'appartement. Je suis en train de le filer.

— Où es-tu ?

Patiemment, Raymond donna le nom de la rue et la direction qu'il avait prise.

— Vous êtes tout près, mais ne venez pas vous mettre juste derrière moi. Je ne le lâche pas, tout en restant à bonne distance, et je le laisse faire sa petite promenade. Il ne m'a toujours pas repéré, et pourtant je le file depuis hier.

— Pour ce que ça nous a rapporté ! répliqua vertement le sénateur.

Raymond ne répondit pas. M. Stephen avait été très déçu quand la fouille de l'appartement de Hayes n'avait rien donné. Mais c'était un homme prudent, il n'aurait pas gardé des papiers compromettants chez lui.

Un peu plus loin, Hayes tourna à droite. S'il suivait toujours le même schéma, il allait bientôt tourner à gauche, puis encore à gauche, avant de reprendre à droite pour revenir sur cette même rue.

Un vrai jeu de piste ! songea Raymond, amusé.

— Tu as vu quelqu'un ? demanda Karen à Marc tandis qu'ils s'installaient dans leur voiture de location.

— J'ai repéré une casquette rouge. J'imagine qu'il s'est montré intentionnellement, parce que je ne l'avais pas remarqué avant.

Il se débarrassa de sa veste en tissu léger, qu'il portait uniquement pour dissimuler son arme de service, et la jeta sur la banquette arrière. Tout comme Karen, il portait un jean et un T-shirt. La jeune femme ne se rappelait pas bien dans quel carton elle avait mis les documents. Ils allaient devoir fouiller le hangar sous une chaleur de plomb, aussi s'étaient-ils habillés le plus légèrement possible.

— Tant que nous sommes ici, je vais appeler l'inspecteur Suter, déclara-t-elle. Je voudrais passer prendre d'autres vêtements chez moi, si c'est possible. Et puis je veux avoir des nouvelles de Piper, et informer ma direction de... Au fait, combien de temps serai-je absente ?

Il posa sa main sur la sienne.

— Nous en parlerons après avoir trouvé ce colis, d'accord ?

Contacter autant de gens lui semblait dangereux.

Karen lui pressa la main. Elle essayait de cacher sa nervosité, mais ne savait pas trop si elle y réussissait ou pas. Logiquement, personne ne devait être au courant qu'elle était partie pour La Nouvelle-Orléans, encore moins qu'elle était de retour à Columbus. La clé du hangar était sur son trousseau, elle n'avait donc pas été obligée de retourner à l'appartement. D'ailleurs, elle n'aurait pas pu, puisque la police n'avait sans doute pas terminé son enquête et que les scellés devaient encore être apposés sur la porte. Il aurait fallu demander la permission d'entrer aux flics de Columbus.

En dépit de son anxiété, elle s'efforça de se convaincre qu'ils étaient en sécurité. Personne ne savait qu'ils se trouvaient à Columbus, excepté McPherson et l'homme qu'il leur avait envoyé.

— Arrête de te tracasser, lui intima Marc.

— Je n'aurais pas dû te mêler à tout ça. Par ma faute, tu es en danger, et...

Il l'interrompit d'un éclat de rire.

— Chérie, si tu n'avais pas atterri à La Nouvelle-Orléans hier, j'aurais enfoncé la porte de ton appartement ce matin même ! J'aurais été très en colère, et si quelqu'un avait surveillé ton appartement, il n'aurait pas manqué de me remarquer. Il n'aurait eu qu'à relever le numéro sur la plaque de ma voiture, appeler la société de location, et obtenir très facilement mon nom et mon adresse.

Le trafic était dense, la circulation ralentie. Le soleil d'été étincelait dans le ciel bleu. Karen observait Marc avec une fascination émerveillée. Elle étudia ses mains puissantes, bien modelées, qui tenaient fermement le volant. Ses poignets étaient deux fois plus épais que les siens, des petits poils décolorés, presque transparents, couraient sur ses avant-bras...

Et si jamais quelque chose lui arrivait ? Était-ce la dernière fois qu'elle admirait ces mains, ce profil dur ? La dernière fois qu'elle pouvait le toucher ?

Non, il fallait qu'elle chasse ces pensées sinistres de son esprit. Marc était flic mais, Dieu merci, il ne faisait pas partie de la brigade des stups, ou des groupes d'intervention où l'on frôlait la mort tous les jours...

— Finalement, nous devrions peut-être en discuter maintenant, déclara-t-il soudain.

Elle sursauta, arrachée au fil de ses pensées.

— Pardon ?

— Discuter de la situation, de ton boulot. Inutile de tergiverser. Je refuse que tu restes à Columbus si je suis à La Nouvelle-Orléans, même pendant un laps de temps réduit.

Il lui jeta un coup d'œil rapide, les yeux étincelants, et ajouta :

— Je devrais peut-être attendre de pouvoir poser un genou à terre, mais je pense que l'heure est venue. Veux-tu m'épouser, Karen ?

Elle sentit son cœur manquer un battement.

— Oui, répondit-elle. Prends la prochaine sortie.

Il obtempéra, lança un regard par-dessus son épaule avant de s'insérer dans la file de droite, puis d'enfiler la bretelle de sortie.

— Je sais que je précipite un peu les choses, que je ne te laisse pas le temps de t'habituer à l'idée d'une relation stable, mais je ne veux pas non plus qu'il y ait de malentendu entre nous. Si tu préfères, nous pouvons avoir de longues fiançailles. Mais je ne veux pas que tu restes vivre à Columbus. Je te veux à mes côtés, à La Nouvelle-Orléans. Chez moi.

— D'accord.

Elle pouvait à peine parler. Bizarre. Elle s'attendait qu'ils se marient, très prochainement même, mais l'entendre prononcer ces mots la bouleversait.

— D'accord ? répéta-t-il. C'est tout ce que tu trouves à répondre ?

— Eh bien... je pourrais te dire que je t'aime.

Il maugréa un juron.

— Alors pourquoi ne le dis-tu pas ?

— Je t'aime.

Un autre juron, qui se transforma en rire.

— Je t'aime aussi, dit-il en souriant.

Elle lui toucha le poignet, taraudée par l'envie de se jeter dans ses bras. Il était l'homme le plus attentionné qu'elle ait jamais connu, et pourtant si conscient de sa virilité ! Elle ignorait que ces deux caractéristiques pouvaient se mélanger si merveilleusement chez un même être. Un flic armé de son pistolet, macho, débordant de testostérone, et en même temps capable de danser avec elle sur un balcon et de lui préparer le petit déjeuner au lit !

— Cela ne t'embête pas de venir vivre à La Nouvelle-Orléans ? s'enquit-il encore.

— Non. Mes amis vont me manquer, mais je n'ai pas de parents dans la région, ni de maison, d'ailleurs. Je peux exercer mon métier en Louisiane tout autant que dans l'Ohio. Toi, tu as tes racines là-bas, tu possèdes cette magnifique demeure. Bien sûr que j'accepte de venir vivre avec toi ! De plus, je détesterais que tu perdes ton accent si sexy. Tourne à gauche au prochain feu.

— Je n'ai pas d'accent, chérie. C'est toi qui parles bizarrement.

— Ben voyons !

Soudain, le sourire de Karen s'effaça. Elle poussa un profond soupir.

— Et si nous faisons chou blanc ? Si ces papiers étaient juste… des papiers sans importance ? murmura-t-elle.

— Dans ce cas, je continuerai à enquêter sur cette affaire, tout comme McPherson. À nous deux, nous arriverons bien à un résultat. Et pendant ce temps, tu seras à l'abri. Pas chez moi. Je suis sur liste rouge, mais il y a plein de moyens pour trouver l'adresse de quelqu'un quand on est vraiment déterminé.

— C'est rassurant ! Prends la deuxième à droite, au coin du McDonald's. La société Buckeye Stockit and Lockit se trouve deux kilomètres plus loin sur cette avenue. Il y a une pancarte. Tu tourneras dans l'allée centrale. Est-ce que ce type à la casquette rouge nous suit ?

— En tout cas, je ne le vois pas.

L'homme avait dû ôter sa casquette, trop repérable. Mais Marc n'avait remarqué aucune voiture en particulier derrière eux, et pourtant il ne cessait de surveiller son rétro. Il ne roulait pas vite, n'avait pas tourné de façon brutale, aussi aurait-il dû localiser ce type au bout d'un moment. Soit celui-ci l'avait perdu par inadvertance, soit il était rudement fort.

Ils conservèrent le silence jusqu'à ce que la voiture tourne dans l'allée qui séparait les deux bâtiments contenant les hangars.

— Porte n° 3, précisa Karen en pointant le doigt.

Elle ouvrit son portefeuille, lut le numéro de la combinaison qui permettait d'ouvrir le portail automatique, numéro qui changeait chaque mois et qu'elle notait toujours par écrit.

— 6-4-3-8, annonça-t-elle.

Marc fit le code, et le portail bascula. Puis, lentement, la voiture avança devant les rangées de hangars.

— N° 152, dit Karen en saisissant la clé.

Ils sortirent du véhicule, et Marc lui prit la clé des mains. Après avoir déverrouillé la serrure, il fit coulisser la barre de fer qui bloquait la porte, puis actionna la poignée qui permettait de la relever.

Une odeur de renfermé les accueillit, mais pas de relent de moisi, Dieu merci. Karen sentit sa gorge se nouer en apercevant les cartons et les meubles qui avaient appartenu à sa mère.

Marc souleva l'un des cartons et, armé de son canif de poche, il déchira le scotch sur toute la longueur.

Hayes regarda dans son rétroviseur et, à l'intersection suivante, tourna brusquement à gauche. Derrière lui, toujours rien.

Il poussa un grognement satisfait. Si jamais quelqu'un s'était amusé à le suivre, il l'avait distancé maintenant.

Il était temps d'aller visiter le garde-meuble.

20

Toutes les caisses étaient parfaitement étiquetées, pourtant Karen n'arrivait pas à se rappeler où elle avait placé le colis. Le premier carton que Marc ouvrit contenait les habits de Jeanette. Essayant de ne pas penser à sa mère, la jeune femme sortit chaque vêtement un à un, puis les replia dans la boîte quand tout le contenu eut été inspecté. Elle battait furieusement des cils chaque fois que sa vision se brouillait.

— Je crois... oui, je crois que les cartons étaient déjà remplis quand j'ai reçu le colis, et que je l'ai simplement posé sur le dessus.

— Dans ce cas, nous ne sommes pas obligés de fouiller chaque carton. Il suffit de les ouvrir.

— En théorie, oui. Mais je n'étais pas dans mon état normal à cette époque, j'espère ne pas me tromper.

Marc était patient, et la chaleur n'était pas aussi terrible que Karen l'avait redouté. En fait, ils étaient mieux ici, à l'intérieur du hangar, que sous le soleil de plomb. De temps en temps, un filet de brise s'infiltrait par la porte et venait les rafraîchir.

Marc trancha le scotch du cinquième carton et grogna :

— Ah ! Je crois que ça y est.

Il souleva un petit colis pas plus volumineux qu'un carton à chaussures. Karen lut le nom de sa mère sur le dessus.

— C'est ça !

Elle prit la boîte et l'ouvrit. À l'intérieur se trouvaient des papiers, ainsi qu'un petit carnet noir. Elle ôta l'élastique qui le maintenait fermé, tout en feuilletant les papiers. Tout de suite, elle se rendit compte qu'il s'agissait de lettres sur lesquelles figurait l'écriture de sa mère, et elle les tendit à Marc.

— Regarde là-dedans, lui dit-elle en s'installant avec le carnet sur une table posée dans un coin.

Il lui jeta un regard interrogateur, puis hocha la tête d'un air entendu. Rapidement, il parcourut la première lettre, celle que Dexter avait envoyée avec le colis.

— Il dit là-dedans que ces documents vaudront peut-être beaucoup d'argent un jour.

— Je pensais qu'il ironisait, répliqua Karen.

Elle ouvrit le carnet, fixa l'écriture de son père, curieusement soignée pour un homme. Ses lettres étaient petites, carrées, très lisibles, d'un style presque dactylographique.

En haut de la première page figurait une date : *3 janvier 1968*. Surprise, elle lut une description géographique et météorologique, qui comprenait la vitesse et la direction du vent, la distance qui le séparait de sa cible, le nom du guetteur – Rodney Grotting – et d'autres renseignements, tels que la marque et le modèle de l'arme utilisée, des détails techniques concernant les munitions, et enfin le commentaire de conclusion : *Cible atteinte à la tête. Heure du décès : 6 h 43. Colonel viêt-cong.*

En dessous, Rodney Grotting avait inscrit une attestation et signé.

Incrédule, Karen tourna la page. Une autre date, une autre description des lieux et des conditions, puis la même conclusion, froide et laconique.

D'autres pages. La plupart du temps, il visait au cœur, mais parfois à la tête. Une fois à la gorge. Karen avait vu une telle blessure un jour à l'hôpital : la balle avait arraché la moitié de la gorge de la victime qui s'était vidée de son sang. Dans le cas d'une blessure aussi importante, quand la jugulaire était touchée, on ne pouvait rien faire, même si une équipe médicale se trouvait sur les lieux...

Elle ne pouvait en lire davantage. Livide, elle referma le carnet et le passa à Marc.

— Regarde ça.

Il l'enveloppa d'un regard aigu avant de reporter son attention sur le carnet. Karen, qui l'observait, ne vit nulle trace de dégoût ni de stupeur s'inscrire sur ses traits durs.

— C'est la liste de tous ceux qu'il a tués.

— Mon Dieu, tu veux dire qu'ils font tous ça ?

— Les snipers, en tout cas. Moi aussi, j'ai été dans les marines, tu sais. Les snipers de la guerre du Viêt Nam sont légendaires. Les meilleurs pouvaient atteindre leur cible à plus de cent mètres. Il fallait que leurs coups soient certifiés, ce qui explique pourquoi ils conservaient ce genre d'archives.

Cette idée donnait à Karen la nausée.

— Mais l'armée n'exigeait pas qu'on lui remette ces listes ?

— Je n'en sais rien. Je n'étais pas tireur embusqué, je n'ai jamais posé la question. Peut-être que si. Peut-être que ton père a gardé un double pour ses propres archives. C'était une saloperie de guerre, tu sais. Des tas de braves types se sont trouvés pris dans la tourmente.

Il continuait à feuilleter les pages du carnet. Après avoir lu le dernier rapport, il commenta avec un sifflement :

— Soixante et un mecs descendus ! Ton père était plutôt bon dans sa partie.

Comme il refermait le carnet, les pages restantes se rabattirent et Marc entrevit quelque chose d'inscrit sur le tout dernier feuillet. C'était curieux car les quarante dernières pages étaient vierges.

— Oh, mon Dieu ! souffla-t-il entre ses dents.

— Quoi ?

— Un autre meurtre. Celui d'un soldat américain. Il a reçu vingt mille dollars pour ça !

Karen eut un haut-le-cœur. Seigneur ! Son père n'était pas seulement un sniper, c'était un assassin, un mercenaire. Tuer l'ennemi en temps de guerre était une chose, mais abattre froidement un compatriote...

— Je vais prendre ce petit livre, merci, fit une voix dans leur dos.

Ils se tournèrent d'un même mouvement. Un homme se trouvait devant l'entrée du hangar, un pistolet à la main pointé vers Marc. Il était en chaussettes, ce qui expliquait qu'ils ne l'aient pas entendu approcher.

— Je me demandais bien ce qu'il y avait de si intéressant dans ce fichu carnet, reprit-il. Je devrais vous remercier pour le mal que vous m'avez épargné en le retrouvant par vous-mêmes. Posez-le sur ce carton, ici. Toi, le cow-boy, sors ton pistolet et jette-le par terre. Doucement. Avec deux doigts.

Karen était pétrifiée. Lentement, Marc fit ce que l'autre lui avait demandé, pinçant son arme entre le pouce et l'index pour la tirer du holster. Puis il la jeta aux pieds de l'homme.

— Parfait.

L'inconnu ne baissa même pas les yeux sur le pistolet. Son regard ne quittait pas Marc.

— Qui es-tu, cow-boy ? Le petit ami de la fille ? Un flic ?

— Un flic.

Karen comprit qu'il cachait à dessein leur relation intime, afin que l'autre ne puisse faire pression sur lui en la menaçant.

— Je m'en doutais un peu, soupira l'inconnu. OK, file-moi ton autre pistolet.

En silence, Marc remonta sa jambe de pantalon et retira un petit pistolet du holster qui lui ceignait la cheville. Puis il le jeta sur le sol à côté du premier.

— Merde ! fit l'homme. Je n'aime pas beaucoup buter les flics, ça attire toutes sortes d'ennuis.

— Je vous conseille d'y réfléchir à deux fois.

Marc voulut se redresser, mais l'autre secoua la tête d'un air menaçant.

— Ne bouge pas. Désolé, cow-boy. Désolé, ma p'tite dame...

Son regret semblait sincère. Pourtant il allait les tuer. Karen vit son doigt se crisper sur la détente, et le sentiment d'horreur qui la submergea lui donna l'impression que cet instant durait une éternité. Sans réfléchir, elle cria :

— NON !!!

Elle jaillit comme pour attraper la balle au vol et l'empêcher d'atteindre Marc.

L'homme sursauta en l'entendant pousser un hurlement. Tel un serpent qui se déploie d'un coup, Marc se jeta sur la jeune femme et la plaqua au sol de la main gauche, tandis que son bras droit se détendait brusquement. Une sorte d'éclair zébra l'air, puis l'homme émit l'un des pires bruits que Karen ait jamais entendus, un gargouillis teinté de stupéfaction. De sa main libre, il agrippa le couteau qui venait de s'enfoncer dans sa gorge, le canif dont Marc s'était servi pour ouvrir les cartons.

Et il pressa la détente de son pistolet.

Karen entendit un bruit sec, comme une bouteille de champagne qu'on débouche. Marc tituba, avant de reprendre son équilibre et de se lancer sur l'homme. Il le heurta en pleine poitrine, l'entraînant avec lui dans sa chute. Un autre « plop », et le miroir de la coiffeuse se brisa en mille morceaux.

À quatre pattes, Karen plongea en direction du pistolet de Marc. Les deux hommes luttaient au corps à corps sur le gravier. De la main gauche, Marc avait saisi le poignet de son adversaire, le forçant à garder son arme pointée en l'air. De l'autre main, d'un geste rapide et sûr, il arracha le canif.

L'homme s'étrangla, suffoquant. Du sang jaillit de la blessure béante et son teint bleuit. D'un coup de reins, Marc se jucha à califourchon sur lui et cogna rudement sur le sol la main qui tenait le pistolet. Deux fois. Trois fois. Enfin, les doigts épais se desserrèrent. L'homme se mit à tousser, ses jambes furent agitées de soubresauts tandis qu'il portait la main à sa gorge ensanglantée.

Marc s'effondra à demi, la respiration bruyante, la tête baissée.

— Mon Dieu ! souffla Karen.

Elle accourut près de lui, toujours à quatre pattes, ignorant ses genoux écorchés qui la brûlaient. Oubliant qu'elle tenait le pistolet, elle l'encercla de ses bras, tenta de le redresser pour juger de la gravité de sa blessure.

Le devant du T-shirt était déjà trempé de sang. Il n'y avait pas de trace que la balle était ressortie dans son dos.

Marc pressa sa paume contre sa blessure. La balle l'avait atteint du côté gauche de la poitrine, trop haut pour toucher le cœur, mais elle avait perforé le poumon. Karen entendit le sifflement terrifiant de l'air qui s'échappait par le trou. Le sang qui coulait entre ses doigts contenait des bulles.

— Ça va aller, chéri, ne t'inquiète pas ! s'entendit-elle murmurer alors que son esprit fonctionnait à toute allure.

Du plastique. Elle avait besoin d'un film plastique fin, comme celui dont on se sert en cuisine, pour colmater la blessure et empêcher le poumon de faire un collapsus. Ce genre de blessure pulmonaire était grave, et Dieu sait quels autres dégâts la balle avait causés. Si Marc n'allait pas tout de suite à l'hôpital, il allait mourir.

Près d'eux, le corps de l'homme était agité de spasmes. Sa jambe heurta Marc qui serra les dents, mais un gémissement de douleur franchit néanmoins ses lèvres.

— Allons-y, décida Karen.

C'est alors qu'une autre voix s'éleva derrière eux :

— Ne prenez pas cette peine. Je le déplore profondément, mais je ne peux vraiment pas me permettre de vous laisser en vie.

21

Marc s'effondra entre les bras de Karen qui le retint tant bien que mal. Faiblement, il tourna la tête vers les nouveaux venus, un homme de belle allure d'une cinquantaine d'années, aux cheveux et à la moustache gris, accompagné d'un autre plus âgé et plus corpulent, aux traits burinés qui lui donnaient l'air d'un vieux guerrier. Tous deux tenaient un pistolet muni d'un silencieux.

Karen réalisa alors qu'ils ne pouvaient voir l'arme qu'elle avait dans la main droite. C'était déjà ça. Mais, bon sang, où était ce type que McPherson était censé leur avoir envoyé ? À moins que... Une pensée horrible lui traversa l'esprit. À moins que ce type ne soit précisément celui qui venait de les attaquer !

— Bonjour, sénateur Lake, dit Marc d'une voix éraillée.

Ses paroles se terminèrent en quinte de toux. L'homme à qui il venait de s'adresser sursauta et pâlit visiblement.

— Comment m'avez-vous reconnu ? aboya-t-il.

— Je... m'attendais... plus ou moins... à vous voir ici. J'ai lu... le carnet.

— Ne parle pas ! le supplia Karen.

À grand-peine, il ramena vers lui son bras gauche de façon à frôler le pistolet. Elle comprit qu'il lui enjoignait de le lui donner. Mais il était trop faible pour s'en servir, réfléchit-elle. Jamais il ne parviendrait à tenir solidement une arme aussi lourde.

Résolument, elle resserra sa prise autour de la crosse et reporta son attention sur les deux hommes qui les menaçaient toujours.

Les doigts de Marc glissèrent sur le pistolet, et d'un index tremblant il releva le cran de sûreté. Un petit déclic à peine audible se produisit.

Le sénateur Lake se dirigea vers le petit carnet posé sur le carton.

— Garde-les à l'œil, Raymond, intima-t-il à son acolyte, tandis qu'il s'emparait du carnet.

Rapidement, il le feuilleta, avant de le glisser sous sa ceinture.

— Oui, c'est bien ça, dit-il, souriant, en regardant Karen. Comme je suis heureux que quelqu'un l'ait enfin trouvé !

Il baissa les yeux sur le cadavre gisant à terre et émit un ricanement.

— Hayes n'a pas réussi sa mission, même s'il a finalement deviné où le carnet était caché et qu'il nous a conduits jusqu'ici. Il s'est cru très malin avec ses manœuvres alambiquées, mais une fois de plus il m'a sous-estimé.

Le sénateur semblait très content de lui-même et de la tournure que prenaient les choses. Non seulement Hayes ne l'embêterait plus, mais il avait retrouvé le carnet. Ce cauchemar était presque terminé. Il était tout particulièrement ravi de tenir un pistolet muni d'un silencieux. Un simple petit « plop » claquerait s'il appuyait sur la détente. C'était très excitant.

Hayes avait quitté la ville au moment idéal. Lui régler son compte à Washington aurait posé un problème, même à Raymond. Il y avait toujours des journalistes qui traînaient dans les parages, et puis quelqu'un aurait forcément remarqué sa disparition. Il vivait là-bas, connaissait des gens, des voisins, des relations professionnelles capables de l'identifier. Tandis qu'ici... Oh oui, tout s'arrangeait de façon admirable ! On retrouverait trois cadavres, sans aucun indice pour donner la moindre piste aux policiers.

Le sénateur était vraiment fier de lui. Il semblait avoir un don pour ce genre d'affaires. En définitive, il suffisait de tout planifier avec soin, mais la plupart des gens étaient trop stupides pour y parvenir.

— Descends-les, ordonna-t-il à Raymond.

Karen se raidit, le regard fixé sur le grand homme qui braquait son pistolet sur elle. Elle ébaucha un geste de la main droite, tout en sachant qu'elle ne pourrait être assez rapide, car l'autre était déjà prêt à tirer.

Elle sentit Marc se redresser.

— Combien... allez-vous payer... pour nous faire assassiner ? demanda-t-il d'une voix hachée, tandis qu'une mousse rosâtre coulait sur son menton. Autant que... vous avez payé Whitlaw... pour tuer... votre frère ?

Le grand bonhomme se figea.

Les mots de Marc se répercutèrent dans le cerveau de Karen. Horrifiée, elle dévisagea l'individu qu'elle avait vu plusieurs fois à la télévision et qui était renommé pour son intégrité. C'était donc ça que Marc avait lu dans le carnet et qu'il n'avait pas eu le temps de lui révéler ! Voilà pourquoi Dexter avait été assassiné.

— Vous avez fait tuer votre propre frère ? dit-elle lentement. Vous avez engagé mon père pour exécuter la besogne. Et il a cherché à vous faire chanter par la suite, c'est cela ?

— Ne soyez pas ridicule ! s'exclama le sénateur en jetant un regard inquiet vers le grand homme appelé Raymond.

Celui-ci avait blêmi. Son visage exprimait la plus totale stupéfaction.

— Monsieur Stephen... monsieur Stephen, laissez-moi regarder ce carnet, bredouilla-t-il.

— Ne sois pas ridicule ! répéta le sénateur. Ne me dis pas que tu crois ce... ce ramassis de mensonges !

— Cela s'est passé au Viêt Nam, insista Karen.

— Taisez-vous ! cria Lake en brandissant son pistolet en direction de la jeune femme.

Elle n'en continua pas moins, bien qu'elle tremblât de tous ses membres :

— Mon père était sniper chez les marines. Vous l'avez payé vingt mille dollars pour abattre votre frère.

— Tue-la, Raymond ! cracha le sénateur avec fureur.

Mais ledit Raymond demeurait pétrifié. Finalement, il se secoua et tourna un visage triste vers le sénateur en levant son pistolet.

— Monsieur Stephen... dit-il d'un air navré.

Calmement, le sénateur Lake pivota vers Raymond et tira. Ce dernier vacilla, une expression de surprise et de chagrin peinte sur les traits. Le sénateur tira de nouveau, dans un petit bruit étouffé, et Raymond s'écroula par terre.

Hors de lui, le sénateur se tourna vers Karen.

— C'est ta faute, sale garce ! Pourquoi n'as-tu pas fermé ta grande gueule ?

Marc leva une main maculée de sang pour attirer l'attention de l'homme déchaîné.

— Et... Medina ?

Karen le sentit trembler sous l'intensité de l'effort qu'il devait fournir. Elle le soutint fermement de son bras gauche, se mit à réfléchir à toute allure. Si elle le plaquait au sol, il échapperait à la visée de l'homme, mais ce mouvement soudain pouvait déplacer la balle logée dans le poumon et occasionner d'autres dégâts...

— Whitlaw a cru pouvoir me faire chanter avec son maudit carnet. Personne n'a réussi à retrouver sa trace, aussi j'ai fait appel à Medina. Je lui ai raconté que Whitlaw avait descendu un autre agent contractuel de la CIA au Viêt Nam, un ami de Medina. C'était faux, bien sûr, mais Medina avait son code d'honneur. De cette façon, j'ai pu profiter de ses services. Il connaissait

Whitlaw, ce qui lui conférait un avantage certain par rapport aux autres.

Karen se mit à respirer lentement, profondément. Cet homme avait fait assassiner son propre frère, puis il avait fait pourchasser son père et l'avait fait abattre.

— Et Medina ? demanda Marc, avant de s'affaisser en arrière.

Karen le retint par le devant de son T-shirt. Son bras gauche était tout engourdi, ses muscles frémissaient sous l'effet de la douleur.

— Medina ? Il a bien fallu que je m'en débarrasse, rétorqua le sénateur comme si c'était une évidence. Il aurait fatalement découvert que je lui avais menti, et il n'aurait pas apprécié. Toujours ce fichu code d'honneur !

— Je voudrais... vous demander... quelque chose.

— Une ultime requête ? Bien entendu.

— Quel genre de connard... êtes-vous pour... vous vanter de... tous ces meurtres ?

Le sénateur tressaillit, ses yeux s'écarquillèrent, comme s'il n'arrivait pas à croire que Marc ait pu l'insulter de la sorte. Il tendit son bras armé.

Quelque chose explosa dans la poitrine de Karen, un cri inhumain proche du feulement d'une bête fauve. Elle eut l'impression qu'autour d'elle l'action se passait au ralenti. Resserrant sa prise sur le T-shirt de Marc, elle le plaqua au sol tout en braquant son pistolet sur Lake.

Elle avait déjà tiré auparavant, au pistolet et au fusil. Son père lui avait appris l'art de manier les armes, durant l'une de leurs promenades dans les bois. Il lui avait montré comment s'accroupir, comment maintenir l'arme dans une position stable. Elle n'était qu'une enfant à l'époque, mais tout à coup ce souvenir remontait dans sa mémoire, clair, précis. Jeanette avait hurlé quand elle avait découvert en quoi consistait la leçon de Dexter, et ils s'étaient disputés par la suite.

Avec un calme stupéfiant, elle visa le centre de sa poitrine et tira. La détonation produisit un son mat et étouffé.

La balle atteignit le sénateur au milieu du thorax, juste là où elle avait visé. Elle vit une tache rouge fleurir sur sa chemise, entre les pans de sa veste de lin… et ne comprit pas pourquoi sa tête venait d'exploser dans une gerbe de sang et de cervelle.

Ses yeux se révulsèrent, et il s'écroula à terre tel un pantin désarticulé.

Soudain, la réalité reprit son cours. En dépit du bourdonnement dans ses oreilles, Karen put de nouveau entendre. Son champ de vision redevint normal, elle vit les couleurs, et sentit l'odeur âcre de la poudre.

À son côté, Marc s'était affalé sur le gravier et la poussière.

Elle lâcha le pistolet et, le saisissant des deux mains, le tourna sur le dos. Ses doigts cherchèrent la carotide : son pouls était rapide, filant. Il l'observait à travers ses paupières mi-closes, mais elle se rendit compte qu'il sombrait dans l'inconscience.

— Je… tiendrai le coup, promit-il d'une voix à peine audible.

— Tu as intérêt ! riposta-t-elle, farouche.

Elle déchira son T-shirt pour examiner la blessure. Les contours de la plaie étaient bleuâtres, et du sang s'en écoulait. Elle devait colmater le trou sans plus tarder.

Comme elle regardait autour d'elle, éperdue, un mouvement près de l'entrée du hangar attira son attention. Elle fit volte-face, saisit le pistolet en se couchant sur Marc.

— Eh, du calme ! fit l'homme en s'avançant.

Il portait une casquette de base-ball rouge et des lunettes de soleil, et tenait son pistolet à deux mains, tel un professionnel. Il jeta un coup d'œil au cadavre du sénateur, l'enjamba, puis ayant passé son pistolet sous sa ceinture, il s'approcha de Karen.

Le sauveur que leur avait envoyé McPherson !

— Où étiez-vous passé, vous ? lui cria-t-elle, furieuse.

Abandonnant le pistolet, elle s'avança à quatre pattes vers le cadavre de Raymond. De ses doigts fébriles, elle fouilla ses poches, à la recherche d'un paquet de cigarettes. La cellophane ferait office de pansement. Mais elle ne trouva qu'un portefeuille.

— Nom de Dieu de merde ! Est-ce que tout le monde a arrêté de fumer ?

— Vous voulez une cigarette ? proposa l'homme à la casquette rouge, d'un ton poli mais surpris.

— J'ai besoin d'un film plastique pour colmater cette blessure !

Elle vit ses sourcils se soulever au-dessus de ses lunettes. En silence, il tira une paire de gants en latex de sa poche de pantalon.

— Cela fera-t-il l'affaire ?

Elle les lui arracha. Ces gants-là étaient fins et souples, comme ceux qu'on trouvait dans les boîtes de teinture pour cheveux.

— Parfait !

À la hâte, elle plaqua un des gants sur la blessure de Marc et le maintint fermement. Il poussa un grognement, mais respira tout de suite mieux.

— Il me faut un bandage pour garder le gant en place, dit-elle. Il y a des vêtements dans ce carton. Déchirez-en un.

— Bien, m'dame.

Casquette Rouge baissa les yeux sur le cadavre égorgé de Hayes et repéra le canif qui traînait par terre. Il émit un sifflement admiratif.

— Eh bien ! Faut pas vous embêter, vous, dit-il à l'intention de Marc.

Il se pencha, ramassa le couteau.

Casquette Rouge était un homme extraordinairement efficace. Il saisit un T-shirt dans un carton, déchira la couture, puis entreprit de découper avec le canif des bandelettes de tissu. Il plia les deux premières avant de les passer à Karen qui les pressa sur la plaie. Puis il procéda de même avec une robe. Cette fois, les bandes de tissu étaient suffisamment longues pour servir de pansement de fortune.

Ensuite, il maintint Marc assis tandis que la jeune femme lui bandait le torse. Elle serra au maximum et noua les extrémités juste au-dessus de la blessure, pour renforcer encore la pression.

Puis elle passa à la priorité suivante et ordonna :

— Il faut prévenir les secours !

— Je m'en charge.

Casquette Rouge sortit du hangar de sa démarche étonnamment silencieuse. Karen vérifia de nouveau le pouls de Marc, tout en fixant la trotteuse de sa montre. 132, c'était beaucoup trop rapide. Il était en état de choc, à cause de l'hémorragie massive et de l'anoxie.

Elle lui saisit les jambes, les posa sans remords sur le corps de Raymond, puis se plaça devant le soleil de façon qu'il ne soit pas ébloui.

— Marc, tu es toujours avec moi ? demanda-t-elle d'une voix qui se voulait calme.

Il cilla, esquissa un pauvre sourire.

— Oui, m'dame ! murmura-t-il en imitant le ton ironique de Casquette Rouge. Diagnostic ?

— La balle a perforé le poumon gauche, tu as perdu beaucoup de sang et tu es en état de choc. Pouls rapide et filant...

Il émit un soupir visiblement douloureux.

— C'est sérieux... mais je survivrai.

— Oui. Arrête de parler. Casquette Rouge est parti appeler le 911.

— Il faut... que je lui parle.

— Il va revenir.

Du moins, elle l'espérait. Il pouvait tout aussi bien disparaître dans la nature.

Pourtant il refit son apparition quelques minutes plus tard et s'agenouilla près de Marc. La casquette était inclinée sur son front, les lunettes de soleil masquaient ses yeux. Karen ne vit que quelques mèches de cheveux brun foncé sur sa nuque. Elle savait que, si elle le croisait de nouveau sans casquette ni lunettes, elle ne le reconnaîtrait pas.

Casquette Rouge tira son pistolet de sa ceinture, le tourna et le tendit à la jeune femme.

— Tenez, vous en aurez besoin pour les examens balistiques. Il ne faudrait pas que les flics retrouvent des balles qui ne correspondent pas à votre arme. Voyons, comment pourrait-on expliquer logiquement la présence de trois cadavres, d'un blessé, et de *six* armes, sans compter le canif ? Cela devient compliqué...

— Je m'en occuperai, râla Marc.

Casquette Rouge eut un sourire sombre qui effleura à peine ses lèvres. Il se releva, s'approcha du corps du sénateur et le considéra pendant un moment.

— Espèce de fils de pute ! lança-t-il au cadavre.

— Vous avez... entendu... ce qu'il a dit ? demanda Marc.

— Oui, j'ai tout entendu.

— Nous avons tiré tous les deux en même temps, fit remarquer Karen.

Casquette Rouge hocha la tête.

— Oui, et les deux coups étaient mortels.

— Il a fait poursuivre mon père et l'a fait abattre, ajouta-t-elle, surprise elle-même par la férocité de sa voix.

— Je sais.

Il parut sur le point d'ajouter autre chose, mais se ravisa.

— Ce type... a-t-il un rapport avec vous ? demanda Marc en tapant le corps de Raymond de son talon.

Karen comprit ce qui le tracassait. McPherson avait pris un risque en leur proposant son aide via Casquette Rouge. Marc ne voulait pas que la CIA soit mêlée à cette affaire.

— Non, aucun.

— Et le... carnet ?

— Faites-le publier. Que tout le monde sache quelle vermine était Stephen Lake. Le carnet explique ses mobiles.

Casquette Rouge regarda Karen et demanda :

— Est-ce que ça va aller ?

— Je pense, oui, répondit-elle en prenant la joue de Marc dans sa main. Mais il ne sera pas d'aplomb avant un bon moment.

— Vous vous occuperez de lui… Jess avait raison : vous êtes un champion, Chastain. Si jamais vous commencez à vous ennuyer dans la police de La Nouvelle-Orléans, passez-moi… passez un coup de fil à McPherson.

Dans le lointain, un bruit de sirène s'éleva.

— Pourquoi pas ? fit Marc avant d'agiter la main. Maintenant, partez avant qu'ils… n'arrivent. Je m'occupe de tout.

Casquette Rouge tira une carte de sa poche. C'était une carte personnelle sur laquelle était inscrit un numéro de téléphone. Il la tendit à Karen.

— Appelez ce numéro pour nous donner de ses nouvelles.

— D'accord, acquiesça-t-elle en empochant la carte.

L'homme porta deux doigts à la visière de sa casquette en guise de salut, puis, toujours silencieux, il s'éloigna de sa démarche fluide, presque irréelle.

La jeune femme s'agenouilla dans la poussière pour soutenir Marc. Le soleil qui pénétrait par la porte lui chauffait la nuque. Il lui saisit le poignet, et tous deux attendirent tandis que le hurlement des sirènes se rapprochait.

Dix heures plus tard, Karen sortit de l'alcôve où était installé Marc dans le service des soins intensifs. Elle se rendit à la cabine téléphonique. L'opération s'était bien déroulée. La balle avait fait moins de dégâts qu'elle ne l'avait craint. Après avoir perforé le poumon, elle s'était logée dans une côte, ce qui l'avait empêchée de ricocher. L'état de Marc était désormais stable. Il était conscient, et d'aussi mauvaise humeur qu'elle l'avait prévu.

Elle extirpa la carte de sa poche, composa le numéro. On décrocha dès la première sonnerie.

— Oui ? fit la voix de Casquette Rouge.

— L'intervention chirurgicale s'est bien passée. Il va sans doute rester en soins intensifs jusqu'à demain, et il pourra rentrer chez lui d'ici une semaine à dix jours.

— Bien. Merci d'avoir appelé.

Sentant qu'il était sur le point de raccrocher, elle cria :

— Attendez !

La colère montait en elle.

— Pourquoi avez-vous mis si longtemps à intervenir, bon sang ?

Il soupira, et un long moment passa. Elle crut qu'il allait refuser de lui répondre. Puis il déclara :

— Je voulais connaître le pourquoi de toute cette affaire. J'ignorais l'existence du carnet, alors... j'ai écouté.

— En quoi le « pourquoi » est-il important ? répliqua-t-elle, si furieuse qu'elle en tremblait.

Marc aurait pu être tué pendant que ce type les épiait bien tranquillement dans son coin !

Il y eut une autre pause, très longue, puis l'homme dit calmement :

— Vous n'êtes pas la seule à avoir perdu votre père, mademoiselle Whitlaw.

Il raccrocha, si doucement qu'elle perçut à peine le déclic, puis la tonalité résonna à son oreille. Elle reposa le combiné sur son socle et retourna aux soins intensifs.

Marc était toujours éveillé, le teint aussi livide que l'oreiller qui soutenait sa tête. Il restait immobile afin de ne pas déranger les tuyaux des perfusions et les drains. En voyant Karen se pencher sur lui, il sourit et prit sa main dans la sienne.

— Medina était son père ! s'exclama-t-elle d'une voix sourde. Le père de Casquette Rouge !

Marc rumina cette information. Mais la morphine qu'on lui injectait par voie intraveineuse faisait son effet, sa tête dodelinait, ses paupières s'alourdissaient.

— Alors, c'est très bien que les deux balles aient été mortelles, murmura-t-il enfin.

Karen retint son souffle. Oui... S'il était possible que quelqu'un soit tué deux fois, elle et le fils de Rick Medina avaient tous deux réussi à venger leurs pères respectifs.

— Je t'aime, chuchota Marc. T'ai-je dit à quel point je t'ai trouvée merveilleuse quand tu as vociféré : « Est-ce que tout le monde a arrêté de fumer ?! » Tu ferais une super infirmière en traumatologie.

En dépit de tout, il souriait. Karen se pencha et pressa ses lèvres contre le dos de sa main.

— Ne fais pas le malin avec moi, le prévint-elle avec tendresse. N'oublie pas, tu es dans *mon* hôpital et je peux m'arranger avec *mes* copines infirmières pour qu'elles te fassent toutes sortes de choses désagréables.

Il grimaça, sans cesser de sourire.

— Elles ont déjà commencé. Je crois que j'ai perdu ma virginité.

— C'est une certitude ! Dors maintenant, chéri. Je t'aime, et je serai là à ton réveil.

— Je sais. Tu ne me quitteras pas...

Ses paupières se fermèrent, et il sombra dans le sommeil, tandis que Karen tenait sa main et veillait sur lui. Comme elle l'avait promis, et comme il s'y attendait, elle serait là quand il se réveillerait.

John Medina était assis, les doigts pressés contre ses lèvres, et regardait pensivement dans le vide. Il était heureux de savoir que l'inspecteur Chastain allait s'en tirer. Jess avait parfaitement jugé ce type. Un homme qui venait de prendre une balle dans la poitrine et était encore capable de poignarder son agresseur méritait qu'on le respecte.

Quant à lui, il devait partir, retourner à sa mission. Pourtant il s'autorisa quelques minutes de répit. Jusqu'à présent, il avait tout gardé en lui, car c'était la seule façon de rester au summum de ses capacités. Mais le meurtre de son père l'avait fortement ébranlé. Maintenant que tout était fini, que justice avait été faite, il pouvait libérer sa colère et son chagrin.

Évidemment, la presse s'en donnait à cœur joie. Le carnet de Dexter Whitlaw avait été confisqué par la police, mais le passage concernant l'assassinat de William Lake avait été publié. C'était à qui spéculerait le plus sur les mobiles qui avaient poussé le sénateur Lake à faire abattre son frère. John était convaincu que cette décision n'avait été qu'une simple étape de sa carrière politique. Il avait éliminé l'héritier présomptif, puis s'était tout naturellement glissé à sa place.

John regarda sa montre. Il était temps de partir. Il se leva, jeta la casquette rouge dans la corbeille à papiers et passa une main dans ses courts cheveux bruns. Un avion l'attendait pour décoller.

Il demanderait à Jess d'envoyer à Mlle Whitlaw et à son inspecteur un joli cadeau de mariage.

AVENTURES & PASSIONS

2 mars

Eloisa James

Les duchesses - Trois semaines avec lady X

Inédit

Fortune faite, Thorn Dautry, fils illégitime du duc de Villiers, décide de se marier. Mais difficile de séduire une lady si l'on ne maîtrise pas les bonnes manières. C'est justement la spécialité de lady Xenobia qui promet de faire de Thorn un parti enviable en trois semaines.

✦

Tessa Dare

Les héritières - Il était une fois un duc

Inédit

Isolde Goodnight a été bercée durant son enfance par les récits de preux chevaliers et de gentes dames. Elle a toujours été persuadée qu'un jour, elle trouverait le prince charmant. Mais Isolde a perdu ses illusions. Or, un jour, elle hérite d'un château digne d'un conte de fées. Saura-t-elle apprivoiser le farouche duc qui y habite ?

✦

Julia Quinn

La chronique des Bridgerton - Benedict

Lors d'un bal, Benedict Bridgerton est tombé fou amoureux. À minuit, la ravissante inconnue s'est mystérieusement enfuie, en laissant un gant. Depuis, il la cherche désespérément. Ce n'est que trois ans plus tard que leurs chemins vont se croiser.

23 mars

Suzanne Enoch

Scandaleux Écossais - Le quadrille

Inédit

Lors d'un bal masqué à Londres, Arran MacLawry est ébloui par une séduisante jeune femme à la chevelure flamboyante. Malheureusement, Mary appartient au clan Campbell, ennemi juré de la famille MacLawry. Toute relation entre les deux jeunes gens est impossible, à moins que l'amour triomphe de la haine.

✦

Julie Anne Long

Pennyroyal Green - Pour un simple baiser

Inédit

Le destin de Cynthia Brightly va se jouer à la fête donnée par la famille Redmond. Mêlée à un scandale, elle doit absolument trouver un bon parti avant que l'affaire ne s'ébruite. Malheureusement Miles Redmond, autrefois éconduit par Cynthia, est déjà au courant.

✦

Elizabeth Hoyt

La légende des quatre soldats - Séduire un séducteur

Lorsque Melisande apprend que le vicomte de Vale doit se marier, elle lui propose un marché : il devient son époux, et elle lui assure une descendance. Une fois l'accord conclu, elle se révèle être une amante effrontée, offrant

✦

Alyssa Alexander

Pour les beaux yeux d'un espion

Inédit

Lorsque son mari est tué à Waterloo, Lilias Fairchild s'engage dans les troupes anglaises et deviendra l'Ange de la Vengeance. Elle fait la connaissance d'Alastair Whitmore, marquis d'Angelstone et espion britannique. Deux ans plus tard, ils se recroisent lors d'un bal. Tous deux n'ont jamais oublié leur histoire commune, tout comme l'attirance qu'ils éprouvent l'un pour l'autre.

CRÉPUSCULE

30 mars

Sophie Jomain

Felicity Atcock - 4 - Les anges sont sans merci

« Des fées sorties de nulle part sont responsables du plus grand drame de ma vie. Elles m'ont mise K.O., ça, c'est certain, mais il ne sera pas dit que je me suis laissé marcher sur les pieds. Car s'il y a bien un truc qu'il ne faut jamais faire sous peine de représailles, c'est voler à une femme ce qu'elle a de plus cher. Alors, c'est vrai que je n'ai pas vraiment le profil de la grande méchante, mais je suis quand même prête à leur botter l'arrière-train, même si pour ça, je dois d'abord faire face à ce que je redoutais le plus : la trahison. »

Passion intense

23 mars

Abbi Glines

Désir fatal - 3 - En plein cœur

Inédit

Après avoir traversé de nombreuses épreuves, Blaire et Rush demeurent plus amoureux l'un de l'autre que jamais. Entre la grossesse de Blaire et leur mariage à venir, ils sont prêts à s'installer à Rosemary Beach. Seule ombre au tableau : Nan, la sœur de Rush. Manipulatrice et jalouse de Blaire, elle s'est juré de tout faire pour séparer le couple. Rush est profondément bouleversé et déchiré. Comment garder l'une des deux femmes sans perdre l'autre ?

PROMESSES

23 mars

Fiona Lowe

Une nouvelle vie pour le Dr Stanton

Inédit

Josh Stanton, médecin de ville, et sa voiture de sport, se marient mal avec la campagne. Mais il croule sous les dettes et a dû accepter un poste à Bear Paw, au fin fond du Montana. Katrina McCade, infirmière, y est de retour après huit ans d'absence, le cœur meurtri par le chirurgien du bloc de l'hôpital de Philadelphie. Perchée sur une échelle, elle repeint sa petite maison quand Josh surgit et reçoit le pot de peinture sur la tête. L'agent immobilier à qui elle avait confié sa maison, ne sachant Katrina de retour, l'a louée au beau médecin. Une rencontre explosive au milieu de nulle part que jamais Josh ne regrettera.

Et toujours la reine du roman sentimental :

Barbara Cartland

« Les romans de Barbara Cartland nous transportent dans un monde passé, mais si proche de nous en ce qui concerne les sentiments. L'amour y est un protagoniste à part entière : un amour parfois contrarié, qui souvent arrive de façon imprévue.
Grâce à son style, Barbara Cartland nous apprend que les rêves peuvent toujours se réaliser et qu'il ne faut jamais désespérer. »

Angela Fracchiolla, lectrice, Italie

Le 2 mars
L'impossible bonheur

5360

Composition
FACOMPO

Achevé d'imprimer en Italie
par GRAFICA VENETA
le 24 janvier 2016.

Dépôt légal janvier 2016.
EAN 9782290054772
OTP L21EPSN000928N001

ÉDITIONS J'AI LU
87, quai Panhard-et-Levassor, 75013 Paris

Diffusion France et étranger : Flammarion